LA FACE CACHÉE DE LUNA

Titre original : *Luna*

300, rue Léon-Joulin, 31101 Toulouse Cedex 9, France
Loi 49-956 du 16 juillet 1949
sur les publications destinées à la jeunesse
ISBN : 2-7459-1684-X
www.editionsmilan.com

JULIE ANNE PETERS

LA FACE CACHÉE DE LUNA

Traduit de l'anglais (États-Unis)
par Alice Marchand

MACADAM
MILAN

À la mémoire de Fred C. Martinez, Jr.
(Beyoncé)
1985-2001

Pour avoir ouvert leur cœur et partagé l'histoire de leur vie avec moi, ma plus profonde gratitude à Jamie Lynn Wakefield, Spring Marie Walkinshaw, Robynne Pennington, Kari Edwards, Jessica Raven, et Bobbie. Vous êtes la beauté et la force incarnées. Parce qu'ils ont embrassé ce projet avec un enthousiasme illimité et des encouragements infinis, mon estime la plus sincère pour le Gender Identity Center de Denver, un havre de paix pour ceux qui cherchent une famille, une communauté, et un foyer.
J. A. P.

CHAPITRE 1

J'ai senti sa présence dans la pièce. C'est ça qui m'a réveillée – une fois de plus. Je me suis retournée dans mon lit et j'ai plissé les yeux pour regarder le réveil sur ma table de nuit. Les chiffres étaient flous.

– Il est quelle heure ? ai-je marmonné, la bouche pâteuse.

Le cadran a retrouvé sa netteté. Deux heures trente-trois.

– Deux heures trente-trois ! Tu ne dors jamais ou quoi ?

Elle ne répondait pas.

J'ai poussé mon oreiller contre la tête de lit pour me redresser, voir ce qu'elle fabriquait.

– C'est quoi, *ça* ? j'ai demandé.

– Elle te plaît ?

Elle se déhanchait devant le miroir. Les franges superposées de sa robe ondulaient par vagues.

– C'est une vieille robe des années vingt que j'ai trouvée d'occasion chez Goodwill[1], a-t-elle ajouté.

1. Association caritative qui gère des magasins d'articles d'occasion. (*NDT*)

Pieds nus dans ses bas, elle a exécuté quelques pas de charleston pour moi.

– Elle est vraiment d'époque. Délicieusement rétro. Tu ne trouves pas ? Je vais porter cette petite merveille au bal du lycée.

J'ai ricané. Quand j'ai croisé son regard dans le miroir, je me suis vite calmée. Impossible qu'elle soit sérieuse.

En s'examinant des pieds à la tête, elle a coincé ses cheveux longs derrière ses oreilles et s'est remise à tortiller des hanches. Elle avait choisi la perruque blonde ce soir. Ce n'était pas sa préférée – elle trouvait qu'elle lui donnait l'air vulgaire. L'air d'une pétasse. Mais ça allait bien avec sa robe rouge. Elle a vu que je la regardais et m'a souri.

– Je vais aussi me présenter au concours de la reine du bal.

J'ai éclaté de rire, puis plaqué une main sur ma bouche pour étouffer le bruit. Valait mieux pas réveiller les unités parentales à l'étage.

Elle, elle n'a pas ri.

Elle plaisantait, non ?

– Lia...

– *Luna*, m'a-t-elle reprise. J'ai choisi Luna comme nom.

Son regard s'est fixé sur le mien. Pour jauger ma réaction, je suppose. Ou rechercher mon approbation. Qu'est-ce que ça pouvait lui faire, ce que je pensais ?

– Pourquoi changer ? ai-je demandé en bâillant. Tu t'es toujours appelée...

– Lia, ça ressemble trop. Lia Marie. C'est vraiment trop proche.

Elle a traversé ma chambre en se frayant un chemin parmi les fringues et tout le merdier entassé par terre. En passant sous la fenêtre, elle s'est arrêtée pour pivoter sur elle-même. La lune jetait une lueur étrange à travers la vitre. Un projecteur. Une giclée de rayons célestes.

– Luna… a-t-elle répété doucement, plutôt pour elle-même que pour moi. Approprié, tu ne trouves pas ? Pour une fille qu'on ne peut voir qu'au clair de lune ?

Soudain, l'épuisement m'a envahie. Je n'en pouvais plus de tout ça.

– Va te coucher, Luna.

Je me suis blottie sous ma couette et j'ai donné un coup de poing dans mon oreiller, en faisant un effort de volonté pour me rendormir. Il me faudrait des heures pour retrouver le sommeil, surtout si elle restait se maquiller. Ce qu'elle allait faire, évidemment.

Je l'ai étudiée à travers une paupière entrouverte. Il y avait quelque chose de différent chez elle. Elle avait changé. Pas physiquement. C'était plutôt comme si un glissement s'était opéré dans son cosmos – ou comme si une faille s'était ouverte.

– Je vois tes bretelles de soutif, lui ai-je dit. Il faut que tu t'en achètes un sans bretelles.

– Vraiment ?

Elle a tourné la tête pour inspecter l'arrière de son épaule.

– Tu en as un ?

– Reviens sur Terre. Même si j'en avais un, tu ne mettras pas mes sous-vêtements.

– Ils ne m'iraient pas, de toute façon. Je fais au moins un bonnet C.

J'ai pouffé.

– Tu rêves !

En me retournant, j'ai marmonné :

– T'es vraiment pas normale.

Ses cheveux ont balayé mon oreiller, me chatouillant la figure.

– Je sais, a-t-elle murmuré à mon oreille. Mais tu m'aimes, pas vrai ?

Ses lèvres ont effleuré ma joue.

Je l'ai repoussée d'une tape.

Quand je l'ai entendue s'éloigner d'un pas lourd vers mon bureau – où elle avait déballé son coffret à maquillage dans toute sa splendeur –, un soupir de résignation s'est échappé de mes lèvres. Ouais, je l'aimais. Je ne pouvais pas m'en empêcher. Cette fille, c'était mon frère.

CHAPITRE 2

– Ne dites rien à Maman quand elle rentrera à la maison, dit Papa. Je veux lui faire la surprise.

Il nous sourit, à Liam et à moi. Liam a six ans et moi quatre ; assis sur le canapé, on regarde Papa découper le carton du nouveau lave-linge/sèche-linge. Il s'interrompt pour desserrer sa cravate et relever ses manches.

– Je vous ai dit que j'avais obtenu une promotion, les enfants ? Vous avez devant vous le nouveau responsable de l'électroménager chez Sears. Prochaine étape : roi du monde.

Il me fait un clin d'œil.

J'applaudis.

– Bravo, Papa !

Papa regarde Liam et fronce un peu les sourcils. Liam est plongé dans le mode d'emploi de la machine. Il lit tout ce qui lui tombe sous la main, à présent. Il essaie de m'apprendre, mais c'est trop barbant. Je préfère regarder la télé.

– Liam !

Il lève vivement la tête.

– Tiens, emporte ces cartons dehors, derrière la maison, lui dit Papa en découpant une porte à rabat dans

une des boîtes. Regan et toi, vous pouvez vous faire une cabane avec.

Liam descend du canapé et on sort dans le jardin par la baie vitrée, en traînant les boîtes en carton. On les installe à côté de la piscine gonflable retournée. Je peux tenir debout dans les cartons, mais Liam est déjà trop grand.

– Va chercher ton poupon Samantha, m'ordonne-t-il. Prends aussi tous ses habits. Apporte le berceau et ses biberons et ses couches. Apporte tout.

– Aide-moi, alors.

– Non.

Ses yeux fusent à droite et à gauche pour examiner l'intérieur.

– Il faut que j'installe tout ça.

Le temps que je revienne, Liam a accroché les deux cartons ensemble et traîné ma table de jeux dedans. Il a installé ma dînette dans un coin et il met le couvert.

– Pose le berceau là.

Liam indique le coin opposé.

Quand je passe devant lui, il me prend mon poupon Samantha et le berce dans ses bras. En lui souriant tendrement, il m'annonce :

– Je suis la maman.

Je gémis :

– Non ! Je veux être la maman ce coup-ci.

– Tu pourras le faire la prochaine fois.

– Tu dis toujours ça !

Je jette tous les habits de bébé par terre et je sors en trombe.

Liam me court après.

– Attends, Regan ! Tu peux être le papa. Les papas, c'est chouette. Tu peux rentrer à la maison avec une surprise pour la maman. On dirait que t'aurais gagné un million de dollars, alors tu m'aurais acheté une nouvelle maison et une voiture. Non, j'ai une meilleure idée : tu peux dire que mon vélo est une Harley. Vroum, vroum !

Il mime une accélération en tournant la poignée.

Je croise les bras et je réfléchis.

– Allez, Regan. Juste pour cette fois…

Il ramasse la robe rose de Samantha dans l'herbe.

– S'il te plaît… insiste-t-il d'une voix très douce.

Je décroise les bras.

– OK.

Liam rentre dans notre cabane. Je sais ce qu'il va faire maintenant – changer la poupée. À chaque fois qu'il joue à la maman, il ne fait que ça : habiller et rhabiller les bébés…

Mon réveil hurlait ; je me suis redressée en sursaut. Mon bras a fusé aveuglément vers la table de nuit, et j'ai écrasé le bouton « off ». Était-ce un rêve ou un souvenir ? C'était trop net pour que je l'aie imaginé. Trop réel. Cette fascination de Liam pour le jeu du papa et de la maman avait-elle été la première indication, pour moi, du fait qu'il était différent ? Qu'il était transgenre ? Que dans sa tête et dans son cœur, il savait qu'il était une fille ?

Non, ce n'était pas la première. Il y avait un événement plus ancien, quand nous étions encore plus petits. Mon cerveau était trop embrumé par le sommeil pour faire revenir l'image. Ou bien je ne voulais pas m'en souvenir. Il y avait beaucoup de choses dont je ne voulais pas me souvenir.

J'ai gagné la douche en titubant, comateuse. La salle de bains était encore pleine de vapeur ; Liam était donc levé et habillé. J'ai laissé la chaleur s'infiltrer dans mon corps tandis que je me déshabillais. Puis, en me préparant au choc, j'ai tourné le robinet d'eau froide et j'ai plongé la tête la première.

Papa gloussait devant une bande dessinée de son journal, quand j'ai débarqué du sous-sol en traînant les pieds et gagné la cuisine. À côté de lui, à la table de la salle à manger, Liam fourrait des Wheat Chex dans sa bouche d'un air absent, plongé dans la lecture d'un manuel qu'il absorbait avec son cerveau surpuissant. *Physique niveau avancé*, ai-je remarqué avec une bonne dose d'aigreur. Il n'aurait pas pu partager quelques points de QI avec sa sœur unique ? Liam était déguisé, comme il disait. Déguisé en garçon. Sa chemise à manches longues, sans un pli, était boutonnée jusqu'au menton ; et rentrée dans son Dockers kaki, repassé avec une précision militaire.

Moi, je n'étais même pas fichue d'épeler « repasser » correctement. Le matin, j'enfilais un Carpenter délavé et n'importe quelle chemise – la plus proche de la porte parmi mes fringues entassées par terre.

Maman m'a saluée devant le frigo et, comme d'habitude, a décollé machinalement la brique de jus de fruits de ma bouche.

– Bonjour. Tu as l'air d'un zombie, a-t-elle dit en reposant le jus d'o sur son étagère. Tu es malade ?

– Non. Juste fatiguée. Parce que j'ai pas assez dormi.

J'ai jeté un regard entendu à Liam et je me suis glissée sur ma chaise, en face de lui. Il a tourné la page, ingurgitant de la physique quantique à la vitesse d'un Pentium.

– Pourquoi tu ne dors pas ? m'a demandé Papa en levant les yeux de son journal.

– Pas de raison particulière, ai-je marmonné.

Maman s'est installée à sa place, à l'autre bout de la table. Elle a tapé un numéro sur son téléphone portable et l'a collé à son oreille tandis que Papa me disait :

– Il faut que tu dormes. Les filles ont besoin de leur compte de sommeil pour être belles.

Les yeux de Liam ont croisé les miens. Je m'attendais à le voir ricaner ou grimacer, mais il avait un regard noir.

Quoi ? Papa plaisantait, bon sang ! Liam était tellement sensible parfois.

– Oui, salut Tom, disait Maman dans son portable. C'est moi. On a fini par avoir la confirmation des réservations à la maison Hartford, pour le mariage des Sorenson ? Je n'arrive pas à trouver les papiers.

Elle remuait son café.

J'ai surpris Papa en train de lever les yeux au ciel. Il n'était pas fana du boulot de Maman. Le pire, pour lui, c'était qu'elle soit montée en grade, passant du statut de mère au foyer à celui de femme-qui-gagne-plus-que-son-mari. Non pas qu'il fût sexiste ou quoi, juste terne et conventionnel. Comment pouvait-il si mal supporter qu'elle travaille ? Depuis qu'il avait été licencié de chez Sears et qu'il avait dû accepter un boulot de larbin chez Home Depot, il fallait bien que quelqu'un gagne de quoi nous payer la cantine.

– Hmm, faisait Maman en sirotant son café. Je vais peut-être les rappeler pour m'en assurer. Tu as entendu cette fille, Mlle Yarrow, demander si elle pouvait commander un glaçage noir pour son gâteau ? Noir. Sur un gâteau de mariage.

Maman a écouté un moment, puis éclaté de rire.

– Oh, Tom ! Qu'est-ce que je ferais sans ton sens de l'humour ?

J'ai tourné les yeux vers Papa, qui fulminait.

Pour tenter de dissiper l'électricité qui crépitait dans l'air, j'ai sorti mon livre de chimie de mon sac à dos et je l'ai posé sur la table. Mais penser à ce qu'on ferait aujourd'hui en classe me donnait la nausée, alors je l'ai rangé. Loin des yeux, loin de l'esprit. Voilà ma philosophie de la vie.

J'ai attrapé un petit pain sur le plateau tournant, et j'ai étalé une cuillerée de fromage blanc à la fraise dessus.

Papa a lancé :

– Un type va chez le docteur pour un bilan de santé et le docteur lui dit : « J'ai une mauvaise nouvelle et une nouvelle encore pire. »

Liam et moi, on a grogné de concert. Papa a replié son journal.

Maman continuait :

– J'ai rédigé la commande pour le gâteau, mais je vais peut-être attendre d'avoir parlé à sa mère pour l'envoyer. Elle va être mortifiée, j'en suis sûre. Je meurs d'impatience de voir la robe de mariée… Quoi ?

Elle a écouté Tom, et s'est encore esclaffée. Rien ne peut être aussi drôle si tôt le matin. Et certainement pas Papa :

– « Quelle est la mauvaise nouvelle ? dit le type. – La mauvaise nouvelle, c'est que vous avez un cancer en phase terminale. – Oh mon Dieu ! »

Papa s'est plaqué une main sur le cœur et a lâché des hoquets étranglés pour l'effet.

– Le type demande : « Et la nouvelle encore pire ? » Le docteur l'informe : « La nouvelle encore pire, c'est que vous avez Alzheimer. » Le type pousse un énorme soupir de soulagement et dit : « Dieu merci, je n'ai pas de cancer. »

Liam a gloussé. Moi, ça m'a pris une minute, puis j'ai éclaté de rire. J'ai essayé de me calmer pour éviter d'encourager Papa.

Il rayonnait.

– Elle est bonne, hein ?

– Tom, avant que j'oublie, je dois passer prendre une ordonnance sur le chemin, alors j'aurai peut-être quelques minutes de retard.

Pour je ne sais quelle raison, ça a piqué l'intérêt de Liam. Maman a raccroché et s'est levée. Laissant son téléphone et son agenda sur la table, elle a filé dans le couloir. Pour avaler un autre excitant, sans doute.

– J'ai parlé à l'entraîneur Hewitt hier, a dit Papa.

Les poils de mes bras se sont hérissés. Ceux de Liam se seraient hérissés aussi, s'il en avait à cet endroit-là. Papa continuait :

– Il veut que tu viennes le voir cette semaine pour parler de ton admission dans l'équipe. Depuis que la famille Diaz est repartie au Mexique, il a quelques places libres. Il ne peut pas te promettre la première équipe, mais au moins la deuxième sans problème. Les essais ont lieu mercredi. Skip m'a demandé à quelle position tu jouais, et je lui ai dit première base. Sauf si tu veux être lanceur.

Papa a donné une tape affectueuse sur le bras de Liam.

« Il va se casser en deux ! » ai-je pensé. Liam avait l'air tellement raide ! Il a recommencé à manger ses céréales ; on aurait dit qu'il broyait du sable entre ses dents.

Papa a ajouté :

– Arrête-toi à son bureau après les cours aujourd'hui.

Liam a dégluti. Il a dit d'un ton égal :

– Je ne veux pas faire de base-ball, Papa.

Ça m'a coupé le souffle. J'ai regardé Papa. Liam n'avait jamais dit ça tout haut. Jamais.

Le visage de Papa est resté impassible, mais il a changé de ton.

– Skip fait ça pour moi, c'est une faveur. Pour que tu puisses participer aux matchs durant ta dernière année. Ça fera bien sur ton dossier scolaire, tu sais.

Là, j'ai ricané.

Papa m'a criblée de balles avec son regard assassin ; j'ai senti les éclats. J'ai ravalé toutes les réflexions ironiques que j'avais envisagé d'ajouter.

– Tu ne fais rien d'autre que rester assis sur tes fesses au sous-sol et jouer à ces jeux stupides sur ton ordinateur. Pas étonnant que tu sois si pâle. Toi aussi, Regan.

J'ai tenté d'envoyer à Liam un message silencieux du genre : « Vas-y, dis ce que t'as sur le cœur. » Mais il était fermé au monde extérieur, comme ça lui arrive souvent. Il fixait les profondeurs de son bol de céréales, il s'y noyait.

Papa a plié le journal en deux dans le sens de la longueur, puis en quatre. Lentement. Posément. Il a dit à Liam :

– Fais-le pour moi.

C'était injuste. Tellement injuste. La pomme d'Adam de Liam a fait un bond. Si Papa le faisait pleurer…

– Je suis nul au base-ball, a dit Liam calmement. Tu le sais très bien. Je suis nul en sport, point.

– Allez, arrête. Tu n'es pas si mauvais.

Papa lui a encore donné une tape sur le bras. Liam a encaissé le coup comme un punching bag dégonflé.

– C'est juste que tu ne fais pas d'efforts, a continué Papa. Tu n'insistes pas. Tu as le gabarit et la rapidité, tu sais. Tu pourrais faire de la muscu, t'épaissir un peu. On peut aller au club de sport ensemble et bosser sur les machines. Skip a promis de nous laisser entrer dans le gymnase après la fermeture, pour qu'on s'entraîne. Il dit qu'il essaie de te recruter depuis ta première année de lycée, quand il t'a vu jouer au foot.

Liam a levé la tête et regardé Papa dans les yeux.

– Le foot, c'était seulement pour te faire plaisir.

Papa s'est levé en repoussant la table. Il a fait claquer les assiettes et les couverts. Il a foncé dans la cuisine. Liam et moi, on s'est regardés. Avant que j'aie le temps de dire quoi que ce soit, Maman est revenue précipitamment, a attrapé son portable et l'a fourré dans son sac, puis a ouvert son agenda.

– Je serai peut-être encore en retard ce soir.

Elle a tourné une page.

– J'ai un rendez-vous chez le coiffeur à quatre heures. Regan, tu veux bien préparer vite fait un gratin de pâtes au thon pour le dîner ? Tu connais les ingrédients.

Bien sûr. Des yeux de triton et une langue de serpent.

Elle a ajouté :

– Comme tu as choisi l'option cuisine, ce sera une occasion de t'entraîner.

De m'entraîner à quoi ? À empoisonner ma famille ?

– J'ai un baby-sitting, ai-je dit, avec une joie un peu trop manifeste.

Maman ouvrait la bouche pour me faire encore la morale (« Tu devrais aider plus à la maison, te rendre plus utile, tu me fais honte… ») quand Liam est intervenu :

– Je m'en charge.

– Non, pas question ! a aboyé Papa. Ce n'est pas ton rôle.

Il avait surgi sur le seuil entre la cuisine et la salle à manger, les bras croisés.

– Pourquoi c'est mon rôle, à moi ? ai-je explosé.

Oubliez ce que j'ai dit : il *est* sexiste.

– J'ai horreur de cuisiner. Laissez Liam s'en charger s'il veut. Il est meilleur…

Papa a levé la main pour me faire taire.

– Regan. Ta mère te l'a demandé à toi. Ça ne vous tuerait pas, les enfants, d'aider un peu plus à la maison !

– Ça, c'est pas sûr, ai-je dit dans ma barbe. On pourrait mourir étouffés à cause des moutons de poussière.

Maman m'a jeté un regard cinglant.

Liam a bondi à mon secours.

– Je serais ravi d'aider. Dites-moi juste quoi faire.

Il s'est tourné vers Maman.

– Qu'est-ce que je peux faire ?

Elle a poussé un soupir las.

– Je ne veux pas discuter. Je vais juste déplacer mon rendez-vous.

– Personne ne discute ! ai-je répliqué. Si Liam est d'accord…

Papa m'a ignorée. Il a ordonné à Maman :

– Ne déplace pas ton rendez-vous. Regan est absolument ravie de donner un coup de main.

– Papa, je te l'ai dit, je travaille. Qu'est-ce que tu veux que je fasse, que je lâche mon boulot pour pouvoir rester à la maison et te préparer ton dîner ? Et faire le ménage dans ta baraque ? Laver tes fringues…

Je me suis arrêtée. Pourquoi ce discours me semblait-il familier ? Maman et Papa m'ont tous les deux fusillée des yeux, en évitant de se regarder, bien sûr.

Maman a fourré son agenda dans son sac.

– Je n'ai pas besoin de me faire coiffer aujourd'hui. Je peux déplacer le rendez-vous.

Le regard furieux de Papa m'a brûlé le visage. Pourquoi ? Il aurait dû être content, il allait l'avoir, son foutu gratin au thon.

En passant devant moi pour aller récupérer sa mallette sur le comptoir de la cuisine, Maman a posé une main sur mon épaule. J'ai dû tressaillir parce qu'elle a dit :

– Bon sang, Regan. Qu'est-ce qui t'arrive ? Tu es nerveuse, tu ne dors pas. Tu as besoin de quelque chose pour t'aider à dormir ?

Je me suis libérée de ses griffes en me tournant.

– Non. Je vais très bien.

C'était elle, la droguée, pas moi. Son armoire à pharmacie était bourrée d'excitants et de calmants, d'égalisateurs et de stabilisateurs d'humeur. Je crois qu'elle planait complètement – cerveau en panne. J'aurais juste voulu qu'elle mette tous ses cachets sous clé.

Maman ne partait pas. Elle traînait derrière moi. Elle a croisé mon regard à travers la baie vitrée. Elle avait carrément l'air soucieuse.

– Je vais très bien, ai-je répété, en tournant la tête vers elle. J'ai juste quelques contrôles cette semaine.

Ce qui était vrai, même si ça ne m'affolait pas. Pas autant que le cours de chimie d'aujourd'hui.

Elle est repassée en mode « action » : elle a attrapé sa mallette et foncé vers la porte en faisant cliqueter ses clés.

– Bonne journée, a-t-elle dit.

Elle parlait dans le vide, elle ne s'adressait pas vraiment à nous.

Liam a lancé derrière elle :

– Toi aussi, Maman.

Papa s'est levé pour faire son dernier arrêt pipi avant de partir chez Home Depot ; aujourd'hui, il y ferait la démonstration des joies du calfeutrage.

– Tu me déposes ? ai-je demandé à Liam.

Il n'a pas répondu. J'ai pris ça pour un oui. On a avalé le reste de notre petit déjeuner en silence.

Le bruit de la chasse d'eau a signalé le retour imminent de Papa, alors Liam et moi avons rassemblé nos affaires. Papa s'est arrêté dans l'entrée, en refermant son blouson.

– Ne prends pas de cachets, chérie, m'a-t-il dit. Il suffit de te coucher plus tôt.

Il a pointé le doigt vers Liam.

– Va voir Skip après les cours. Fais-le.

– Oui, chef, a dit Liam.

La porte s'est ouverte, courant d'air, puis refermée.

J'ai grimacé pour amuser Liam, mais il n'a rien vu parce qu'il fonçait vers la sortie.

J'ai attrapé mon sac à dos et ma parka, en me dépêchant pour le rattraper, mais le temps que je referme la porte à clé, il faisait déjà marche arrière dans l'allée.

– Liam, attends !

J'ai traversé la cour comme une fusée.

Il a fait gronder le moteur et foncé dans la rue à toute allure.

J'ai bondi pour saisir la poignée.

Lentement, Liam a tourné la tête. Cette expression sur son visage – d'une violence absolue – m'a fait lâcher prise et reculer, en chancelant.

Nous sommes chez les Walsh, au bout de la rue, pour notre barbecue hebdomadaire.

Non, c'était à une occasion plus importante que ça. Le souvenir s'est libéré brusquement. Un anniversaire. C'était le neuvième anniversaire de Liam. Il faisait assez chaud pour le fêter dehors.

Nous fêtons les anniversaires de Liam et d'Alyson en même temps. Alyson est la meilleure amie de Liam

– depuis la maternelle. Nos parents et les siens sont amis depuis des années. Nous faisons des tas de trucs ensemble, comme fêter les deux anniversaires.

Sauf que c'est la dernière fois qu'on a fêté un anniversaire ensemble. Pourquoi ?

Liam et Alyson sautillent partout, surexcités à l'idée d'ouvrir leurs cadeaux. Ils ont invité plein de gamins de l'école. Rien que des filles. Papa est le premier à le remarquer. Je l'entends dire à Maman, dans la cuisine des Walsh :

– Comment se fait-il qu'il n'y ait pas de garçons à cette fête ? Liam n'a pas invité un seul copain à lui ?

Je grimpe sur un tabouret devant le bar et je tourne dessus ; je fais semblant de ne pas écouter.

– Il a des tas d'amis, dit Maman en disposant les bougies sur le gâteau. Il se trouve juste que ce sont toutes des filles. Qu'est-ce qu'il y a de mal à ça ?

Papa gratte une allumette et allume les bougies. Je les compte dans ma tête : une, deux, trois…

Il secoue la tête.

– Un garçon de son âge…

Il laisse cette phrase en suspens.

– J'ai trouvé sa liste de cadeaux d'anniversaire sur le buffet, dit-il.

Maman plonge la main dans la poche de son tablier, comme si elle avait perdu quelque chose.

– Une poupée Barbie ? Un soutien-gorge ? continue Papa, les sourcils froncés.

– Il plaisantait, Jack, dit Maman. C'était une blague.

– Une blague, hein ? Pourquoi il ne me l'a pas montrée ? Ça m'aurait fait bien marrer.

Maman ne répond pas.

Papa expire longuement.

– Je ne le comprends pas, ce gosse. Vraiment pas.

... sept, huit... et neuf.

Papa ajoute :

– Parfois, je me dis qu'on n'a pas la complicité qu'un père et son fils devraient avoir. Peut-être que je m'y prends mal...

– Papa, je peux l'éteindre ?

Il se retourne d'un bond, visiblement surpris de me voir là.

– Hé, ma petite Régate ! D'accord, viens l'éteindre.

Il sourit et me tend l'allumette.

Je saute du tabouret et cours vers lui, je mouille mes doigts avec de la salive comme il m'a montré, et j'écrase le bout de l'allumette.

Elle s'éteint en grésillant. Ça ne fait pas mal mais je crie quand même :

– Aïe !

Papa me fait un bisou sur les doigts. Ensuite, il m'enserre la taille dans ses grandes mains et me hisse au-dessus de sa tête. Il cale mon ventre en équilibre sur son crâne et me fait tourner en rond jusqu'à ce que je pousse des cris et qu'il ait le tournis. Je sais que je suis trop grande, mais j'aime encore jouer à être la petite fille-tourniquet de Papa.

Je remarque Liam sur le seuil. Il nous regarde, me regarde tourner, tourner, tourner. Finalement, Papa me repose. On est hilares, tous les deux, et on ne tient plus debout. Je vois les yeux de Liam se fixer sur les miens ; il me jette un regard...

De la haine.

Voilà ce que c'était. Il me haïssait.

Pourquoi ? À cause de la manière dont Papa me traitait, me traite encore – pas comme lui ? Papa n'a jamais eu de chouchou, si c'est ça que Liam a pensé. D'ailleurs, comme son anniversaire était en mars, tandis que le mien tombait une semaine après Noël, Liam recevait toujours plus de cadeaux que moi. Qu'est-ce qu'il voulait, être la petite fille-tourniquet ?

Ça m'a frappée comme un coup de marteau sur la tête. Ben oui, Regan, évidemment. C'est exactement ça qu'il voulait. C'est ce qu'il a toujours voulu. Si Liam pouvait faire un seul vœu dans ce bas monde, demander un seul cadeau d'anniversaire, ce serait de renaître. De renaître à l'endroit, dans le corps d'une fille.

CHAPITRE 3

Liam m'avait abandonnée en Sibérie sans traîneau. Il devait faire moins soixante aujourd'hui, et le lycée était à trois kilomètres. J'avais à peine dépassé la moitié d'un pâté de maisons que mes pieds s'étaient déjà transformés en blocs de glace.

– Va au diable, Liam ! ai-je enragé tout haut. Je te déteste.

Non, je ne le détestais pas. Il ne me détestait pas, lui non plus. Il était juste en colère contre sa vie, ce que je pouvais comprendre. Ça doit être horrible de ne pas être dans le bon corps, d'avoir cette identité dédoublée. Je savais qu'il souffrait. Je regrettais juste qu'il se venge sur moi. Ce n'était pas ma faute si j'avais reçu le corps qu'il voulait. Moi, je voulais le corps de Britney Spears. Est-ce que je l'avais eu ? Non.

D'accord, ça, c'était minimiser la souffrance de Liam. Mais merde. Il faisait froid.

Tandis que mes orteils se lézardaient et se fissuraient dans mes Nike gelées, la question subsistait : pourquoi était-ce la dernière année où nous avions fêté les anniversaires de Liam et d'Aly ensemble ? Il s'était passé autre chose. Mais quoi ?

– *Allons-y.*

Maman se retourne, le gâteau nappé en équilibre sur les avant-bras. Il est décoré de deux manières différentes. La première moitié est un terrain de foot avec des joueurs miniatures ; sur l'autre, une danseuse rose fait des pirouettes sur un lac peint.

Les yeux de Liam s'illuminent.

– Génial ! souffle-t-il. Je peux avoir la danseuse ?

Je vois Papa jeter un coup d'œil à Maman. Elle évite son regard.

– Rassemble tout le monde, dit-elle à Liam.

– Hé, Aly ! appelle Liam du haut des marches de la terrasse. Viens voir le gâteau !

On chante, on mange du gâteau, et j'entends Liam supplier Alyson de le laisser garder la danseuse. Elle s'en fiche. Ce sont les licornes qui l'intéressent, maintenant. Elle aurait donné la danseuse à Liam de toute façon, juste parce que c'est son meilleur copain. Mais elle aime bien se faire prier. Comme moi.

Liam et Alyson entonnent :

– Un, deux, trois, partez !

Et ils se jettent sur leurs cadeaux.

Je suis assise à côté d'Alyson, qui me passe tout ce qu'elle a reçu. Des bijoux, des fringues, des chouchous pour les cheveux. Liam aussi veut voir. Il pousse des « oh ! » et des « ah ! » en prenant les cadeaux d'Alyson. Il les garde trop longtemps, parce que Maman doit dire plus d'une fois :

– Fais-les passer, Liam, pour que tout le monde puisse voir.

Le tas de cadeaux diminue et, finalement, tous les paquets sont ouverts. Mais Liam continue à fouiller parmi les emballages. Frénétiquement.

– C'est tout, Liam, dit Alyson.

– Mais non.

– Je te dis que c'est tout.

Liam vérifie sous la table, derrière sa chaise. Il se tourne vers Maman.

– Ils sont où ?

– Quoi ? demande Maman.

Liam penche la tête.

– Tu sais bien. Tes cadeaux pour moi.

– On t'a acheté le panier de basket et la trottinette. Ça ne te suffit pas ?

– Non, parce que c'est un cochon gourmand, lâche Alyson.

– Aly, voyons ! gronde sa mère.

Mme Walsh rougit et cache son visage derrière sa main. Papa et M. Walsh se fâchent.

Liam se lève rapidement. Il pose les mains sur ses hanches et dit :

– Allez. Ils sont où ?

Papa se penche et ramasse le nouveau ballon de basket de Liam.

– Allons accrocher le panier, je vais te montrer le fameux lancer « oh mince » de Papa O'Neill.

Il lance le ballon à Liam.

Liam l'attrape, mais le jette par terre.

– C'est pas ça que j'ai demandé. Où est mon soutien-gorge ?

Deux filles derrière moi se mettent à glousser. Alyson ricane et se couvre la bouche. Mme Walsh aussi. Moi, je ne ris pas. Je vois Liam devenir écarlate. Le dos de Papa se raidit.

Liam s'écarte de lui. Moi aussi. La tête que fait Papa...

Liam se tourne d'un bond vers Maman.

– Tu m'as demandé ce que je voulais et je te l'ai dit.

Tout se passe tellement vite que l'image est floue : Papa saisit la main de Liam et manque de lui déboîter le bras ; il le traîne vers la maison. Je l'entends rugir dans sa barbe :

– Il faut qu'on ait une petite discussion, jeune homme !

Liam gémit :

– Non, Papa !

Papa le tire en haut des marches puis à l'intérieur de la maison.

Maman et Mme Walsh commencent à débarrasser la table, pendant que toutes les filles farfouillent dans les affaires d'Alyson. Aly me prend à part et me chuchote à l'oreille :

– Liam est tellement marrant ! Non ?

Je hoche la tête. Me force à sourire.

Elle se mord la lèvre inférieure, regarde d'un air rêveur en haut des marches de la terrasse.

– Je vais me marier avec lui, tu sais. Comme ça, toi et moi on sera sœurs.

Elle me presse la main.

Je presse la sienne à mon tour, en pensant : « J'ai déjà une sœur. »

Ai-je vraiment pensé ça ? Si je pouvais voir la fille en Liam, pourquoi Maman et Papa ne la voyaient-ils pas ? Pourquoi personne ne la voyait ?

Je ne sais pas ce que Papa lui a dit ce jour-là, dans la maison, mais ça a créé une faille dans l'univers de

Liam. Un trou noir s'est ouvert et l'a avalé tout entier. L'a avalée tout entière. Lia Marie, le premier nom qu'elle s'est choisi. Elle s'est estompée, repliée, retirée.

Mais pas pour toujours. Pas pour longtemps.

Bizarre. À neuf ans, elle réclamait un soutien-gorge ? Moi, j'ai attendu d'avoir onze ans pour trouver le courage d'en demander un à Maman. Mais bon, Lia Marie m'a toujours accusée d'être en retard dans ma croissance.

Des pneus ont crissé à côté de moi et, par réflexe, j'ai sauté par-dessus un talus de neige. Le regard de Liam a croisé le mien à travers la vitre de sa voiture. Avec le menton, il m'a fait signe d'approcher.

J'ai envisagé de me faire prier. Oh, à quoi bon ? J'avais déjà perdu trois orteils à cause des engelures.

Je suis montée dans sa Spyder. Au moins, il avait relevé la capote aujourd'hui. Parfois, il conduisait la voiture décapotée, même en hiver. Comme s'il était insensible au froid ; comme si son corps n'était pas relié à son cerveau.

On a roulé en silence ; j'essayais de faire revenir la circulation dans mes doigts, tandis que Liam gardait fixé droit devant lui son regard inhabité. Alors qu'on arrivait en haut de la colline, le lycée Horizon s'est élevé comme la cité disparue d'Atlantis. Puis a replongé dans la mer tandis qu'on le dépassait dans un grondement.

– Liam, dépose-moi ! ai-je dit, prise de panique. Je dois absolument aller au lycée aujourd'hui. J'ai un contrôle en première heure et un devoir à rendre en histoire.

Sans parler du cours de chimie. D'ailleurs je n'en ai pas parlé.

– Liam !

– Je n'y arrive pas, a-t-il murmuré, en grillant un stop. Je veux le tuer.

– Qui, Papa ? Je t'aiderai. Mais pas ce matin, juste. D'accord ?

Liam a changé de file et déboîté brusquement pour emprunter l'autoroute. Génial. « C'est reparti, ai-je pensé. Il peut sécher un jour sur deux, il aura quand même des dix-neuf partout. Avec ses résultats, les facs se battent pour l'avoir. Moi, si je rate une journée, je coule. La seule fac qui s'intéressera à moi, ce sera une poubelle. »

– Liam…

– Pas Papa, a-t-il dit en se mêlant à la circulation. Moi. Je veux me tuer moi.

J'ai poussé un soupir las. C'était reparti.

Je ne supportais pas de le voir dans cet état – dépressif, suicidaire. Sa douleur était si palpable qu'elle me faisait souffrir. Recroquevillée dans ma parka, qui ne soulageait en rien le froid moral, je me suis résignée à redoubler mon année de seconde. Et alors ? Quelle importance avait l'école, comparée à l'obligation de protéger mon frère contre lui-même ?

Liam a pris la sortie Broadway Avenue et a pilé devant un Starbucks. On restait assis dans la voiture, aucun de nous ne faisait un geste pour sortir.

– Qu'est-ce qu'on fait là ? ai-je finalement demandé.

Liam n'a pas répondu.

J'ai indiqué un panneau sur la porte.

– *Cherche serveur/serveuse*. T'essaies de me dire quelque chose ? Je devrais devenir serveuse ? C'est sans doute le seul boulot que je serai capable d'obtenir après avoir été recalée au bac.

Il n'a pas compris ce que je sous-entendais. Il a juste ôté les clés du contact et passé ses longues jambes par la portière pour sortir.

J'ai suivi. À croire que j'étais programmée pour être son caniche.

Liam a commandé un café au lait et moi un moka. Comme il payait, je suis retournée prendre un scone aux myrtilles. On s'est assis au comptoir devant la fenêtre pour siroter nos cafés et regarder le monde suivre son cours. Le vrai monde, pas l'univers parallèle de Liam. Je n'arrivais à penser qu'à une seule chose : « Il faut que je sois au lycée aujourd'hui. Il faut que j'aille en cours de chimie. » Une femme chargée d'une taie d'oreiller bourrée à craquer est entrée dans une laverie, de l'autre côté du parking, au moment où un gros type en sortait. Il tirait un petit gamin derrière lui. Le gamin piquait une crise de nerfs, il piétinait et hurlait. On n'entendait pas ce que le père – si du moins c'était son père – criait au gamin, mais c'était assez facile à deviner.

Liam a dit :

– Regarde. Quand il grandira, il rendra son père fier de lui.

J'ai lâché un long soupir.

– Liam…

Comme un navire en plein naufrage, il a penché sur le côté. Sa tête est venue se poser sur mon épaule.

– Qu'est-ce que je vais faire, Regan ? Au fond de moi, je meurs.

Oh là là. Pas ça, pas encore. J'ai passé un bras derrière son dos osseux et j'ai serré sa tête contre moi.

– Ça va aller.

– Non. Ça n'ira jamais.

– Lia Marie...

– Luna.

– Hein ?

– C'est Luna.

– Ah, très bien. Luna.

J'allais mettre un moment à m'habituer à son nouveau nom.

Un tocard assis au bout du comptoir, qui jusque-là tapait sur son ordinateur portable, s'est interrompu pour nous regarder. Je l'ai fixé avec insistance, comme pour dire : « Quoi ? T'as un problème ? »

Il s'est remis à travailler.

Liam a levé la tête et s'est redressé sur son siège.

– Tous les jours, c'est la même chose. Je me cache, je mens, je la retiens à l'intérieur. C'est trop dur. Je n'y arrive pas.

« Ne pleure pas, ai-je pensé. S'il te plaît, ne pleure pas. »

– Quand les gens me regardent, ils ne voient pas la vraie moi. Ils ne peuvent pas me voir, avec cette allure-là.

Il a balayé l'air devant sa poitrine.

Qu'étais-je censée répondre ? Combien de fois avais-je entendu ça ? Pour essayer d'alléger l'atmosphère, j'ai choisi de dire :

– J'aime bien cette chemise. Elle est nouvelle ?

Il m'a jeté un regard cinglant.

– Désolée.

– Personne ne connaîtra jamais celle que je suis au fond de moi. La vraie moi. La fille, la femme. Tout ce qu'ils voient, c'est ce… ce rien.

– Tu n'es pas rien, ai-je rétorqué sèchement. Tu es une personne. Tu es Liam.

– Liam ?

Il a lâché un petit rire.

– C'est qui, ça ? Une caricature que j'ai créée. Une marionnette, des grimaces, un personnage de BD. Je suis une image calquée sur le fils viril et macho que Papa a dans la tête.

– Oublie Papa. Quelle importance il a ? Tu n'es pas obligé de faire du base-ball, d'accord ?

Liam a fermé les yeux et posé le menton contre sa poitrine.

– J'ai besoin de la laisser sortir, Regan.

– Qu'est-ce que tu veux dire ? Comment ?

– Je l'étrangle. Ce n'est pas elle que je veux éliminer. La supprimer, la réprimer, la maintenir en cage, faire durer cette imposture, cette comédie… tout ça, je n'y arrive plus.

Il a secoué la tête.

– Je ne peux pas.

Il a levé le menton et m'a regardée.

– Ça ne passe pas. J'ai beau le vouloir, et prier, elle est toujours avec moi. Elle *est* moi. Je suis elle. Je veux être elle. Je veux être Luna.

– Tu l'es. Tu peux l'être.

– Non.

Il a cligné des yeux.

– Je parle d'être Luna tout le temps. Je veux être libre. Je veux faire ma transition.

Sa transition ? Il n'avait jamais employé ce mot-là. Changer. Passer de l'autre côté. Mais comment ? Pour aller où ?

Il fouillait mon visage, explorait mon regard.

– Tu comprends, n'est-ce pas, Regan ?

– Euh… ouais, ai-je menti.

Il avait déjà parlé de sortir du placard, de se libérer. Plein de fois. Mais juste d'être libre, ça n'allait pas plus loin.

Il a continué à me fixer, à m'observer. Ça me mettait mal à l'aise quand il faisait ça. J'ai détaché un morceau de mon scone et je l'ai grignoté. Il était rance.

– Tu le veux ?

Je l'ai poussé vers lui.

Il a dit :

– Maman avait raison, tu sais. Tu as l'air d'un zombie. Une petite touche de crème sous les yeux estomperait tes cernes.

Je lui ai tapé le bras.

– La ferme. C'est à cause de toi que j'ai des valises sous les yeux.

– Hé, tu as aimé la perruque blonde que je portais ce matin ?

Il s'est un peu déridé.

– … Elle va bien avec le rouge, je trouve, mais la couleur est un peu voyante. Trop platine. Et trop osée pour être portée avec un pantalon de tous les jours. Je pense que la perruque châtain bouclée convient mieux pour les tenues ordinaires. Tu ne crois pas ?

Quand elle se mettait à parler cheveux et fringues, on en avait pour des heures.

– Il faut que je retourne au lycée, Lia.

J'ai regardé ma montre. Neuf heures quarante-cinq. Si on se magnait, je pourrais arriver à temps pour le cours d'histoire. Et je n'aurais que la moitié de l'année à redoubler.

Elle a soupiré.

– C'est *Luna*. Tu es tellement narcissique et exigeante.

– Moi ? Et toi alors ?

Elle a pointé le doigt sur sa poitrine en battant des cils, comme pour dire : « Moi ? »

Elle était trop bizarre.

– T'as pas cours, toi ? ai-je demandé, en emmaillotant mon scone dans une serviette qui lui servirait de linceul.

– Séminaire pour les terminales, a-t-elle répondu. Présence facultative.

Elle a avalé le fond de son café au lait et ajouté en se laissant glisser de son tabouret :

– Tu veux bien d'abord faire un saut au Wal-Mart pour m'acheter des sous-vêtements ? Les miens deviennent un peu gris.

Je l'ai suivie jusqu'à la porte.

– Le linge blanc, il faut le laver avec de l'eau de Javel.

– Il paraît, a-t-elle jeté par-dessus son épaule. Je ne suis qu'une fille, pas une fée du logis comme toi.

J'ai enfoncé mon poing dans son omoplate. À ce rythme, on arriverait peut-être au lycée vers midi.

Oh, bah. C'était déjà assez dur comme ça qu'il soit obligé d'emporter son linge de fille à la laverie. Il était hors de question que je me charge de le laver. Ça ne me gênait pas de lui acheter des petites culottes et des soutiens-gorge, mais toucher à son linge sale… eurk.

On est montés dans la Spyder. Liam a pêché son portefeuille et m'a tendu un billet de vingt.

– Prends-moi des Maidenform échancrées en beige, s'ils en ont. Sinon en blanc. Taille 36.

– Taille 36, ai-je raillé.

Il m'a souri tandis que j'arrachais l'argent entre ses doigts. Ça m'énervait qu'il porte une taille plus petite que moi – et qu'il le sache.

CHAPITRE 4

On est arrivés au lycée pendant la pause déjeuner. Celle de Liam. La mienne était déjà passée. Il est parti chercher Alyson à la cafétéria, pendant que je fonçais dans l'escalier, direction le bâtiment des sciences. Plus j'approchais de la salle, plus je me sentais mal.

Je détestais le lycée. Il me le rendait bien. Tous ces groupes, tous ces clubs, ces équipes de sport et ces associations qui existaient autour de moi, sans moi. Tous ces gens qui plaisantaient et riaient avec leurs copains dans le hall. Les bons moments que je ratais, le lycée les affichait, me les envoyait à la figure. Tout ça à cause de…

Non. C'était injuste. Ce n'était pas la faute de Liam. C'était mon choix, ma manière de gérer la situation.

La cinquième heure avait déjà commencé, alors je me suis faufilée par la porte, tête baissée, priant pour que M. Bruchac soit aussi bavard que d'habitude. Absorbé par son discours, ignorant les cadavres qui tombaient comme des mouches, morts d'ennui.

Pas de bol. Il était assis à son bureau, et j'ai dû passer devant lui. Il a jeté un coup d'œil par-dessus ses lunettes d'écaille, prenant bien soin de croiser mon regard, et a coché mon nom sur sa liste.

Salopard.

Le seul cours que j'aurais adoré sécher, je ne pouvais pas le rater. Pas aujourd'hui. Aujourd'hui, on commençait les travaux pratiques.

Bruchac nous serinait depuis un mois – depuis le début du deuxième trimestre – de bien réfléchir à notre partenaire de TP. Tout le reste du trimestre, notre vie dépendrait de cette personne, en cours de chimie, disait-il, alors nous devions choisir un binôme avec lequel nous pourrions travailler en collaboration rapprochée.

Rapprochée. Proche. Ce mot déclenchait une alarme dans ma tête.

Notre note finale dépendrait de la qualité de notre travail commun, de notre contribution globale. La partie contribution ne me faisait pas peur, puisque la mienne serait de 100 %. Chaque jour, j'avais compté les élèves. Nous étions vingt-trois. Divisé par deux. Reste un. Moi. Je me porterais volontaire pour travailler seule. Pas de problème. Ça me faciliterait tellement la vie.

Devant la classe, Bruchac continuait son blabla assommant : les devoirs de travaux pratiques devaient être signés par les deux partenaires ; les feuilles d'exercices et les grilles de résultats resteraient des travaux personnels ; quiconque surpris en train de tricher aurait automatiquement un zéro.

– Une bulle.

Il s'est levé pour en dessiner une au tableau.

– Et ça, mes amis, ce n'est pas le symbole de l'oxygène.

Quel gros lourd ! Il venait en costume-cravate tous les jours, ce qui n'aurait pas été si terrible si ses tenues avaient été assorties. Il mettait des vestes à carreaux avec des chemises à rayures – à croire qu'il avait composé sa garde-robe dans une vente de liquidation de chez Barnum & Bailey. Bon, je n'étais pas la fille la plus glamour de l'année, mais fallait voir. Tous les autres profs portaient des jeans, la plupart du temps.

– Les tests peuvent être repassés une fois, a dit Bruchac. Mais si vous ratez un contrôle, il faudra me promettre votre premier-né pour que je vous autorise à le repasser.

Ha ha ha.

J'étais en train de graver le symbole de l'infini dans la couverture de mon manuel, quand le moment fatal est arrivé. Bruchac a annoncé :

– Avec un minimum de chahut, choisissez votre partenaire et installez-vous devant une paillasse.

Mon estomac s'est noué. J'ai jeté un regard furtif dans la salle. Je connaissais la majorité des gens qui étaient là. Pas bien, évidemment, mais j'avais grandi dans le quartier. Mes seuls vrais amis étaient Alyson et Liam, ce qui me convenait très bien. Vraiment. Qui a assez de temps pour des dizaines d'amis ? Parfois, j'avais l'impression que mon frère et moi partagions une seule vie. La sienne. Nous étions deux vides désincarnés.

Mes yeux se sont posés sur une silhouette solitaire, au fond, qui remontait l'allée précipitamment – vers moi. Je me suis retournée en vitesse. « S'il te plaît, mon Dieu, non », ai-je prié, invoquant mon bouclier d'invisibilité. Pas Hoyt Doucet. Il était ignoble. L'incarnation de Satan. Je le méprisais tellement. Hoyt était le pire cauchemar de Liam, depuis que les Doucet avaient emménagé dans notre rue, quelques années plus tôt. Ils avaient emménagé dans la maison d'Alyson, pour être précis, quand les Walsh étaient partis dans un quartier plus chic. Liam avait dû se mettre en route pour le lycée une demi-heure en avance pendant toute son année de quatrième, pour éviter une embuscade de Hoyt Doucet.

Si Hoyt me demandait de faire équipe avec lui pour les TP, je lui vomirais mon scone dessus. Ce serait un honneur.

On m'a donné une tape sur l'épaule.

– Tu veux qu'on travaille ensemble ?

J'ai fait volte-face, prête à dégobiller des miettes de scone. Mais Hoyt est passé en trombe devant moi, laissant une puanteur de gaz d'égout dans son sillage. Mes yeux ont refait le point. La voix émanait d'une bouche qui me souriait, et d'une tête penchée, sur un cou relié à un corps. Un corps qui n'avait rien d'un vide. Solide comme un roc, des pieds à la tête.

– Alors ? On pourrait être le duo dynamique. Ou plutôt le duo dynamite – faire exploser le labo. Bam !

Il a souri.

C'était un rêve. Qui était ce mec, et comment avait-il fait pour traverser mon bouclier ?

– C'est… moi… que tu veux ? ai-je demandé d'une voix cassée, les mains sur la poitrine.

Bruchac a tonné :

– C'est pour aujourd'hui ou pour demain ? Vous avez trente secondes pour trouver un autre rat de laboratoire et un poste de travail.

J'ai reculé ma chaise et je me suis levée. Stupéfaite. Ce mec, ce véritable être vivant, m'a fait signe de le suivre. Je l'aurais suivi même dans un nuage toxique de monoxyde de carbone, je pense. Il était carrément canon.

– Celui-là, ça te va ? a-t-il demandé en indiquant un évier sans propriétaire près du tableau de classification périodique des éléments.

J'étais paralysée. J'ai juste réussi à hocher la tête.

– Je m'appelle Chris, a-t-il dit.

– Euh… Regan.

Ma voix semblait forcée, faible. Parfait reflet de ce que je ressentais.

– Je suis plus ou moins nouveau ici.

Il a enfourché le tabouret.

– Toi aussi ? Tu avais l'air nouvelle quand Bruchac nous a dit de nous mettre par deux.

J'ai vaguement rigolé.

– Non, je suis juste la pauvre tache de base.

Il a fait la grimace.

– Ouais, c'est ça.

Ses yeux me fouillaient en profondeur ; ma température interne a fait un bond. Il me matait ou quoi ?

Oh là là. Peut-être bien que oui. J'avais bavé du moka sur ma chemise.

La peur me transperçait l'échine. Pour une raison que j'ignore, mes cordes vocales se sont mises en marche.

– Tu as encore…

J'ai regardé ma montre.

– ... douze secondes pour changer d'avis. Trouve quelqu'un d'autre et sauve ta réputation.

Le coin de sa bouche s'est relevé.

– J'ai déjà trouvé. Toi. Je prends le risque.

Fusion. Mégafusion nucléaire. J'avais répété ce moment si souvent dans ma tête (je me cache derrière mon bouclier jusqu'à ce que tous les autres aient un partenaire ; j'assure à Bruchac que ça ne me gêne pas de travailler toute seule ; je m'efforce de mentir avec conviction) que j'avais du mal à croire que le scénario se déroulait autrement. Je devrais peut-être me pincer ? Ou le pincer ?

Le silence entre nous s'est épaissi, comme si nous ne savions plus quoi dire, ni quoi faire. Espèces incompatibles, voilà ce qui m'a traversé l'esprit. C'est vrai, on n'était pas de la même espèce. Lui, il était humain. Chris ? Chris, c'est ça qu'il avait dit ? Il ouvrait et fermait le robinet d'eau, passant et repassant son index sous le jet. Me jetait des gouttes d'eau. Souriait. M'appâtait.

J'étais peut-être capable de gérer ça. C'est pas comme si on sortait ensemble ou quoi. Devais-je faire mine d'être fâchée ? L'arroser à mon tour ?

Je ne savais même pas comment me comporter avec un mec. Qu'est-ce qu'on est censée dire ? « Tu as des cheveux magnifiques », c'est permis ? Parce qu'ils étaient magnifiques. Noirs comme de l'encre et doux comme de la soie. Une mèche lui est tombée sur l'œil droit. L'œil gauche semblait briller, pétiller, jouer avec moi.

Ressaisis-toi, Regan. Je me suis écartée de lui et j'ai ouvert mon cahier. Pouvais-je faire un commentaire sur ses fringues ? Son look était cool. Il pourrait le prendre mal, cela dit. Penser que je me moquais de lui. Ses vêtements n'étaient pas neufs, ni chouettes. Son jean était déchiré sous la poche et son T-shirt à manches longues s'effilochait aux poignets. Il avait des mains immenses. Et de la graisse autour des ongles. De la vraie graisse.

Je me suis rappelé l'époque où Liam avait bossé dans un garage Jiffy Lube – il était en seconde à ce moment-là, je crois. Ça n'avait pas duré longtemps. Il n'avait fait ça que pour calmer Papa, tout ce plan macho. Mais Liam disait que si Papa lui demandait d'où venaient les traces autour de ses cuticules, il pourrait toujours prétendre que c'était de la graisse.

De la graisse rose ? C'est ça, Liam. Heureusement que Papa n'a jamais posé la question.

Bruchac a commencé à expliquer notre premier exercice. Il griffonnait au tableau des équations qui auraient pu être aussi bien des notations scientifiques en swahili. Chris semblait fasciné par la façon dont l'eau s'égoutte à travers un poing à demi fermé. Ça m'aurait hypnotisée toute la journée, moi aussi, si la voix de Bruchac ne m'avait pas arrachée à ma torpeur.

– Avant de commencer, vous trouverez dans le tiroir du haut une plaquette plastifiée, intitulée *Règles de sécurité du laboratoire*. Sortez-la maintenant, s'il vous plaît, et lisez-la avec moi.

J'ai tiré sur la poignée du tiroir. Il était coincé. J'ai forcé un grand coup. Il refusait de bouger. Chris l'a secoué. Rien à faire. Il s'est penché pour regarder en dessous, pendant que je calais mon pied contre le meuble pour tirer de toutes mes forces. Le tiroir a volé et cogné le front de Chris. Il a grogné et valsé en arrière, perdant l'équilibre. Il a fini par terre sur les fesses. Son tabouret a vacillé avant de lui tomber dessus. Autour de nous, tout le monde ricanait.

Je suis morte. Au moment où je descendais de mon tabouret pour l'aider à se lever, il s'est redressé péniblement.

– Ça va ? ai-je demandé.

– Pas de problème, a dit Chris.

J'ai tendu la main vers lui pour l'épousseter. Oh là là, j'avais failli le toucher.

– Désolée, ai-je marmonné. Je suis désolée. Tu t'es fait mal ?

– Ça va très bien.

Chris a remis le tiroir à sa place et l'a fermé d'un coup sec. Il avait l'air furieux.

– Je suis désolée.

Il a redressé son tabouret.

– Je suis vraiment désolée. Ça va ? Sérieux, je suis désolée. Je n'ai pas pensé…

– Ça va, Regan.

Il m'a regardée dans les yeux.

– Regan, a-t-il répété, et il a souri. J'aime bien ton prénom.

Mon prénom ? Il me semblait bizarre, dans sa bouche. Me semblait… joli. Je ne l'ai jamais aimé. C'est un nom de famille, pas un prénom de fille. Chris n'était pas fâché. Ouf.

Bruchac nous observait, Chris et moi, par-dessus ses lunettes. Il était fâché, lui. Oups ! Sans se laisser interrompre, le prof a continué sa récitation. Le temps que mon cerveau redevienne capable de suivre, Bruchac en était à la règle de sécurité numéro quatre.

– *Signalez tous les accidents. Aucun accident n'est trop minime pour être signalé. Cinq. Repérez l'emplacement des sorties de secours.* Monsieur…

Il a parcouru sa liste d'élèves.

– … Garazzo. Pouvez-vous m'indiquer les sorties de secours ?

À côté de moi, Chris a tressailli. Il a montré les deux portes d'un bras tendu.

– À l'avant. À l'arrière.

Il a croisé les bras.

– Et au-dessus des ailes. Les sorties de secours doivent rester accessibles à tout moment.

J'ai ricané.

Bruchac a poussé un soupir las.

– *Les masques de sécurité*, a-t-il poursuivi, *c'est-à-dire les lunettes antiprojections. Doivent être portés lors de l'utilisation d'un produit dangereux pour les yeux.*

Bruchac a marqué une pause et levé la tête.

– Ça veut dire à *chaque* fois. Désolé, les filles. C'est une loi fédérale. La chimie, ce n'est pas un concours de beauté.

Oh là là. On peut dire qu'il est sexiste, lui.

Chris a marmonné :

– Abruti.

Il commençait à me plaire, ce mec. Je ne parle pas de Bruchac.

– Il est également nécessaire de protéger les cheveux longs durant le travail en laboratoire. Maintenez-les à l'écart des flammes et des appareils.

Il a écarquillé les yeux.

– Compris, les filles ?

Oh, ça va. Il y a aussi des mecs qui ont les cheveux longs.

Soudain, j'ai senti des picotements sur mon crâne. Chris faisait pendre mes cheveux au-dessus du bec Bunsen. Il a fait :

– Pchttt !

Et m'a fait rire. Trop fort.

Bruchac nous a épinglés avec un regard qui tue. Chris et moi, on a baissé la tête, mais on n'a pas pu s'empêcher de glousser.

Pendant que Bruchac faisait le tour de la salle, pour noter les noms des partenaires de labo sur sa liste, et distribuer l'intitulé du premier exercice, Chris a examiné le contenu de nos tiroirs. Il a trouvé les masques et m'en a tendu un.

– Vous devez les porter à chaque fois, a-t-il singé. C'est une loi fédérale, les filles. La chimie n'est pas un concours de beauté.

Il a fait claquer l'élastique sur sa tête. Je l'ai imité en enfilant les miennes.

On s'est regardés à travers le plastique transparent, et on a de nouveau éclaté de rire. Moi, parce que j'étais en pleine crise d'hystérie. Lui, parce que j'avais une tête d'abrutie.

Bruchac s'est planté devant notre paillasse pour nous fusiller du regard et cocher nos noms. Apparemment, le rire n'était pas au programme de chimie. Il nous a donné la feuille d'exercices et a continué son chemin.

Chris a plaqué la feuille contre son masque.

– Qu'est-ce qu'on est censés faire en premier ? a-t-il demandé. Je n'arrive pas à lire.

C'était une très mauvaise photocopie, à croire que Bruchac ne daignait pas ajouter du toner neuf pour nous. J'ai parcouru la feuille et lu tout haut :

– *Inventoriez le matériel. Familiarisez-vous avec l'équipement du laboratoire. Comptez les éprouvettes et les pipettes...*

Chris a tendu le cou comme un dindon, pour fouiller la salle du regard.

– C'est qui, les Pipettes ? Elles sont là ?

J'allais le taper, mais je me suis arrêtée à temps.

– C'est un bon lycée, ici ? a-t-il soudain demandé. Je me suis fait transférer ici pour le sport, comme Horizon est passé au niveau fédéral l'année dernière. L'entraîneur Hewitt, c'est carrément une légende. Je serais prêt à tuer pour jouer avec lui. À quoi ressemble la vie sociale, ici ? Il paraît que c'est plein de fêtards.

C'est à moi qu'il posait la question ? Ma vie sociale se résumait en un mot : néant total. OK, ça fait deux mots, mais vous voyez ce que je veux dire.

– Ouais, c'est la folie, ai-je dit.

D'après Aly et Liam, qui se faisaient inviter aux soirées, eux. Aly était invitée plus souvent, mais elle emmenait Liam quand il y consentait. Cela dit, Liam était plutôt populaire, lui aussi. Auprès des filles, en tout cas.

J'ai senti le regard de Chris sur moi. Quoi ? Il me fixait, ses yeux noirs perçaient des trous dans mon profil. J'ai tourné lentement la tête pour lui faire face.

Il a baissé les yeux.

Avait-il rougi ? Je croyais que seules les filles rougissaient. Liam, ça lui arrivait, mais Liam était une fille.

Chris a marmonné :

– Désolé. C'est juste que tu es...

En fusion ? Super flippante ?

– Vous êtes en train d'organiser votre mariage, vous deux, ou quoi ? a tonné Bruchac derrière nous.

On a sursauté.

– Vous avez peut-être intérêt à vous attaquer à cet exercice avant la fin de la lune de miel.

Je me suis retournée. La cravate de Bruchac a concentré mon attention, car elle me pendait dans la figure. Tout du long, une centaine de petits Titi étaient brodés en couleur. Pitié ! Pourquoi ne pas se balader avec un badge marqué *Barjo* pendant qu'il y était ?

– Vous êtes la sœur de Liam O'Neill, n'est-ce pas ? m'a demandé Bruchac.

Je me suis détournée.

Il a ajouté :

– Je viens juste de faire le rapprochement.

« Flûte, ai-je pensé. C'est reparti. » Chaque trimestre, j'évitais soigneusement de choisir des cours donnés par les profs que Liam avait eus, parce qu'il était leur petit génie préféré. Il faudrait que des scientifiques publient l'étude qui prouvera définitivement que le génie n'est pas un truc familial. Depuis le début de ma scolarité, j'avais l'impression d'avoir une grande sœur difficile à égaler. Elle était plus intelligente, plus sympa, plus jolie – du moins, elle l'aurait été si elle avait pu s'habiller en fille. Les traces de Liam étaient bien trop imposantes pour que je puisse les suivre. Je n'arrêtais pas de trébucher sur ses talons hauts.

Bruchac a fait le tour de notre paillasse et pointé un doigt vers moi ; il l'a même carrément agité sous mon nez, genre : « Je vous ai percée à jour, maintenant, miss. »

Flûte. Pourquoi était-il le seul prof de chimie de seconde ?

Bruchac s'est adressé à toute la salle :

– J'attends de grandes choses de chacun de vous.

Plus bas, il a ajouté :

– En particulier de vous, mademoiselle O'Neill, maintenant que je suis au courant.

Il est reparti vers le devant de la salle.

Chris m'a regardée en haussant les sourcils.

– Laisse tomber, j'ai dit.

Il a soufflé dans sa barbe :

– Sur l'ECGC, je place Bruchac au dixième échelon.

J'ai froncé les sourcils.

– Sur le quoi ?

– L'ECGC. L'Échelle de classification des gros cons.

J'ai souri. Bien trouvé.

On s'est concentrés sur notre exercice. On était plongés dans le recensement des pipettes et des éprouvettes quand Chris s'est penché vers moi pour écrire en bas de notre feuille d'inventaire :

Pus

Teint

CD

Bill

Je l'ai regardé en clignant des yeux.
– Hein ?
– Dis les mots tout haut, m'a-t-il expliqué. Répète-les. Tu vas comprendre.
Il a fait cliqueter deux pipettes en verre contre un bécher.
J'ai lu à haute voix :
– *Pus teint CD Bill.*
Encore une fois.
– *Pus teint…*
J'ai compris. J'ai éclaté de rire. Je ne pouvais plus m'arrêter. Mes yeux se sont remplis de larmes. Je gloussais tellement fort que Chris m'a imitée. On a plongé sous la table, pour éviter le radar de Bruchac.
La sonnerie nous a sauvés.
– Rendez-moi vos formulaires d'inventaire et ensuite vous pourrez sortir, a dit Bruchac, par-dessus le vacarme croissant.
Chris s'est levé et a commencé à gommer son *Pus Teint* de message sur le formulaire. J'ai arraché la feuille sous son crayon. Je me suis précipitée vers l'avant de la salle et je l'ai plaquée au sommet de la pile de devoirs sur le bureau de Bruchac. Je lui ai

lancé un sourire exagéré. Bruchac m'a rendu mon sourire et m'a fait un clin d'œil.

Beurk.

À la porte, je me suis retournée et j'ai envoyé un vrai sourire à Chris à travers la pièce. Il avait l'air plutôt halluciné, mais d'après moi il n'avait aucune raison de s'inquiéter. Bruchac ne pigerait jamais la blague. Et s'il comprenait, peut-être qu'il comprendrait aussi autre chose : que je n'étais pas Liam.

CHAPITRE 5

J'avais encore un ballon gonflé à l'hélium à la place de la tête quand je suis rentrée à la maison, après les cours : je ne touchais plus terre. Waouh, j'avais un partenaire de labo ! J'ai ouvert la porte du sous-sol avec fracas et les lumières ont trembloté. J'ai lancé vers le bas de l'escalier :

– Yo !

Liam avait installé un système d'alarme silencieux des années plus tôt – une précaution contre le flagrant délit, si jamais quelqu'un débarquait au sous-sol alors qu'il était habillé en Lia Marie. Pardon : en Luna. Il avait trafiqué les fils électriques, pour que les lumières clignotent chaque fois que la porte s'ouvrait. Papa, ça le rendait fou. Pendant des mois, il avait sondé l'installation électrique, à la recherche d'un court-circuit, et n'avait jamais trouvé le problème. Pour le cas où les lumières étaient éteintes, Liam avait programmé des effets sonores imitant des pas dans l'escalier. *Criic, criic, criic*. Ça vous donnait l'impression de gagner le fin fond de la Transylvanie.

Liam était prudent. Parano, même. Il ne s'était jamais fait prendre. Du moins par Maman ou Papa.

Apparemment, il se faisait beaucoup de souci pour rien. Les unités parentales considéraient le sous-sol comme notre territoire réservé. Nos chambres s'y trouvaient et on y partageait la salle de bains, plus la grande pièce où on pouvait traîner et regarder la télé. Maman et Papa se risquaient rarement au sous-sol, et quand ils venaient, ils s'annonçaient toujours. Moi aussi, je m'annonçais – par réflexe. D'ailleurs, quand on y pense, c'était un comportement bizarre pour des parents. Ne sont-ils pas censés mettre leur nez partout, envahir votre territoire ? Aly avait des parents de ce genre, c'est pour ça qu'elle venait chez nous.

Comme d'habitude, Alyson était au sous-sol, en train de jouer à des jeux vidéo avec Liam. Le boulot de mon frère – un de ses boulots – était de tester des jeux. La société Games People Play, ou un truc idiot dans le genre, téléchargeait au format bêta tous les nouveaux jeux que leurs cybergénies créaient, puis les envoyait à Liam. Il devait jouer tous les niveaux, les évaluer, noter leur qualité de divertissement, leur graphisme, la facilité ou la difficulté d'interaction pour les joueurs. Il consacrait l'essentiel de son temps à voir s'il arrivait à pirater le système. Et en général, il y arrivait. Si bien que ces crétins lui demandaient de vérifier le programme et de réparer les virus. Ils lui donnaient un paquet de fric pour ça. Ils l'appelaient leur petit génie.

Les haut-parleurs de l'ordinateur, fixés au-dessus de nos têtes, ont diffusé un hurlement qui a déchiré l'air. C'était la voix d'Alyson. Je me suis précipitée en bas de l'escalier.

– Ça va ? Qu'est-ce qui s'est passé ?

J'ai posé mon sac à dos à côté d'elle.

Elle m'a jeté un bref coup d'œil par-dessus son épaule.

– Il m'a dégommée.

Elle s'est retournée face à l'écran, en poussant sa manette de jeu.

– Flûte, Liam. Comment tu m'as trouvée ? a-t-elle râlé.

La voix de Liam a retenti dans les haut-parleurs.

– *Ha. Ha. Ha.*

Un rire sinistre. Angoissant.

Liam a enfoncé une série de boutons sur sa manette ; je me suis accroupie à côté d'Aly pour examiner l'écran. Les personnages du jeu étaient Aly et Liam, des clones parfaits, jusqu'à leurs vêtements.

– Comment t'as fait ça ? ai-je demandé.

Personne ne m'a répondu. Une boule de feu a jailli d'un bazooka que Liam trimballait à la main. Alyson a fui au bout d'une allée, mais les projectiles embrasés l'ont frappée en plein dos. Son cri m'a retourné les oreilles. Du sang a giclé sur l'écran et commencé à dégouliner. Le clone d'Aly s'est dissous, il n'en restait plus que de la bouillie verdâtre.

– Merde, Liam ! a crié la vraie Aly. Laisse-moi une chance, au moins.

Le rire de Liam a retenti au-dessus de nos têtes :

– *Ha. Ha. Ha.*

Le vrai Liam a regardé Alyson en ricanant.

– T'es cuite, ma belle.

– C'est quoi ce jeu ? ai-je insisté.

Alyson a jeté sa manette par terre.

– Un truc que Liam est en train de programmer. Il l'a trafiqué pour être le seul à pouvoir gagner.

Elle s'est relevée.

– C'est pas vrai, a protesté Liam en comparant leurs scores. Les personnages sont capables d'apprendre grâce à leurs erreurs. Malheureusement, tu n'arrêtes pas de faire la même. Je te l'ai dit, Aly : évite les allées sombres.

Elle lui a donné une tape sur la tête.

– Tue-le pour moi, d'accord, Regan ?

Elle a traversé la pièce à grandes enjambées.

J'ai ramassé mon sac à dos et répliqué :

– Ça, il devra le faire sans mon aide.

Liam a levé la tête vivement et m'a jeté un regard lourd de sens.

– Je ne voulais pas dire...

Quelle imbécile. Imbécile, imbécile, imbécile.

Liam a repris le décompte des points.

– Vous avez décidé ce que vous voulez, les filles, ou pas encore ? a demandé Aly derrière moi.

Je me suis retournée et j'ai vu que nous n'étions pas seuls. Il y avait deux autres filles que je n'avais pas remarquées, dans ma précipitation pour venir à la rescousse d'Aly. Elles étaient recroquevillées au-dessus de la table basse rayée qui servait de bureau à Liam. L'une d'elles était en train de commander un ordinateur.

Liam avait un autre gagne-pain : construire des PC. Il prenait des commandes et assemblait les éléments dans le sous-sol. Comme je vous le disais, un vrai cerveau.

Génial. Il fallait qu'il ait des clients aujourd'hui. J'avais tellement envie de m'enfermer dans ma chambre et de mettre mon CD de *Carmen*. Monter le volume à fond et me perdre dans « L'amour est un oiseau rebelle ». Plus la peine. Alyson tolérait ma passion pour l'opéra – même si elle parlait de « penchant malsain », une expression qu'elle avait manifestement empruntée à Liam. Mais je ne voulais pas que ça se sache.

Comme si les gens se souciaient de ce que j'aime.

– C'est combien si je veux un scanner ? a questionné une des filles en enroulant une mèche autour de son index.

Je ne l'avais jamais vue. Elle avait un accent. Allemande ? Russe ? Liam se mondialisait maintenant ou quoi ?

– Tu veux quel genre de scanner ? a voulu savoir Aly. Tu peux avoir un combiné photocopieuse-scanner-fax pour à peu près le même prix. Hein, Liam ?

Il a grogné. Je l'ai regardé retaper une ligne du programme de son jeu.

Je me suis redemandé, en voyant ça, si Liam payait Aly pour l'aider. Sans doute pas. Il était tellement radin.

Ça ne la gênait sûrement pas. Elle aurait fait n'importe quoi pour lui.

– Coche tout ce que tu veux, a dit Alyson à la fille. On te fera le meilleur prix possible.

Elle a repris son Coca Light sur le dessus de la télé puis est revenue auprès de Liam. En s'affalant à côté de lui, elle a dit :

– Encore une partie.

Elle lui a tendu son soda et a repris sa manette.

– Recommence à la première année, quand on était bébés. Mais donne-moi les Pampers roses cette fois. Et laisse-moi réenregistrer mon cri de bébé. Celui-là fait trop Razmoket.

Les lumières ont clignoté. Liam a tourné la tête automatiquement, redressant les yeux à la hauteur de l'escalier. Une voix a lancé :

– C'est le FBI. Vous êtes pris en flag.

Papa.

Liam s'est détendu et s'est remis à charger le jeu, pendant que je fonçais droit dans ma chambre.

– Regan, Elise a appelé pour demander si tu pourrais venir une heure plus tôt ce soir, a lancé Papa. Elle et David veulent sortir dîner avec des amis. Je lui ai dit que tu y serais.

J'ai soupiré, dégoûtée.

– Regan ?

– J'ai entendu.

Ça ne me posait pas de problème, mais je n'avais pas besoin que Papa prenne mes décisions à ma place.

Il a attendu. Quoi ? Je ne sais pas. Il n'y avait rien à ajouter, si ? La porte du sous-sol s'est refermée.

Alyson agitait sa manette comme une démente. Elle a hurlé :

– Merde, Liam !

Son cri de bébé a fait trembler les haut-parleurs :

– *Waaaah !*

Liam a ricané :

– *Ha. Ha. Ha.*

J'ai fermé la porte de ma chambre pour m'isoler de la planète des fous.

Il me restait une heure avant le baby-sitting. Je pouvais faire mes devoirs. Ou pas. J'ai inséré le CD de *Carmen* et calé la piste « L'oiseau rebelle » avec la télécommande, puis je me suis laissée glisser sur le plancher, à côté du lit, et j'ai appuyé ma tête contre le matelas.

Carmen.

Carmen. Ma meilleure amie Carmen.

– À quelle heure elles viennent, toutes ? demande Carmen en jetant par terre dans ma chambre son sac pour la nuit et en s'asseyant à côté.

– Je leur ai dit sept heures.

Elle me sourit.

– Parfait. On a le temps d'écouter presque tout Tristan et Isolde.

Elle prend le CD dans son sac et me le tend. Je le glisse dans mon lecteur.

Ça fait bientôt un an que Carmen est ma meilleure amie, toute mon année de CM2. Quand elle a emménagé ici, tout le monde pensait qu'elle débarquait d'une machine à voyager dans le temps qui aurait atterri en catastrophe. Elle porte des longues jupes à fleurs et des T-shirts tie and dye, *sortis tout droit des années soixante, avec des tas de bijoux cliquetants. La mère de Carmen est une contralto qui chante de l'opéra dans une compagnie professionnelle. Elle a baptisé Carmen d'après la fière bohémienne de l'opéra du même nom. Carmen a grandi entourée de musique, de théâtre ; ça fait partie de sa vie. Elle connaît tout sur l'opéra, et elle m'initie. Elle m'en a vraiment donné le goût.*

Carmen et moi, on a connu un vrai coup de foudre amical. Je ne sais pas pourquoi. Sais pas ce qu'elle m'a trouvé, à moi, pauvre pomme sans intérêt. Elle est exotique, intéressante, différente de toutes les filles du quartier avec lesquelles j'ai grandi. Ce que j'aime le plus chez Carmen, c'est qu'elle se fiche de ce que les autres pensent d'elle. Elle est fidèle à elle-même.

Carmen monte le son et on s'assied par terre contre le lit pour déguster le « Prélude à l'Acte I ». Somptueux. C'est un opéra tragique, un peu comme Roméo et Juliette, *où les amants sont trahis et meurent dans les bras l'un de l'autre. Carmen et moi, on se pâme de concert avec Isolde.*

Les filles arrivent pour la soirée pyjama au pire moment possible : la scène dramatique de la mort d'Isolde. Tandis qu'elle s'effondre, mourante, sur le corps déjà sans vie de Tristan, son amant, Carmen attrape la boîte de Kleenex et me la passe. On se sèche vite les yeux.

Pourquoi avais-je organisé une soirée pyjama ? Ce n'était pas mon anniversaire. Ça ne pouvait pas être les vacances de Noël parce que toutes les filles étaient en short. Peut-être que nous fêtions la fin du CM2, notre passage en sixième. Voilà, c'est ça.

Shannon Eiber examine le sous-sol et indique à chaque fille de sa suite où elle doit dérouler son sac de couchage. Carmen me souffle à l'oreille :

– Elle se prend pour la chef.

Shannon est gonflée, je trouve. Mais je lui suis presque reconnaissante de prendre les choses en main. Je n'avais jamais organisé de soirée pyjama chez moi. Jamais eu beaucoup de rapports avec Shannon Eiber, non plus.

Alors pourquoi je l'ai invitée à cette soirée ?

Je ne l'avais pas invitée. Elle s'était incrustée. Elle avait un faible pour Liam à l'époque. Comme toutes les filles. Si elles avaient su…

Bien sûr, Shannon ne va jamais nulle part sans ses groupies. Je n'en suis pas fière, mais je rêve d'être l'une des heureuses élues de sa clique. Juste pour savoir ce que ça fait d'être populaire. Pour une journée.

– Salut, Regan, dit Shannon en déroulant son sac de couchage à côté de moi. Ta maison est drôlement chouette.

– Merci, je réponds.

Comparée à la sienne, ma maison est un taudis.

Elle demande :

– Où est Liam ?

Mes yeux dévient vers la porte de la chambre de mon frère, qui est fermée à clé, bien sûr. Je pousse un petit soupir de soulagement, sachant qu'il a été exilé dans la chambre d'amis, à l'étage, pour la nuit.

Avant que j'aie le temps de répondre, les lumières clignotent. Des pas font grincer l'escalier du sous-sol et Alyson appelle :

– Il vous reste de la place pour une personne de plus ?

– Bien sûr ! je m'écrie, heureuse d'entendre sa voix.

Je pousse mon duvet pour qu'elle puisse se serrer entre Shannon et moi. Quand Aly a entendu parler de la soirée, elle a demandé si elle pouvait venir. J'étais surprise. Aly a deux ans de plus que nous ; je suis sûre que pour elle, on est des bébés. Mais jamais elle ne dirait une chose pareille. Aly est une trop bonne amie.

– Où est Liam ? demande-t-elle en s'installant.

Elle enlève son chouchou et secoue ses cheveux.

– Tu ne l'as pas vu là-haut ? je réponds.

Les lumières clignotent de nouveau et Papa lance d'une voix sonore :

– Homme en vue. Toutes aux abris.

Quelques filles poussent des petits cris et se réfugient dans leur sac de couchage. Oh là là… On n'est même pas encore en pyjama. Papa fait tout un cinéma : il se couvre les yeux et joue l'embarrassé. Il porte son pantalon de survêtement coupé aux genoux, qui dévoile ses jambes blanches, poilues. Je suis morte de honte. Va-t'en !

– Qui veut une pizza ? demande-t-il.

Des mains se lèvent. Papa prend notre commande et disparaît. Ouf !

Je suis allée à une ou deux soirées pyjama chez Carmen, mais je ne sais pas trop quoi faire maintenant. Si on était juste toutes les deux, on écouterait un opéra.

Je n'ai pas besoin de m'inquiéter ; Shannon est une professionnelle.

– On n'a qu'à jouer à « Ni oui ni non », lance-t-elle. Mettez-vous toutes en cercle.

Carmen me regarde et lève les yeux au ciel. Pfff. Je déteste les jeux de soirée. J'aurais dû prévoir des activités.

Les yeux de Shannon errent parmi notre groupe et se fixent sur une victime : moi. Elle pointe un ongle fatal dans ma direction.

– Regan, on commence par toi.

– Euh… d'accord. Comment on joue à ce jeu déjà ?

Son doigt me guide vers le milieu du cercle. Shannon explique :

– Quelle que soit la question qu'on pose, tu dois répondre sincèrement par oui, non ou peut-être.

Carmen râle :

– C'est pas comme ça qu'on joue ! On ne peut PAS répondre par oui, non ou peut-être.

Elle jette à Shannon un regard incandescent.

– Ah ouais ? sourit Shannon. T'as compris, Regan ?

Elle m'adresse un clin d'œil innocent.

– Oui, dis-je.

Quelle imbécile !

– T'as perdu ! ricane Shannon.

– C'est pas juste ! bondit Carmen. On n'avait pas encore commencé.

– Je plaisantais, c'est tout. Bon sang, Carmen, détends-toi.

Carmen et Shannon ne sont pas compatibles. De l'huile et du vinaigre, comme dirait Maman. Elles sont impossibles à mélanger.

Aly lève la main.

– Je commence.

Elle est assise en tailleur sur son duvet.

– Est-ce que ton frère s'appelle Liam ?

J'ai failli dire : « Non, c'est Lia Marie », mais je me rattrape à temps :

– Oui.

– T'as perdu !

Shannon sourit.

– Quoi ?

– Tu as dit oui.

Je regarde Aly. Elle hausse les épaules et affiche un air désolé. Shannon ajoute :

– Je ne pensais pas que c'était une question difficile.

Ce qui fait marrer tout le monde. Zut. Je déteste ce genre de jeux. Tandis que je retourne me glisser dans mon sac de couchage, Aly m'informe :

– C'est à toi de choisir la prochaine victime, Regan.

– OK, toi, lui dis-je.

Je sais qu'elle ne me fichera pas la honte.

Elle fait la moue, mais se faufile au milieu.

– C'est aussi à toi de poser la première question, m'informe Carmen.

Je réfléchis. Pas très dur.

– Est-ce qu'Alyson est ton vrai nom ?

– Ça, c'est original, marmonne Shannon, derrière sa main, à l'attention de sa meilleure amie de la semaine, Kylie.

– Mmh hmm, chantonne Aly.

Shannon lui demande :

– Tu es amoureuse ?

Aly lui jette un regard noir.

– Peut-être. Pourquoi ? Et toi ?

Shannon rougit.

– Tu ne peux pas répondre à une question par une question. Mais puisque tu me le demandes, non. Et toi ?

– Ça ne te regarde pas.

Aly soulève ses cheveux et les laisse retomber.

– C'est pas juste, gémit Shannon. Tu dois répondre. Regan, oblige-la à jouer le jeu.

Shannon ne connaît pas Alyson. On n'oblige PAS Alyson Walsh à faire quoi que ce soit.

Carmen claque la langue.

– C'est tellement puéril.

Elle se lève en ajoutant :

– Je croyais qu'on fêtait notre entrée dans le monde des grands, pas notre retour à la maternelle. On ne pourrait pas regarder un film ou un truc comme ça, Regan ?

Elle me touche l'épaule.

– Ouais, dis-je, soulagée. C'est ce que j'avais prévu.

Le cercle se défait. Je zappe avec la télécommande. Pendant que Shannon et Kylie examinent nos DVD et nos cassettes – pour la plupart, des vieux classiques que Liam enregistre tard le soir –, Alyson gagne l'escalier.

– Je vais voir où en sont les pizzas, lance-t-elle par-dessus son épaule.

Je comprends soudain pourquoi elle est là. Pour protéger son bien. Ses pas craquent et les lumières clignotent.

Shannon rejette tous les films. Grosse surprise. Je suis tentée de lui dire que ce sont les films préférés de Liam, mais quelque chose m'arrête. Le monde privé de Liam. Je suis la seule à savoir ce qui s'y passe.

*On zappe jusqu'à ce qu'on trouve une rediffusion d'*Angel. *Au bout de quelques minutes, les pizzas arrivent. Papa apporte les boîtes, empilées sur ses avant-bras, avec un excès de cérémonie. Derrière lui, Liam et Aly portent des assiettes, des serviettes en papier et des sodas. Ils posent tout sur la table basse.*

– Salut, Liam, ronronne Shannon.

Toutes les autres filles lui disent bonjour aussi.

Il dit « Salut » et sourit à tout le monde.

Alyson plisse les yeux. Elle se hausse sur la pointe des pieds et chuchote quelque chose à l'oreille de Liam. Il ne réagit pas.

Enfin, si. Il s'accroupit par terre et ouvre le premier carton de pizza.

– Allez, Liam, viens, dit Papa en le tirant vers l'escalier. C'est une soirée réservée aux filles.

– Je dois goûter les pizzas, répond Liam. Au cas où elles seraient empoisonnées.

Toutes les filles gloussent.

Ce n'était pas si drôle.

Papa prend une louchée d'air avec sa main.

– Allons-y.

Liam regarde Aly, puis moi. Un regard interrogatif. Presque suppliant.

– Y a pas de problème, monsieur O'Neill, dit Aly. Il peut rester manger avec nous. Hein, Regan ?

Je ne veux pas qu'il reste. Je ne sais pas pourquoi.

– Je ne pense pas, répond Papa. Vous savez ce que ça fait, les hormones qui se déchaînent ?

Il montre Liam du doigt.

Je voudrais mourir. Liam aussi. Je lui propose par télépathie d'assassiner Papa dans son sommeil.

– Liam ! aboie Papa.

Liam soupire et se remet debout. D'un pas lourd, il suit Papa.

On renifle les pizzas, puis Shannon prend son sac à dos et le retourne. Pots, flacons et tubes de maquillage se déversent en tas. Cette collection peut concurrencer le trésor caché de Lia Marie.

– Les filles, vous avez vu ce vernis à ongles qui brille dans le noir ?

Shannon fouille dans le tas pour le trouver.

– Ma cousine l'a rapporté de Londres quand elle est venue pour les vacances de Pâques.

Elle trouve ce qu'elle cherchait. Trois flacons : rose, vert et jaune. Elle les fait passer.

On enlève nos sandales et on commence à se vernir les ongles des mains et des pieds. Les lumières clignotent de nouveau. Liam surgit de la pénombre de la cage d'escalier.

– Désolé, dit-il. J'ai besoin d'un livre.

Tous les regards le suivent à travers la pièce.

Il hésite devant la porte de sa chambre. Je suis la seule à ne pas être bouche bée. Il est derrière moi, mais je le sens étudier la scène. Aly fait volte-face et tend le pied pour lui montrer ses ongles multicolores.

– Cool, souffle-t-il.

– Viens là.

Elle agite un doigt replié.

– Enlève tes chaussures.

Là, je me retourne. Les yeux de Liam se fixent sur les miens. Je sais à quel point il en a envie.

Quel mal ça peut faire ? Dix minutes. J'accepte d'un haussement d'épaules.

Liam se penche pour délacer ses rangers et se déchausser en secouant les pieds. Il s'agenouille entre Aly et moi. Aly lui dit :

– Mets-toi devant moi.

Il obéit.

Elle prend le pied droit de mon frère sur ses genoux et commence à étaler du vernis rose sur son orteil.

Liam fait :

– Oh là là, ça chatouille !

Il glousse comme une fille.

Aly glousse aussi.

Shannon, occupée à vernir les doigts de pied de Kylie, lève les yeux.

– Tu veux qu'on te fasse les ongles des mains aussi, Liam ?

– Pas de problème.

C'était une blague, je crois. Shannon hausse les sourcils, genre : « Il est sérieux ? » Blague ou pas, maintenant, elle est obligée de le faire.

Aly n'est pas contente que Shannon se rapproche et prenne la main de Liam. Il étale ses doigts devant elle. Je vois Shannon examiner ses ongles. Ils sont parfaitement manucurés, contrairement aux miens qui sont tout déchiquetés parce que je les ronge.

Les ongles de Liam révèlent aussi des traces de vieux vernis sur les cuticules. « Pitié, je prie, faites que Shannon ne le remarque pas. »

À côté de moi, Carmen observe Liam, une étrange expression sur le visage.

Je veux qu'il parte – maintenant. Va-t'en !

Shannon termine la main droite de Liam. Il souffle sur ses ongles comme une fille. Comme s'il avait déjà fait ça des millions de fois. Oh là là.

– OK, éteignons les lumières pour voir si on brille, dit Kylie.

Je me lève en vitesse et je presse l'interrupteur. Nos orteils et nos doigts s'illuminent. On se met en équilibre sur nos coccyx et on tend nos mains et nos pieds en l'air ; on les tortille, de sorte que la pièce est envahie de lucioles phosphorescentes.

– Trop chou, souffle Liam.

Ses orteils sont les plus grands et les plus lumineux.

Il dit :

– Vous savez quoi ? J'ai des décalcomanies phosphorescentes qui seraient absolument superbes avec ce vernis. Attendez une seconde.

On voit sa silhouette sombre se lever et disparaître dans sa chambre.

– « Absolument superbes » ? répète Shannon. Il parle comme une pédale !

– La ferme ! s'énerve Aly. Je déteste cette expression.

– Moi aussi, dit Carmen.

La tension crée des étincelles dans l'obscurité. Aly ajoute :

– Il plaisantait, c'est tout. Tu ne connais pas Liam, c'est clair.

– C'est clair, raille Shannon.

Kylie détend l'atmosphère.

– Ton frère est vraiment bizarre, Regan. Si je voulais vernir les ongles du mien, il ferait : « Beurk, beurk ! M'approche pas avec ce truc dégueu. »

– Le mien aussi, dit quelqu'un derrière moi.

Mon visage prend feu. Heureusement qu'elles ne peuvent pas le voir dans le noir.

Aly claque la langue.

– Il n'est pas bizarre. Il est sûrement en train de l'enlever, maintenant.

Les lumières se rallument et Aly revient de l'interrupteur mural. Elle revisse le bouchon de son flacon de vernis et récupère les autres. En les refaisant passer à Shannon, elle dit :

– On n'a qu'à mettre de la musique et danser pour brûler les calories des pizzas.

Qui pourrait protester contre cette idée ? On est toutes au régime.

Le temps que Liam ressorte de sa chambre, on a déplacé la table basse et dégagé le plancher. Tout le monde a oublié l'histoire du vernis à ongles, j'espère. Alyson traîne à côté de la porte de Liam et lui arrache des mains la feuille de décalcomanies. Je remarque que ce sont des petits papillons, des petites étoiles et des petits cœurs.

– C'est mignon, Liam, roucoule-t-elle ironiquement avant de lui donner un coup de coude. T'as quoi d'autre dans ta chambre secrète ? Des paillettes et des perles ?

Il sourit.

– En fait…

Elle sourit et s'appuie contre lui. Liam trébuche un peu, mais retrouve l'équilibre en s'accrochant au bras d'Aly. Elle est ravie. Elle lui passe les bras autour de la taille.

Carmen glisse un vieux CD de Madonna dans le lecteur et la musique envahit le sous-sol. Je me dis : « Pourquoi Papa ne descend pas ramener monsieur "hormones en folie" là-haut par la peau des fesses ? » Kylie et Shannon se mettent à danser, un peu timidement, en regardant Liam. Carmen me prend la main et me traîne au milieu de la pièce. Je ne suis pas une bonne danseuse. Je suis trop raide, trop tendue.

Liam n'est pas tendu, lui. Il danse avec Aly. Waouh, quel excellent danseur ! Il fait les mêmes gestes qu'Aly, comme s'ils avaient répété en privé. À moins qu'il ait répété tout seul…

C'est là que ça se produit. Elle se dévoile. Lia Marie. Le changement est visible, manifeste, du moins pour moi. Elle jette les bras en l'air et se met à onduler des hanches deux, trois fois plus vite que le rythme. Déchaînée, incontrôlable, comme si elle s'était retenue pendant des années. D'ailleurs, maintenant que j'y pense, c'est le cas. Elle ne se rend peut-être même pas compte qu'elle vient d'émerger.

Elle se met à chanter, d'une voix de fausset, pour imiter Madonna. Elle a les yeux fermés et, manifestement, elle est partie dans un autre monde. Son monde à elle.

Tout le monde arrête de danser. Même Aly. On recule toutes pour faire de la place à Lia Marie. Ses coudes sont des armes fatales.

Oh mon Dieu. Oh mon Dieu. Qu'est-ce que je dois faire ?

Carmen se penche vers moi et me chuchote à l'oreille :

– Il est en transe ou quoi ?

Shannon ricane derrière nous.

Je me jette sur la chaîne et je l'éteins brutalement. Lia Marie met un moment à remarquer le silence. À réagir. Elle baisse les bras et se recroqueville, se métamorphose pour redevenir Liam.

Les lumières clignotent.

– Liam, tu es en bas ? tempête Papa. Viens ici et laisse ces filles tranquilles.

Les yeux de Liam se braquent sur moi. Sur mon visage furibond.

– D… désolé, bafouille-t-il. Désolé, Regan.

Il gagne l'escalier d'un pas chancelant.

– Liam, tu n'es pas obligé de partir, lui lance Shannon. On va passer au maquillage…

Elle rit, méchamment.

Pas moi. Ni Carmen. Ni Aly.

Plus tard, une fois que tout le monde dort, j'entends une voix dans le noir :

– Regan ?

Je regarde fixement le plafond, voire la nuit au-delà du plafond.

– Ouais ?

– Qu'est-ce qu'il a, ton frère ? demande doucement Carmen.

– Comment ça ?

Je sens son regard me transpercer.

– Tu sais bien. Est-ce que, genre, il se drogue ?

– Non !

J'ai parlé beaucoup plus fort que je ne voulais. Je baisse le ton.

– Bien sûr que non. Il déteste les drogues. Il est totalement contre.

– Il est spécial, quand même, non ?

Je ne dis pas : « Ouais. Elle est spéciale. » Je me détourne de Carmen et de son regard perçant.

– Allez, Regan. Tu peux me le dire.

Je sens sa main saisir mon bras. Elle serre.

– Je suis ta meilleure amie.

Je ferme les yeux.

Elle ajoute doucement :

– Je n'ai pas de secrets pour toi.

Je retire mon bras, je m'éloigne d'elle en roulant sur moi-même. Je hurle dans ma tête : « Je ne peux pas te le dire ! Je ne pourrai jamais te le dire. »

Au matin – à midi, plutôt –, tout le monde remballe ses affaires pour partir. Elles disent qu'elles se sont bien amusées, mais ce qui s'est passé hier soir flotte au-dessus de nous comme un nuage toxique. Je ne suis pas sûre qu'elles sachent à quoi elles ont assisté – Lia Marie en train de se révéler.

Je crois que Carmen a des soupçons. Je ne sais pas ce qu'elle soupçonne, au juste. Qu'il est homo, peut-être. Il n'est pas homo. Si c'était ça, je le dirais sans doute à Carmen, bien que j'aie juré de garder le secret. Mais la vérité, je n'ose pas la lui dire.

C'est la première fois – et la dernière – que Liam a perdu le contrôle. Pourquoi à ce moment-là ? Pourquoi à ma soirée, devant mes copines ? La semaine suivante, Carmen a commencé à me traiter avec froideur. Je ne lui en voulais pas ; je ne lui en veux toujours pas. Quel genre de fille cache des choses à sa meilleure amie ?

Mon CD de *Carmen* a sauté une mesure ; je me suis levée, en titubant, pour interrompre la lecture et enlever le disque. Je l'ai essuyé avec le coin de mon drap. Je l'écoutais tellement qu'il s'usait.

Ç'a été ma dernière soirée pyjama – en tant qu'hôte ou invitée. Comme Carmen, toutes les autres se sont éloignées progressivement. À moins que ce ne soit moi. J'ai appris que la mère de Carmen avait été invitée en tournée en Europe pendant l'été, et Carmen est partie avec elle. Sans même dire au revoir. Elle est partie comme ça et n'est jamais revenue.

Ce n'est pas comme si je n'avais jamais eu d'amis avant Carmen. J'avais des tas de copains quand j'étais petite, en maternelle. En CP. En CE1. Avant que l'amitié devienne compliquée. Avant qu'elle s'accompagne d'exigences.

CHAPITRE 6

Elise et David Matera étaient les parents que j'aurais aimé avoir. Je faisais du baby-sitting pour eux depuis que j'avais douze ans, et j'espérais qu'ils m'adopteraient un jour ou l'autre. Ils formaient une famille normale. Ils adoraient leurs enfants. Vraiment. Ils étaient tout le temps en train de les serrer dans leurs bras, de les embrasser et de jouer avec eux. Cody était alors dans la phase des « pourquoi ». Il avait déjà dû demander cent fois à David : « Pourquoi le ciel est bleu ? », et chaque fois David expliquait patiemment :

– Parce que chaque couleur de l'arc-en-ciel a une longueur d'onde. Comme ça.

Il faisait la démonstration sur le papier à dessin de Cody.

– Quand la lumière traverse l'atmosphère, l'onde s'éparpille. Elle s'étend.

Il faisait des gribouillis sur les lignes.

– Le bleu qu'on voit, en fait, ce sont des millions et des millions de lumières bleues éparpillées. Des minuscules gouttelettes de lumière, qui coulent toutes en même temps dans nos yeux.

– Waouh ! soufflait Cody.

Moi aussi. Ben oui, quoi, je ne le savais pas. Je doutais que mon père le sache. Et même je savais qu'il l'ignorait, parce qu'il avait répondu : « C'est parce que Dieu est un garçon » quand je lui avais posé la question. « Si Dieu était une fille, le ciel serait rose. »

– Alors pourquoi le lever du soleil et le coucher du soleil sont roses ? avais-je demandé.

Papa avait eu l'air ahuri.

– Ah, les enfants ! Vous réfléchissez trop.

La pauvreté de notre patrimoine génétique, à Liam et à moi, me semblait terrifiante.

Les Matera constituaient mon unique source de revenu. Un revenu régulier, ces derniers temps. Parce qu'ils faisaient tout le temps des choses ensemble. Des sorties en amoureux, par exemple. La dernière fois que mes parents étaient sortis tous les deux, c'était… Je n'arrive même pas à les imaginer sortir en amoureux. Mes parents ?

– J'ai laissé les numéros de la Maison des arts et du restaurant à côté du téléphone, m'a dit Elise en enfilant le manteau que David lui présentait. Merci, chéri.

Elle lui a souri tendrement. Je n'avais pas vu mes parents échanger un regard intime comme ça depuis… Jamais.

– Tyler a le nez qui coule, mais ne t'inquiète pas pour ça, Regan.

Elise a tiré un mouchoir de son sac à main. Elle s'est penchée pour essuyer le nez de Tyler en ajoutant :

– Il est en train de se remettre d'un rhume. Qu'il a attrapé à cette garderie.

Elle a regardé David en plissant les yeux.

Il a levé les mains.

– Je sais, je sais. On n'aurait jamais dû le laisser là-bas, même pour une matinée. Ces endroits sont des nids à bactéries. C'est pour ça qu'on remercie Bouddha d'avoir Regan.

Vraiment ? Waouh.

Cody m'a tirée par la main.

– Wegaune, viens me wega'der dessiner un ty'annosau'e.

Mirelle a bondi sur ses pieds.

– Regan va jouer aux Barbie avec moi. Hein, c'est vrai ? Tu m'as promis.

Elle s'est plantée devant moi. Ses cheveux bouclés sautaient comme des ressorts partout sur sa tête.

J'ai redressé sa barrette à petit nœud.

– C'est vrai. Je suis drôlement impatiente, d'ailleurs. J'y ai pensé toute la journée. Va donc installer ton village de Barbie pendant que je regarde ce tyrannosaure. Juste une seconde.

Je lui ai fait un clin d'œil.

Elise m'a pressé le bras.

– Merci, Regan. Tu t'y prends tellement bien avec eux.

David a ouvert la porte d'entrée.

– Nous serons de retour à dix heures et demie au plus tard. S'il se passe quoi que ce soit, les numéros utiles sont sur le panneau de liège à côté du téléphone.

– Je lui ai déjà dit, est intervenue Elise en lui donnant une tape sur le dos. Je te jure, tu deviens gâteux.

Elle s'est tournée vers moi en levant les yeux au ciel.

– Les enfants ont dîné, mais je t'ai laissé un plat de lasagnes au four, au cas où tu n'aurais pas mangé.

Merci beaucoup d'être venue en avance, j'apprécie. Et…

Elle a baissé la voix pour que les enfants n'entendent pas.

– … je t'ai préparé un gâteau au chocolat. Je l'ai caché dans le placard. Un petit en-cas pour les révisions.

Vous voyez ? Des parents parfaits.

Dès qu'ils furent partis, le bébé a fait caca dans sa couche. Mirelle et Cody ont crié « Eurk ! » et ont filé chacun à un bout de la pièce. Pendant que je changeais la Pampers de Tyler sur le tapis de la salle à manger, Cody s'est installé à la table pour dessiner son dinosaure avec un feutre magique.

– Tu veux être Barbie Mariée ou Barbie Bureau ? a appelé Mirelle depuis le salon.

Quel choix !

– Mariée, ai-je répondu.

Cody a annoncé :

– J'ai un nouveau GI Joe. Tu veux le voir ?

– Oh oui !

Il a lâché le marqueur et foncé dans sa chambre. Pendant que je reboutonnais le babygros de Tyler, je me suis brusquement rendu compte que ces gamins étaient sacrément ordinaires. « Ils se conforment aux stéréotypes de leur sexe », dirait Liam. Pardon ? En tout cas, je savais qu'on ne prendrait jamais Mirelle pour un garçon, ni Cody pour une fille. Tyler était encore un bébé, alors il ne comptait pas. Si on lui mettait des habits à volants, les gens diraient sans doute : « Quelle jolie petite fille ! » en roucoulant au-dessus de lui.

« Jolie. » Un mot pour les filles. Comme on emploie « beau » pour parler des garçons. Liam avait raison : les gens ne parlent pas des garçons et des filles de la même façon. Ils attendent un comportement différent selon le sexe. Et quand les enfants ont une attitude « hors rôle », comme disait Liam, ils reçoivent l'étiquette de « garçon manqué » ou de « chochotte ».

Il y a des lignes qu'on ne franchit pas, en matière de vêtements, de comportement, d'attitude. Par exemple, si je portais du rouge à lèvres et de la dentelle au lycée, personne ne le remarquerait. Pourtant, ils devraient, parce que je n'ai jamais mis ni l'un ni l'autre. Je ne suis pas très féminine. Les gens acceptent qu'on soit plus ou moins féminine tant qu'on reste du bon côté de cette échelle graduée, ce spectre qui va de « très masculin » à « très féminin » : princesse un jour, souillon le lendemain. Pareil pour les garçons.

Jusqu'à un certain point.

La limite autorisée n'est pas aussi éloignée dans un sens que dans l'autre, sur le spectre. Par exemple, quand on est une fille, on peut être exagérément féminine, ça ne pose pas de problème, mais si on a un comportement ou des sentiments un peu trop masculins, on est une gouine.

Pareil pour les garçons. *Mucho* macho, pas de problème. Doux et tendre égale tapette.

Que se passe-t-il quand on est né hors du spectre, entre les deux pôles, comme Liam ? On est un monstre, voilà tout.

Voilà ce que ressentait Liam, je le sais. Un jour, il m'a dit qu'il n'y avait pas de place pour lui sur cette Terre, qu'il ne pouvait s'intégrer nulle part. Il était vraiment hors du spectre. Garçon le jour, fille la nuit. Sauf qu'il était tout le temps une fille au fond de lui. C'était gravé dans son cerveau, disait-il, comme l'intelligence ou la mémoire. Son corps ne reflétait pas son image intérieure. Son corps le trahissait. À cause de la façon dont les gens voyaient Liam – comme un garçon –, il devait se conformer à ce qu'ils attendaient de lui. Se déguiser pour ressembler à son personnage. Jouer ce rôle. Et Liam était doué pour ça, un expert. Il avait eu tant d'années d'entraînement. Ç'avait dû être horrible, cela dit, jour après jour après jour, de voir partout autour de lui ce qu'il voulait être, si désespérément, et ne pourrait jamais être.

– Wegaune ! Wega'de-moi !

J'ai sursauté.

Cody a émergé de sa chambre, son GI Joe dans les mains, traversant l'entrée en cliquetant sur une vieille paire de talons hauts d'Elise. Je n'ai pas pu m'empêcher de rire. À la poubelle, les stéréotypes sexuels.

Alors quand ? Ça commence quand ? À un moment donné, la société exige qu'on soit comme ci et pas comme ça, et on sait ce qu'elle attend de nous. Comment le sait-on ? Est-ce, genre, une tendance naturelle, innée ? Sommes-nous programmés comme ça ? Peut-être qu'on apprend à observer ce qui est acceptable et ce qui ne l'est pas. Qu'on essaie de s'adapter. Qu'on veut s'intégrer. Qu'on ne peut pas. Est-ce que nos parents nous l'apprennent, font de nous des êtres conformes ?

David et Elise n'avaient jamais forcé Cody et Mirelle à jouer exclusivement avec des jeux de garçon ou de fille. Ou à s'habiller comme tels. David avait même acheté un poupon à Cody, l'été précédent, quand il en réclamait un à grands cris. Cody s'y était intéressé pendant environ deux minutes, puis s'était remis à jeter des poignées de boue sur le chien du voisin.

Toute cette histoire de stéréotypes sexuels, de rôle conforme, me rendait perplexe. Pourquoi ne peut-on pas accepter les gens comme ils sont, tout simplement ?

J'ai emporté Tyler dans le salon et je l'ai installé sur son siège.

– Fais voir ta poupée, ai-je dit à Cody en tendant la main.

Il s'est offusqué.

– C'est pas une poupée. C'est un bonhomme.

– Oh, d'accord. Pardon.

J'ai lissé la veste de camouflage de GI Joe pour recouvrir ses parties rebondies, qui étaient exposées.

– Où est son pantalon ?

Cody a haussé les épaules.

– Il l'a jeté dans les toilettes et il a tiré la chasse, m'a informée Mirelle.

– C'est vrai ?

Cody a ricané.

Mirelle s'est glissée devant moi et m'a fourré Barbie Mariée dans les mains.

– Bon, Regan. J'ai fini d'habiller Barbie pour son mariage.

– Je veux jouer, a gémi Cody.

– Non, s'est énervée Mirelle. Tu abîmes mes poupées.

– C'est pas vrai.

– Si, c'est vrai. Tu leur mâchouilles les pieds.

Mirelle s'est tournée vers moi :

– C'est vrai, Regan. Ma Barbie Malibu est handicapée, maintenant. Elle ne tient même pas debout.

– Elle a toujours été un peu lourde du haut, ai-je dit.

Mirelle a cligné des yeux.

– Hein ?

– Laisse tomber. Cody, tu peux jouer si tu promets de ne pas jouer à Barbie Cannibale.

Il m'a regardée sans comprendre. Mirelle aussi. Moi, je me trouvais drôle.

– Je veux pas qu'il joue, a boudé Mirelle.

– Il va hurler si on ne le laisse pas, ai-je répliqué.

Elle a claqué la langue et poussé un petit soupir.

– D'accord.

Cody a enlevé les chaussures à talon et rampé vers le village des Barbie.

Je l'ai suivi.

– C'est qui, ça ?

J'ai enlevé un autre « bonhomme » du siège avant de la voiture de Barbie.

– Hulk, m'ont informée Mirelle et Cody en même temps.

Hulk. D'accord.

– OK, Barbie va se marier avec GI Joe, a décrété Mirelle. Et Hulk sera leur bébé.

Barbie, GI Joe et Hulk. Waouh, ai-je pensé, on n'est pas près de combler le fossé entre les sexes.

– Regan. Regan.

Ma conscience s'est mise à nager juste sous la surface, dissolvant mon rêve. C'était un rêve heureux.

Triomphal, même. J'étais sur scène, en train de chanter *La Traviata* de Verdi au Metropolitan Opera.

– Regan !

J'ai hoqueté et bondi dans mon lit, en plaquant ma main sur mon cœur.

– Bon sang, Liam, arrête de faire ça !

– Luna, a-t-il corrigé.

J'ai poussé un juron dans ma barbe. En retombant sur mon oreiller et en remontant mon duvet jusqu'à mon menton, j'ai grogné :

– Pourquoi tu te sens obligé de me réveiller ? Je m'en fiche que tu te serves du miroir…

– Qu'est-ce que tu penses de cette tenue ?

Elle a traversé la pièce pour rejoindre le clair de lune, en écartant les bras, les paumes vers le haut.

J'ai poussé un soupir las.

– Pour quelle occasion ?

– Une tenue de tous les jours.

Je l'ai examinée des pieds à la tête. Elle portait un jean moulant et un haut en tricot rouge. Un haut à manches courtes. Ça m'a sauté aux yeux aussitôt parce que Liam portait toujours des manches longues, même l'été. Il se rasait les bras. Il se rasait les jambes. Il se rasait partout. Il détestait les poils.

– C'est très bien, ai-je dit. Un peu serré à ce niveau-là.

J'ai agité les doigts devant mon entrejambe.

– Tu as un soutien-gorge plus petit ?

– Ouais.

Luna s'est retournée pour s'étudier dans le miroir.

– Mais j'aime bien celui-là.

Elle a posé de profil, cambrant le dos pour souligner sa silhouette. Elle s'est tournée pour examiner l'autre côté.

Des heures. Elle pouvait faire ça pendant des heures – prendre des poses, se pomponner.

Pourquoi ne pouvait-elle pas mettre un miroir dans la grande pièce entre nos deux chambres ? Je savais bien pourquoi – Liam avait cassé le miroir de sa penderie pour cette raison. Et, pour cette raison, il évitait tous les miroirs de la maison : parce qu'il risquait de s'y apercevoir du coin de l'œil. Liam méprisait autant son apparence que Luna s'en gargarisait – elle ne semblait jamais pouvoir se rassasier de l'image qu'elle rêvait de projeter.

– Et les chaussures ? a demandé Luna. Les mules noires ou mes bottines ?

– Plutôt les bottines. Les mules, on dirait des chaussures de mec.

– Oh, ma déesse ! Tu as raison. Je voudrais tellement avoir des pieds moins énormes.

Elle a levé un pied derrière elle pour l'examiner dans le miroir.

– On dirait des panaris géants.

J'ai bâillé.

– T'as qu'à les bander, comme les geishas au Japon. Va te coucher.

Elle m'énervait.

– Est-ce que cette perruque fait naturel ?

– Merde, t'as l'air d'un mannequin. Je peux dormir maintenant ?

– Regan ?

J'ai poussé un long soupir.

– Luna, si tu te baladais dans la rue habillée comme ça, personne ne pourrait deviner. Tu as l'air d'une fille normale.

Son sourire a réchauffé la pièce. Elle adorait entendre ça, qu'elle pouvait passer pour une fille. La plupart des filles travaillent des heures et des heures pour être éblouissantes, sublimes, désirables. Liam, lui, aurait tout donné pour vivre une seule journée dans la peau d'une fille normale, ordinaire.

CHAPITRE 7

J'étais impatiente d'arriver au lycée. C'était forcément de mauvais augure. Je me suis même brossé les cheveux et j'ai mis une chemise propre.

Au petit déjeuner, Maman n'a pas arrêté de parler d'un nouveau mariage pour lequel elle préparait un devis, espérant qu'on lui en confie l'organisation. Un truc du gratin, avec limousines et carrioles tirées par des chevaux.

– Avec ça, je joue quitte ou double pour les Mariages de Patricia, a-t-elle dit en abandonnant sa tartine nature à moitié mangée.

Liam et moi, on a continué à faire nos devoirs sur la table.

Maman a poussé un profond soupir. Du coin de l'œil, je l'ai vue contempler cette journée grise par la baie vitrée, puis se passer une main sur l'arrière de la tête. Elle a arrêté pour se saisir la nuque, pencher la tête sur le côté, et reposer son bras sur sa poitrine. D'un ton absent, elle a ajouté :

– Celui-là, il pourrait me rendre célèbre. Mais vous vous en fichez.

Papa a jeté un coup d'œil par-dessus son journal.

– Bien sûr que non.

Il s'est raclé la gorge.

– Ça nous intéresse, Pat. Hein, les enfants ?

Désolée, je ne pouvais même pas feindre l'intérêt. Liam, lui, semblait captivé. Pas par la carrière de Maman en particulier, mais par le spectacle qu'elle offrait. J'appelais ça la « phase d'observation » : l'air hypnotisé, il étudiait comment les filles parlent, bougent et se déplacent. Il absorbait, mémorisait, imitait. Il avait assimilé Aly à la perfection. Sa manière de pencher la tête en arrière quand elle riait. De se mordre la lèvre inférieure quand elle était soucieuse, ou plongée dans ses réflexions. Sa manière de croiser et décroiser les jambes, de les replier sous elle. De jouer avec sa queue-de-cheval. Parfois, il s'asseyait devant mon miroir et imitait Aly pendant des heures.

Il savait également imiter Maman. Pris dans une sorte de transe, il a levé la main pour se toucher la nuque.

Maman l'a regardé en clignant des yeux et a sursauté. Elle a bondi sur ses pieds. Pendant qu'elle se dirigeait vers la cuisine pour se resservir une tasse de café, Liam lui a dit :

– Je suis super excité pour toi, Maman. J'espère que tu l'auras. Au fait, c'est une nouvelle robe ? Elle est sublime sur toi.

Je me suis étranglée avec mon jus d'o. J'ai tourné la tête des deux côtés pour voir la réaction de Maman et celle de Papa.

Maman n'a pas rougi, contrairement à ce que j'attendais. Comme elle aurait fait si Papa lui avait fait un compliment. Ou Tom. Ou n'importe qui d'autre. Elle a dit sèchement :

– Merci. Ça fait un moment que je l'ai. Je n'avais juste jamais trouvé l'occasion de la mettre.

Papa a de nouveau relevé la tête de son journal. Il a ajouté son grain de sel – bien obligé :

– C'est vrai que tu es belle. Où vas-tu ?

– Nous avons rendez-vous au Marriott avec les Rosenberg pour le déjeuner.

– Qui est-ce ? a demandé Papa.

Maman s'est arrêtée net sur le seuil.

– Tu n'as pas écouté un seul mot de ce que j'ai dit toute la matinée ?

Moi aussi, j'aurais séché là-dessus.

– Le mariage des Rosenberg.

Maman a rempli sa tasse à la machine.

– Tu vas beaucoup en entendre parler. Au fait, Regan…

Elle a ouvert un paquet de sucrettes.

– … certains jours, je vais devoir retrouver la future mariée et sa mère dans la soirée, parce qu'elles travaillent toutes les deux. J'aimerais que tu me remplaces ici.

Liam a ouvert la bouche pour proposer ses services, mais n'est pas allé plus loin que : « Je… » avant de se faire matraquer par un regard de Papa. On ne pourrait pas les renverser maintenant, les stéréotypes sexuels, Liam et moi ? Tout d'un coup, sans transition, Liam a lancé :

– Tu t'es fait couper les cheveux, Papa ? Ça te va bien.

Papa a rougi. Papa, rougir !

– Non, a-t-il dit. Mais j'ai besoin d'une coupe.

Il a gratté sa nuque poilue.

– Et toi aussi.

Liam n'a pas implosé, comme chaque fois que Papa lui disait de se couper les cheveux. Liam voulait tellement avoir les cheveux longs. Il a juste hoché la tête.

– Je sais. J'y vais ce week-end. J'ai déjà pris rendez-vous.

Ah oui ? Que se passait-il ? Ces cinq dernières minutes, Liam avait initié plus de conversations qu'il ne l'avait fait en cinq ans. Quoi qu'il ait mijoté, ça me mettait extrêmement mal à l'aise. C'était trop le style de Luna.

– Je file.

J'ai repoussé ma chaise.

– Liam, tu viens ?

Son regard a croisé le mien.

– Toi aussi, tu es jolie, a-t-il dit. Qu'est-ce que tu as fait ? Tu as engagé un styliste ?

Il a souri comme pour dire : « Sérieusement, tu es jolie. »

Beaucoup trop le style de Luna. Je l'ai regardé en écarquillant les yeux. *Ferme-la. Allons-y.*

Il a tapoté ses lèvres avec une serviette et s'est levé. En croisant Maman qui revenait de la cuisine avec son café, il lui a fait une bise sur la joue. Elle s'est dégagée comme s'il lui avait fait mal.

– Bonne chance avec les Rosenberg, a dit Liam. Je suis sûr que tu vas leur organiser un mariage sublime. J'aimerais bien y être.

– Tu n'es pas invité, a répondu sèchement Maman.

Liam s'est raidi.

– Je sais. C'est pas ce que je te demandais.

Elle a posé sa tasse sur la table. Sa main tremblait. Elle a ramassé son agenda.

– Je dis juste…

Elle l'a ouvert.

Qu'est-ce qu'elle avait ? Et lui ? Qu'est-ce qui leur prenait, à tous ? Ils avaient perdu la boule. Flippant.

Dans l'entrée, Liam a glissé un bras dans le blouson de sport qu'il méprisait et portait rarement.

– Au fait, Papa… J'ai parlé à l'entraîneur Hewitt hier, comme tu me l'as demandé. Il va me faire commencer un entraînement de musculation la semaine prochaine.

Les yeux de Papa se sont exorbités. Les miens aussi. Un sourire a fendu le visage de Papa, d'une oreille à l'autre.

– Excellent ! s'est-il exclamé, ravi, en jetant un coup de poing en l'air. Tu les auras, mon fils.

Liam m'a suivie dehors sous le porche.

– Tais-toi, a-t-il marmonné dans sa barbe. Moi aussi, ça m'a rendu malade.

– Qu'est-ce que tu fabriques ? ai-je demandé. Tu te comportes bizarrement.

« Comme si t'avais un talon aiguille dans la tête », ai-je soudain pensé. C'était ça, faire sa transition ?

– Ne fais pas ça, Liam, lui ai-je dit. Pas tout de suite.

« Jamais », pensais-je.

Liam m'a regardée.

– Je joue la comédie. Je ne fais que ça, tout le temps. Ça dure depuis tellement longtemps que je suis incapable de faire autre chose.

Ses yeux se sont emplis de larmes. Je ne m'y attendais pas.

– Liam, ai-je commencé. Luna…

– Je sais.

Il s'est recroquevillé dans son blouson, en se pinçant le nez.

– Je sais.

On est restés un moment dans la véranda. Notre souffle était visible dans l'air matinal.

– Je suppose que je suis juste en train de prendre la température avant le grand saut, a-t-il dit. C'est plutôt froid.

– Froid ? Glacial, oui. Gelé. C'est un putain de glacier là-dedans.

« Pourquoi ? me suis-je demandé. Pourquoi prendre la température ? Tu vas te noyer si tu sautes. »

Un mouvement a attiré mon attention et j'ai tourné la tête. Papa avait ouvert les rideaux et nous regardait par la baie vitrée – sa version à lui de la « phase d'observation ». Il me foutait les boules. Ils me foutaient les boules tous les deux, Papa et Liam.

J'ai donné un coup de coude à Liam.

– Sortons d'ici.

On s'est dépêchés de gagner l'allée et on est montés dans la Spyder. Au bout du pâté de maisons, quand Liam a tourné dans la direction opposée à celle du lycée, j'ai tendu la main pour agripper le volant.

– J'ai besoin d'aller au lycée aujourd'hui, Liam. Désolée, mais je ne peux pas te servir de psy et d'infirmière sept jours sur sept, vingt-quatre heures sur vingt-quatre.

Son regard m'a marquée au fer rouge.

J'ai blêmi et laissé retomber mon bras.

– Je ne voulais pas dire ce que j'ai eu l'air de dire. C'était une blague.

– Ouais, ma vie entière est une blague.

J'allais répliquer… quoi ? « La vie est dure, en particulier la tienne » ? Il le savait déjà.

Mieux valait changer de sujet.

– Qu'est-ce qu'elle a, Maman, ces derniers temps ? ai-je demandé, tournée vers la fenêtre.

– Comment ça ?

Liam a fait demi-tour dans un crissement de pneus avant de repartir vers Horizon.

– Elle est tellement speedée avec ses médocs. Elle est obsédée par ce boulot. Les Mariages de Patricia, ai-je raillé. La grosse affaire.

Liam m'a regardée en clignant des yeux.

– Qu'est-ce qu'il y a de mal à ça ?

Je lui ai rendu son regard étonné.

– Une organisatrice de mariages ? Liam, notre mère est organisatrice de mariages.

– Et alors ? Elle rend les gens heureux.

– D'autres gens.

Je n'ai pas prononcé le reste : « Et nous ? Quand a-t-elle arrêté de nous rendre heureux ? »

Liam a ralenti à un feu orange et ajouté :

– Elle veut seulement être épanouie. Se sentir complète. Elle veut que sa vie compte.

– Elle a dit ça ?

Il a haussé les épaules.

– Pas mot pour mot. Il faut lire entre les lignes.

J'avais déjà du mal à lire les lignes elles-mêmes. Celles de Maman étaient floues, même avant les médocs. Liam savait ce que c'était, vouloir se sentir complet, mais que voyait-il chez Maman que je ne voyais pas ?

– Elle ne pense pas que ça compte pour quelque chose, d'être notre mère ? ai-je demandé.

Liam m'a jeté un regard noir.

– Quoi ? ai-je dit.

– Maman est intelligente, au cas où tu ne l'aurais pas remarqué. Elle a un cerveau. Elle aurait pu faire de grandes choses si elle avait suivi ses études jusqu'au bout, et entrepris une carrière au lieu de la maternité à plein temps. Je pense qu'elle a le sentiment qu'elle gaspille ses talents en perfectionnant l'art de gérer un foyer.

– Qu'est-ce qu'il y a de mal à gérer un foyer ? C'est un travail important. C'est même le plus important quand on a des enfants.

Liam a fait gronder le moteur au feu vert. Il s'est garé brutalement derrière un car scolaire et il a dit :

– T'as pas ta carte du parti féministe, toi, hein ! Avec ce genre d'attitude, tu pourrais faire régresser de cent ans le mouvement des femmes.

J'ai claqué la langue.

– Quelle attitude ? C'est une bonne mère. Du moins, elle l'était. Avant de nous planter pour les Mariages de Patricia.

Liam a secoué la tête.

Quoi ? J'avais raison et il le savait.

Il a continué :

– C'est pas facile pour elle. Notre mère est sensible, délicate. Un peu tendue, je l'admets.

– Speedée aux amphètes, tu veux dire.

Il a poussé un soupir las.

On est entrés en brinquebalant dans le parking du lycée. On est restés devant l'entrée ; Liam ne venait pas, donc. Il a passé le point mort et coupé le contact. Il s'est tourné vers moi en disant :

– Maman transforme son destin. Ou essaie de le transformer. On devrait tous avoir la possibilité de le faire.

Le regard dans le vide, il a ajouté tristement :

– Je me demande à quoi ressemblera le mien, au bout du compte.

– Ça, personne ne le sait. Tu ne peux pas changer ton destin.

Liam a froncé les sourcils.

– Tu ne crois pas qu'on peut le façonner à notre guise ?

– Bien sûr que non. C'est le destin. Voyons.

Le mien était prédéterminé. J'aurais le bac vers trente-cinq ans, peut-être. Je deviendrais une fée du logis… Tu parles.

– Si c'est vrai, Regan, a répondu Liam, je ne serai jamais épanoui.

Oh là là. C'est reparti.

– Ne dis pas ça.

Liam fixait le pare-brise d'un air vague, sans voir le terrain de foot vide.

– Je ne pourrai pas suivre ce que me dit mon cœur.

– Tu sais quoi ? Tu réfléchis trop.

Les problèmes de cerveau, les problèmes de cœur, les problèmes de désespoir, d'impuissance, de douleur. Ça me gâchait ma journée.

– Tu pourrais peut-être trouver un poste chez les Mariages de Patricia, ai-je suggéré. Être demoiselle d'honneur.

J'avais réussi à faire sourire Liam. Il s'est quand même senti obligé de préciser :

– Éternelle demoiselle d'honneur. Jamais la mariée.

CHAPITRE 8

Chris était installé devant notre paillasse quand je suis arrivée en cours de chimie. Nos regards se sont croisés d'un bout à l'autre de la salle comble, comme au cinéma, à part qu'on n'a pas échangé un sourire complice avant de se tomber dans les bras. En fait, je suis tombée dans la poubelle. Enfin presque. J'ai shooté dedans et je l'ai renversée, produisant un tel raffut que tout le monde a cessé de parler et s'est retourné, bouche bée.

Génial. Pas très efficace, mon bouclier d'invisibilité.

– Très réussie, ton entrée ! a commenté Chris en tirant mon tabouret.

Je voulais le frapper, mais ç'aurait peut-être été un geste trop intime.

Il m'a tendu mon masque en plaisantant :

– Doit être porté en permanence. Ce n'est pas un concours de beauté... les fiiilles.

Il a plaqué le sien sur sa tête et tapoté ses cheveux.

Ça m'a fait rire. Il était mignon. Plus que mignon. Beau. Et voilà, encore ce mot. Un jour, quand j'étais petite, Maman m'a emmenée chez Sears pour aller chercher Papa après son travail. Papa était avec un client, en train de lui vendre un réfrigérateur, alors on a attendu à côté de son bureau. Maman m'a donné un coup de coude et m'a soufflé :

– Regarde ton père. Hein que c'est le plus bel homme que tu aies jamais vu ?

Je me rappelle avoir pensé : « Ben oui, quoi. C'est mon papa. »

A-t-elle vraiment dit ça ? Peut-être qu'ils sont sortis en amoureux, à une époque.

Toutes proportions gardées, Papa était plus séduisant que la plupart des types de son âge.

Bruchac a tonné :

– Visiblement, seuls quelques-uns d'entre vous ont plus de mémoire qu'un poisson rouge. Je me rends bien compte qu'hier, c'était il y a très, très longtemps. Mais vous vous rappelez peut-être que j'ai mentionné qu'à partir de maintenant, quand vous entrez en classe, la première chose à faire est de retirer votre feuille d'exercices dans le casier sur la paillasse du fond. Le casier porte la mention « *Chimie seconde, exercices de TP* ». Ça vous dit quelque chose ?

J'ai tourné la tête pour voir le casier et Chris m'a dit à l'oreille :

– Bruchac a intérêt à faire gaffe aujourd'hui. La batterie de mon QTC est déchargée.

J'ai dû avoir l'air paumé, comme d'habitude.

– Quotient de tolérance des connards, a-t-il expliqué.

Chris est descendu de son tabouret pour rejoindre les autres, qui se regroupaient au fond de la salle.

C'était bien trouvé. J'ai levé le nez ; Bruchac me fixait.

Quoi ?

Oh, mon Dieu. *Pus Teint*. J'ai caché mon visage sous ma main.

Chris est revenu et a jeté la feuille sur la table.

– Ça te gênerait de la lire ? J'ai oublié mes lunettes 3D.

La copie était plus lisible que celle de la veille, mais à peine. C'était une expérience stupide. *Réchauffez un glaçon jusqu'à ce qu'il atteigne le point d'ébullition, notez la température en degrés Fahrenheit et en degrés Celsius à divers stades de la fusion*. Il y avait un exercice supplémentaire : convertir des degrés Celsius en degrés Fahrenheit et calculer le zéro absolu. Je crois que j'avais fait ça en CM1.

C'était difficile de se concentrer avec Chris assis tellement près de moi, frôlant mon épaule tout le temps. J'ai remarqué qu'il tenait son crayon du bout des doigts. Qu'il marquait les mesures en chiffres d'imprimerie parfaitement réguliers. Que ses ongles étaient déchiquetés, comme les miens ; on aurait dit qu'il les rongeait, comme moi. On pourrait peut-être comparer les dégâts.

– Quoi ? a fait Chris.

J'ai tressailli.

– Hmm ?

– Tu souris. J'ai fait une erreur ?

Son visage s'est décomposé.

– Tu te moques de moi ?

– Non. Bien sûr que non.

– T'es sûre ?

Il avait l'air inquiet.

– Tu fais ça à la perfection. C'est juste que je…

J'ai haussé les épaules.

– C'est un peu une expérience genre « CD Bill ».

Il a reculé brusquement sur ses roulettes, la mâchoire béante.

– Tu ne penses pas que savoir à quelle vitesse fond un glaçon, c'est important ? Bon sang, femme. C'est vital pour la science. Et si je voulais que tu m'apportes une bière glacée avec une assiette de nachos brûlants ? Sais-tu de combien de temps tu disposerais pour me l'apporter avant que la bière se réchauffe ?

Je lui ai donné un coup de poing dans la poitrine.

– Espèce de porc !

Il a ricané comme un porc.

– Hé, Chris !

On a tous les deux fait volte-face. Le thermomètre que j'avais à la main a glissé entre mes doigts et cliqueté sur la paillasse. Chris a réussi à l'attraper avant qu'il tombe par terre et nous empoisonne tous aux vapeurs de mercure.

La personne derrière nous s'est excusée en grimaçant :

– Désolée.

La personne en question : Shannon Eiber. Je n'avais pas vraiment réalisé qu'elle était dans cette classe. Elle avait beaucoup changé depuis le CM2. Physiquement, en tout cas. Remarque, qui n'avait pas changé ? Moi. Je vivais dans un état de stase perpétuelle.

– Vous n'avez pas encore fini, les gars ? a demandé Shannon. Cette expérience nous a pris trois minutes.

J'ai grimacé, mais elle n'a pas remarqué, parce qu'elle ne lâchait pas Chris des yeux.

– Il y a une rave samedi soir à Genesee.

Elle s'est incrustée entre nous, parlant directement, et uniquement, à Chris.

– Tu veux venir ? On pourrait y aller ensemble en voiture – toi et moi, Morgan et Tay.

Elle a indiqué du pouce, à l'autre bout de la pièce, l'endroit où SES Gens, les Heureux Élus, avaient monopolisé les meilleures places. Ils les avaient certainement réservées l'année précédente.

Chris lui a souri.

– Peut-être, a-t-il répondu. Je peux te dire ça plus tard ?

Il dégageait de la chaleur. Ou bien était-ce moi ?

– Bien sûr, a dit Shannon. Appelle-moi.

Elle lui a saisi la main et l'a retournée pour lui marquer son numéro sur la paume, à l'encre rouge.

– À plus tard.

Elle s'est éloignée en se déhanchant.

Une bulle a éclaté – celle qui m'avait emportée dans ses vapeurs d'hélium et m'avait fait planer.

– Je croyais que tu étais nouveau ici, ai-je dit en prenant le thermomètre et en le replaçant dans le pichet d'eau bouillante. Que tu ne connaissais personne.

– Ouais, eh bien…

Sa lèvre s'est plissée.

– Ça, c'était le mois dernier.

Un voile de ténèbres m'est tombé dessus. Je ne sais pas pourquoi j'avais pensé que ce serait différent. Qu'il serait différent. Un mec aussi cool ? Il lui suffisait de franchir le seuil du lycée Horizon pour être instantanément absorbé par Eux. Ceux qui ont une forme, une allure, une consistance. Ceux qui comptent. CQC.

Retour à la réalité, Regan. Comment oses-tu espérer qu'il reste avec toi ?

Shannon lui a fait signe avec le petit doigt en se tortillant pour remonter sur son tabouret. Son partenaire de TP, c'était Hoyt Doucet. Pas étonnant qu'elle me vole le mien.

Quand Hoyt était-il devenu membre du club de CQC ? Les standards de Shannon avaient sévèrement chuté.

La sonnerie m'a fait sursauter, me rappelant mon destin.

– On a fini ? a demandé Chris.

– Moi oui.

J'ai rempli la solution de l'équation pour trouver le zéro absolu et je lui ai jeté la feuille de TP.

– Il ne te reste plus qu'à la signer.

Il a griffonné son nom à côté du mien. *Regan O'Neill. Chris Garazzo*. J'ai imaginé un signe + entre les deux. Ce qui confirmait mon état instable de délire émotionnel. Tandis que Chris se dépêchait de nettoyer notre paillasse, j'ai gagné l'avant de la salle pour rendre notre copie.

En sortant, j'ai fait un dépôt mental dans le conteneur pour déchets dangereux. J'ai jeté tous les rêves d'amour que j'avais faits sur nous deux.

Quand je suis rentrée à la maison, la porte de la chambre de Liam était fermée. Je me suis demandé à quoi il avait passé sa journée, s'il avait pris la peine d'aller en cours. Vu comment s'était passée la mienne, j'aurais dû sécher, moi aussi.

Une vague de musique est passée sous la porte de Liam. Puis du chant. Mon cœur s'est arrêté. Dana International. Oh, mon Dieu !

Coups martelés à la porte.

– Liam.

Il n'entend pas parce qu'il a monté le volume de sa chaîne à un niveau assourdissant. Dana International, cette chanteuse israélienne que je ne supporte pas. Liam l'idolâtre.

Je frappe de nouveau.

– Liam !

Voyant qu'il ne répond pas, je commets l'impensable. J'entre en trombe.

La première chose que je vois, ce sont les flacons de cachets. Une rangée alignée proprement au bord de son étagère. Les cachets de Maman ; forcément. J'ai treize ans et je sais déjà que ma mère est une droguée.

Mais ce n'est pas ça qui me fait flipper. Les flacons sont tous vides.

– Liam ?

J'éteins la musique d'un coup de poing.

– Liam !

– Quoi ?

Sa voix est faible, mais c'est une voix. Je cours dans sa direction, vers le placard. Il est blotti dans un coin, vêtu de sa tenue de foot. Je me précipite et je lui attrape le bras ; j'essaie de le forcer à se lever.

Il résiste. Il plonge la tête entre ses genoux et marmonne :

– Laisse-moi tranquille.

– Non.

– Va-t'en.

– Allez, viens.

On entend la panique dans ma voix.

– Il faut que tu vomisses !

Il devient tout mou. Refuse de bouger. Mon premier réflexe, c'est de lui donner un coup de pied.

Il recule vers le fond du placard.

– Aïe ! Pourquoi t'as fait ça ?

Je tombe à genoux et j'agrippe ses épaules ; je commence à le secouer.

– Il faut que tu vomisses, Liam. Je ne te laisserai pas mourir !

Ça sort sous la forme d'un cri aigu, qui lui fait lever la tête et me regarder. Ses yeux sont déjà morts.

– Liam. Lia Marie. S'il te plaît.

Mes yeux s'emplissent de larmes.

– S'il te plaît.

Sa main gauche s'avance et attrape le casque de footballeur à côté de lui. Il le hisse vers moi en le tenant par la visière de protection. À l'intérieur, une montagne de cachets. Bleus, violets, orange, blancs.

– Je n'y arrive pas, dit Liam. Je ne suis même pas capable de faire ça. Je ne sais rien faire de bien. Je suis une erreur. Une erreur totale.

– Non, c'est pas vrai.

Je suis tellement soulagée que je jette mes bras autour de lui.

– S'il te plaît, Regan.

Il enserre mes poignets et me repousse.

– Je n'étais pas censé naître.

Il glisse le casque dans ma main droite.

– Aide-moi à mourir. Verse-moi ça dans la gorge, d'accord ?

Le ton devient pressant :

– S'il te plaît…

Mes doigts se crispent sur la visière. Je me redresse et je fonce vers la salle de bains. Je jette tous les cachets dans les toilettes et je tire la chasse. Je tire encore la chasse, encore et encore et encore, jusqu'à ce que tous les cachets se soient dissous, envolés. Ensuite, je m'effondre par terre et je pose le front contre la cuvette. Et je pleure. Je pleure, c'est tout. Pour mon frère. Liam. Bon Dieu, Liam.

Après quelques minutes, je laisse le casque dans la salle de bains et je retourne auprès de Liam. Il est perché au bord de son matelas dépouillé, ses épaulettes en tas par terre à ses pieds. Il a déjà ôté les crampons.

– Tu n'es pas obligé de faire du foot, je l'informe. Papa est entraîneur, et alors ? Ça ne t'oblige pas à jouer. Pourquoi tu lui as dit que tu voulais jouer ? Tu détestes le foot.

Les yeux de Liam percent des trous dans le mur blanc.

– Liam…

– Tu ne peux pas comprendre.

Ses cils brillent. Il cligne des yeux et une larme déborde. Je tends la main pour l'essuyer ; pour essuyer toutes les larmes.

Il me prend de vitesse et se frotte l'œil avec le poing. Puis il renifle, lâche un hoquet.

Je ramasse le maillot, les épaulettes et les crampons par terre.

– Je m'en occupe, je lui dis. Tu n'es PAS obligé de faire ça.

Je suis furieuse, folle furieuse.

Au pied de l'escalier, je m'arrête. Je lâche le tas d'affaires. Il y a autre chose que je veux dire.

– Lia Marie ?

Je suis debout sur le seuil.

– Tu peux mettre ma nouvelle chemise de nuit pour dormir. Je te la donne. Et tu peux te servir de ma chambre pour t'habiller, à partir de maintenant, quand tu veux.

Liam jette un coup d'œil par-dessus son épaule et me regarde dans les yeux. Lentement, son visage retrouve des couleurs. Il reprend vie. Je le vois se métamorphoser physiquement en Lia Marie. Elle sourit :

– D'accord. Merci, Regan.

Je pousse un soupir de soulagement.

La porte de Liam s'est ouverte brusquement sous mon nez et Dana International m'a sauté au visage.

– Salut, Regan. Viens, regarde ça.

Liam m'a fait signe d'entrer.

J'ai poussé un soupir de soulagement – le soupir que je pousse chaque jour depuis que Liam a eu trop la trouille pour sauter le pas.

S'il avait de nouveau envisagé le suicide, Liam ne m'en avait rien dit. Certes, il ne me donnerait pas la date et l'heure. Mais je le surveillais de près. Je crois qu'il avait atteint un nouveau stade, un meilleur stade. Avoir la liberté de s'habiller dans ma chambre l'avait guéri – pensais-je.

Sa chambre me donnait encore la chair de poule. Elle était austère. Froide. Abandonnée. Il ne mettait jamais de draps sur son lit, ni même de duvet. Rien d'autre que cette couverture en laine rugueuse qu'il avait achetée dans un surplus de l'armée. Pendant la journée, il la poussait au bout du matelas, roulée en boule, là où la plupart des gens mettent des coussins. Les murs étaient nus également, excepté les livres, les revues, les carnets et les manuels d'informatique qui étaient empilés jusqu'au plafond. Cette chambre me semblait toujours vide, inoccupée.

Liam parlait, mais je l'entendais à peine. J'ai fait taire Dana.

– … et j'ai trouvé toutes sortes d'histoires sur les TG. Par exemple, dans la Grèce et la Rome antiques ; tu savais que dans ses livres, Philon parle d'hommes qui se transformaient en femmes ?

Les TG. Transgenres.

– Ben ouais. Tout le monde lit Philon.

Il a ignoré le sarcasme. Il était assis par terre, entouré de piles de feuilles imprimées.

– Et en France, au XVIIe siècle, l'abbé de Choisy a carrément écrit : « Je me considérais profondément et réellement comme une femme. » Et il y a aussi Jeanne d'Arc.

– Jeanne d'Arc était un homme ?

Mes yeux se sont exorbités.

Liam a penché la tête.

– Dans son esprit, a-t-il dit. Il y a assez d'éléments qui le suggèrent.

Waouh. Je n'avais jamais pensé que les filles pouvaient être transgenres. J'ai lâché mon sac à dos sur son lit et je me suis glissée à côté de lui. Je me demandais ce que signifiait son intérêt soudain pour l'histoire.

– Pourquoi tu fais des recherches sur les TG ? l'ai-je interrogé. Je veux dire : pourquoi maintenant ?

– Pourquoi pas ? Un jour, j'entrerai dans l'histoire.

Mon cœur s'est mis à battre plus fort. Qu'est-ce qu'il mijotait ? Pensait-il à la mort ?

– Dans l'histoire moderne aussi, a-t-il continué. En plus de Christine Jorgensen, il y a une célèbre star du cinéma muet qui jouait dans des films avec Mae West. Julian Eltidge. Et puis il y a Edward Hyde, le gouverneur de New York en 1702. C'était un trans. Ed Wood, le réalisateur.

Dans ma tête, c'était un vrai tourbillon. J'ai jeté un coup d'œil à la page de texte d'où Liam tirait ces informations. Il avait surligné des passages, marqué des noms d'un astérisque. Dana International. Ah. Elle était trans. Je n'avais jamais compris pourquoi il l'aimait tant !

– Mick Jagger dit qu'il se travestit chez lui.

J'ai froncé les sourcils.

– Ça fait de lui un trans ?

Liam a haussé les épaules.

– Tout est possible. C'est pas noir ou blanc. Entre le genre masculin et le genre féminin, il y a diverses teintes de gris.

– Je sais.

– Ru Paul, a-t-il ajouté.

– Ru Paul ? Je croyais que c'était un *drag queen.*

– Peut-être. Sans doute. Mais elle est magnifique.

– C'est ça que tu veux être, une *drag queen* ?

Oh là là, Luna allait-elle faire de la scène ? Donner un spectacle ?

Liam a dit :

– On n'a pas tous autant de talent. Je veux juste me fondre dans la masse. Tu savais que chez les Indiens Yuman, il y a des groupes de gens appelés Elxa qui ont opéré un « changement d'esprit » ? Beaucoup de tribus d'Amérindiens parlent des trans : les Mohaves, les Navajos, les Pueblos. Ils acceptent, et même englobent, les femmes qui sont des hommes, et vice versa. Les gens à « deux esprits », comme ils les appellent. C'est cool, non ?

Il n'a pas attendu que je réponde.

– Et regarde !

Liam était tout excité.

– J'ai trouvé ces témoignages de TG qui font leur transition. Sur ce qu'ils traversent. C'est moi, exactement moi, c'est pareil.

Il a attrapé une autre pile de feuilles imprimées qu'il avait mises de côté sur son coffre à trésors. C'est ainsi qu'il appelait la malle fermée à clé qui contenait sa vie. Sa vie rêvée. Les vêtements de fille. Le maquillage. Il avait même branché un système d'alarme dessus.

– Teri Lynn, notamment, est une transsexuelle qui a fait sa transition il y a quelques années. Elle appelle ça « se recréer ». Elle suit à la lettre le programme Harry Benjamin pour avoir droit à sa SRS l'an prochain.

– Sa quoi ? Attends. C'est qui, Harry Benjamin ?

Il me parlait comme si j'étais à son niveau, dans le même bateau.

– Harry Benjamin, a répété Liam. Les règles de Harry Benjamin. Tu sais, les étapes par lesquelles il faut passer avant de pouvoir faire sa SRS.

– Doucement, Liam. Je suis perdue. SRS ?

J'ai ramassé une page Internet et je l'ai lue en diagonale. En tête, ça disait : *Bienvenue au Centre d'identité sexuelle.*

Liam m'a touché l'épaule.

– Désolé. Je devrais t'indiquer les dernières expressions spécialisées. SRS, ça signifie *Sex Reassignment Surgery*. L'opération pour redéfinir le sexe.

J'ai lâché la feuille. Mon cerveau s'est enclenché.

– Tu veux dire, pour changer de sexe ?

Son sourire s'est étendu à travers son visage. Les yeux de Luna sont devenus rêveurs.

– Oh, Regan. Toute ma vie, j'ai toujours voulu ça, rien d'autre que ça. Tu le sais.

Non, je ne le savais pas. Comment aurais-je pu le savoir ? Mes yeux se sont détachés de son visage et ont fouillé le sol sans le voir. Je ne pouvais pas la regarder. Pourquoi cette révélation était-elle un tel choc pour moi ? Parce que je ne me permettais jamais d'y penser.

Faire sa transition. Est-ce cela que ça signifiait ? Une véritable transition physique ? Une opération pour changer de sexe ?

Liam a rassemblé les feuilles imprimées. Sur le clavier qu'il avait installé sur son coffre à trésors, il a tapé une série de chiffres et de lettres. La serrure s'est ouverte et il a soulevé le couvercle. Il a posé la pile de feuilles à l'intérieur, repêché un sac à main en cuir et un sac tissé. Le sac tissé me paraissait familier. Où avait-il déniché ça ? Était-ce à Maman ?

– Lequel des deux fait plus ordinaire ? a demandé Liam.

Une vague de nausée m'a submergée. Je me suis levée péniblement.

– Regan ?

– Ni l'un ni l'autre. Les deux. Ils sont très bien, ai-je marmonné en fonçant vers la porte.

Il a lancé dans mon dos :

– Qu'est-ce qui ne va pas ?

– Rien.

« Ne l'abandonne pas ! hurlait mon cerveau. Ne fais pas ça. Ne le laisse pas tomber. Pas maintenant. »

Il a demandé plus doucement :

– Tu comprends, n'est-ce pas ?

Je me suis arrêtée sur le seuil, en fermant les yeux de toutes mes forces. J'ai pris une profonde inspiration et j'ai expiré lentement. En me tenant le ventre, j'ai ouvert les yeux et me suis forcée à sourire par-dessus mon épaule.

– Ben ouais, ai-je menti. Bien sûr.

CHAPITRE 9

– Cette expérience nécessite deux produits chimiques potentiellement dangereux. Le premier est le permanganate de potassium, un puissant agent oxydant qui réagit vite sur la peau et les vêtements. Le second est l'acide sulfurique, qui est caustique et corrosif. En cas de projection d'une solution ou de l'autre, rincez les éclaboussures avec de grandes quantités d'eau. Vous devez porter votre masque en permanence. Des questions ?

Bruchac a nettoyé ses lunettes ringardes avec sa cravate Titi.

Chris m'a tendu mon masque.

– Tu devrais sans doute me laisser manier les produits dangereux, a-t-il déclaré d'une voix grave. Puisque je suis l'homme.

Hier, j'aurais pu le frapper. Ou rire. Aujourd'hui… Quelle différence ça faisait ? Le monde était mal fait, il marchait de travers, sorti de son orbite naturelle. Nous ne pourrions jamais être proches. De toute façon, il ne le voudrait pas.

– *Remplissez une pipette de peroxyde d'hydrogène acheté dans le commerce et étiquetez-la,* ai-je lu sur l'énoncé du TP.

– Hé, Garazzo. Tu viens aux essais après les cours ? a fait une voix derrière Chris.

Je ne connaissais pas ce mec. Il s'était arrêté devant notre paillasse en entrant. Dix minutes de retard. Bruchac incendiait le dos de son blouson de sport avec son regard noir.

Chris a dit :

– Bien sûr. Tu penses que Hewitt me laissera commencer ? Ou est-ce que je vais passer l'année à réchauffer le banc ?

– Monsieur Atchinson, vous êtes en retard, a annoncé Bruchac à l'univers. C'est la deuxième fois. Au bout de trois, vous êtes viré.

Atchinson a plissé les yeux. Contre sa poitrine, il a adressé un doigt d'honneur à Bruchac.

– Monsieur Atchinson…

– Compris, chef.

Il a levé le pouce à l'attention de Bruchac, et s'est éloigné vers sa paillasse.

J'ai recommencé à lire les instructions.

Chris a dit :

– C'est pas le truc qu'on utilise pour se décolorer les cheveux ?

Il a dévissé le bouchon de la bouteille de peroxyde d'hydrogène et l'a reniflée.

– Je pourrais te faire des mèches.

Il a plaqué une main sur ma tête, comme un casque.

– Une longue mèche, derrière, jusqu'en bas. Super hype.

Je me suis dégagée.

Il a paru blessé.

– Je déconnais, Regan.

Mon nom, dans sa bouche. Ça faisait encore bondir mon cœur.

– Je sais. Je suis désolée.

J'ai souri. Me suis détendue un peu. Laissé tomber mon bouclier d'invisibilité. On ne sortirait jamais ensemble, mais c'était tant mieux, j'imagine. Il n'aurait jamais besoin de savoir.

En installant l'expérience pour prouver ou réfuter le pourcentage de peroxyde d'hydrogène annoncé par le fabricant sur la bouteille, Chris comptait tout fort les gouttes qu'il ajoutait dans le pichet :

– Quatorze, quinze… alors, tu veux y aller ?

J'ai débouché l'acide sulfurique.

– Où ?

Penché la bouteille.

– À la rave.

J'ai fait comme une crise d'épilepsie. Le spasme musculaire, dans mon cerveau, a poussé ma main à secouer la bouteille et de l'acide sulfurique m'a éclaboussée partout sur le bras.

Comme dans un film muet, le visage de Chris s'est décomposé, rempli d'horreur. Ma bouche s'est ouverte et j'ai lâché un hoquet de surprise. Ça ne m'a pas fait mal, au début. Ensuite, la douleur est devenue de plus en plus intense et mon bras s'est mis à brûler. Sous le choc, je me suis sentie sombrer dans un état catatonique.

Effarée, je regardais ma peau blanchir et se mettre à cloquer. Est-ce que j'ai crié ?

– Monsieur Bruchac ! a hurlé Chris. Venez ici, vite !

Chris m'a attrapé le poignet et a ouvert le robinet en grand puis tiré ma main sous le jet d'eau froide.

Bruchac est arrivé juste à temps pour assister à mon retour du pays des morts. Le cri était réel cette fois. Les tympans ont éclaté. Un torrent de larmes a jailli de mes yeux tandis que je gémissais et hoquetais pour respirer.

– Du calme. Vous allez survivre, a dit Bruchac.

Il a dû hausser la voix pour que je l'entende. Chris tenait mon bras sous l'eau froide.

– Bon sang, calmez-vous.

Bruchac a refermé ses griffes sur mon biceps.

Après quelques minutes, ma main s'est engourdie. Les sanglots se sont apaisés et je suis parvenue à reprendre contenance, enfin presque. Bruchac a examiné mon poignet, où se trouvait l'essentiel des dégâts.

– J'ai une crème antibiotique dans le placard. Attendez.

Sa voix semblait distante, comme enfermée dans un pichet. Étais-je en train de m'évanouir ?

– Regan, ça va ?

J'ai cligné des yeux en entendant cette voix. Chris tenait mon bras comme dans un étau, le visage vert – aussi vert que le mien, sans doute.

J'ai hoché la tête. Je me suis libérée de son emprise et j'ai agité les doigts, essayant de faire revenir la circulation dans mon membre engourdi.

Il a posé ma main dans la sienne pour examiner mon bras. Mon poignet. Puis il a fait un truc bizarre. Il a porté ma main à ses lèvres et m'a embrassé la paume.

Je me suis liquéfiée. C'était tellement adorable.

Les dégâts étaient minimes. Pas besoin de greffe de peau ou de bandage. Pendant le reste de la journée, malgré tout, j'ai bercé ma main contre mon cœur. Un geste un peu protecteur. Non pas parce que j'avais mal ; juste pour chérir la sensation des douces lèvres de Chris contre ma peau.

J'ai rêvé de lui cette nuit-là. On était dans un canoë, on se laissait porter par le courant sur une rivière. Il faisait chaud, l'air embaumait, et on était tous les deux habillés en blanc. Chris avait une chemise blanche, un pantalon blanc, des chaussures blanches. Moi, je portais une robe d'albâtre. Le clair de lune faisait scintiller la surface vitreuse de l'eau, reflétant nos vêtements, nos visages ; il nous donnait une aura, nous faisait rayonner. Chris tenait une pagaie, moi l'autre, et on ramait en parfaite harmonie. Des accords de *La Bohème* flottaient jusqu'à nous depuis la rive boisée. On ramait en chantant, on chantait en ramant…

La musique s'est arrêtée.

– Regan, aide-moi.

J'ai ouvert les yeux. À côté de mon lit, Luna a éclaté en sanglots.

Il m'a fallu un moment pour 1) me réveiller entièrement, parce que je ne voulais pas que mon rêve se termine, et 2) calmer Luna. Elle pleurait tellement fort qu'elle n'arrivait plus à respirer.

– Qu'est-ce qui s'est passé ?

Elle semblait en pleine forme quand je l'avais quittée la veille au soir. Liam était pareil au petit déjeuner – dans son rôle de garçon 100 % mâle – sauf qu'il était allé au lycée. Je l'avais vu entrer au CDI quand je me rendais en cours d'histoire.

– Luna ?

Elle a reniflé. Elle s'est effondrée sur le bord de mon matelas et a sangloté :

– Il m'a forcée à le faire. Je... je ne voulais pas, mais il m'a forcée.

Avec des hoquets incontrôlables, elle a pleuré dans ses mains.

– Qui t'a forcée ? ai-je demandé, en me redressant péniblement dans mon drap entortillé pour m'asseoir à côté d'elle. Qui t'a forcée à faire quoi ?

Les épaules de Luna tressautaient.

– Papa, a-t-elle gémi.

Papa. J'ai passé un bras autour de sa taille.

– Qu'est-ce qu'il a encore fait ?

– Il m'a forcée à passer les essais.

Luna a avalé de l'air et s'est redressée.

– Il est carrément venu au lycée et il m'a retrouvée à la sortie des cours.

Elle s'est essuyé le nez.

– Je ne pensais pas qu'il connaissait mon emploi du temps. Je suppose qu'il a pu le trouver au secrétariat.

Elle a dégluti avec peine.

De quoi parlait-elle ?

– Les essais pour quoi ?

Elle m'a regardée en clignant des yeux. Des larmes perlaient sur ses cils.

– Le base-ball.

Oh là là.

– Il m'a forcée à y aller et à lancer la balle, a-t-elle dit platement. Et il est resté tout le temps assis dans les gradins, alors je n'ai pas pu partir.

J'ai maudit Papa en silence. Pas tellement en silence.

– Oh, Regan, a soufflé Luna en me regardant droit dans les yeux. Je dois faire ma transition. Je me fiche de ce que ça me coûtera. Je dois faire ma transition maintenant.

J'ai laissé tomber mon bras derrière son dos.

– Combien ça coûte ?

Elle a secoué la tête.

– Je ne parle pas de l'argent.

Quels autres coûts y avait-il ?

– Il faut que tu m'aides, a-t-elle dit – supplié.

– T'aider ? Comment ?

Elle voulait que je pratique l'opération, peut-être ? Ben voyons.

– Je vais commencer doucement, commencer à me montrer. M'habiller en public. À ton avis, comment je dois m'y prendre ?

– Pourquoi tu me demandes ça à moi ?

Ma poitrine s'est serrée. Je ne savais rien, moi.

Luna s'est déplacée pour trouver un meilleur équilibre sur le lit, avec un genou plié, face à moi. Elle a pris mes mains dans les siennes et les a posées sur ses cuisses.

– Parce que j'ai confiance en toi, Regan. Je te confie ma vie.

« Ne fais pas ça ! » ai-je hurlé dans ma tête. Toutes ces années, j'avais été sa confidente, j'avais gardé le secret. Mais ce n'était pas une raison pour m'accorder une confiance aussi absolue.

Elle me regardait, intensément. Je ne pouvais pas soutenir son regard.

– Tu veux juste t'habiller en public ? ai-je demandé, essayant de paraître détendue.

En m'éloignant d'elle, centimètre par centimètre.

– Oui. Je veux être moi.

Si ce n'était que ça… J'ai ôté mes mains des siennes et je me suis levée. Je me suis frayé un passage au milieu du bazar sur mon plancher et j'ai gagné péniblement mon bureau, qui était désormais le petit coin de paradis de Luna, où j'ai ramassé un tube de rouge à lèvres.

– Bon, je pense que ce serait plus facile si tu t'habillais pour des inconnus.

J'ai ouvert le tube. Marron. Pas pour moi, cette couleur. (Qu'est-ce qu'il me fallait, comme couleur ?)

– Je veux dire, tu ne prendrais pas autant de risques. S'ils ne peuvent pas accepter que tu sois trans, et alors ? Tu n'auras pas à gérer des gens qui savent qui tu es… qui tu étais. Avant. Tu sais, des gens qui connaissent Liam.

– Le comédien, est-elle intervenue. L'hologramme.

– Si tu veux. Ils n'auront pas à se remettre de ça.

– Ça me donnerait aussi une occasion de me sentir à l'aise en public, a-t-elle dit. En plein jour.

En plein jour ? J'ai vivement tourné la tête. Est-ce qu'elle sentait ma panique ? Elle rayonnait littéralement quand elle a souri, en ajoutant :

– Tu es tellement intelligente, Regan. Tellement intelligente.

– Ouais, tu parles.

Je me suis retournée. Comparée à Liam, j'avais un seul neurone. Embryonnaire.

– Où est-ce qu'on pourrait aller ? a demandé Luna. Et quand ?

J'ai reposé le rouge à lèvres. Avait-elle vraiment besoin d'autant de couleurs différentes ?

– Je ne sais pas. On pourrait se balader au centre commercial, peut-être. Pas le nôtre, ai-je ajouté vivement. Un autre, trèèès loin, à l'autre bout de la ville.

Mon bras a volé d'un côté pour indiquer la distance. Beaucoup de distance.

– On pourrait aller faire les boutiques.

– Les boutiques, a répété Luna. Tu sais depuis combien de temps je rêve d'aller faire les boutiques avec toi ?

Ah bon ? Je l'ignorais. Je n'y allais pas si souvent. Seulement quand Aly avait besoin de quelque chose et qu'aucune de ses copines n'était disponible. Aly avait d'autres amis à part moi. Des terminales, bien sûr. Des gens de son âge, de son genre. Faire les boutiques, ça me paraissait tellement petit, comme rêve.

– Quand ? a demandé Luna.

– Hmm ?

J'avais décroché. J'étais tellement fatiguée. Je voulais retrouver mon rêve à moi, mon rêve de canoë avec Chris.

– Demain, a dit Luna.

– Non, j'ai cours. Tu as dû en entendre parler. Les gens vont dans un endroit qui s'appelle un lycée pour apprendre. Pour façonner leur destin.

Elle n'a pas souri.

– Après le lycée ?

On serait quel jour, demain ? Jeudi ? C'était déjà demain ?

– Je travaille, ai-je dit.

David et Elise commençaient un cours de yoga ensemble. Que Bouddha soit loué ! Ils avaient besoin de moi.

– Quand, Regan ? Quand est-ce qu'on peut y aller ?

Le désespoir dans la voix de Luna me tordait le cœur.

– Samedi, ai-je dit. Non, attends. Je travaille aussi samedi.

J'ai aperçu son visage dans le miroir. Elle paraissait effondrée. Mais je n'y pouvais rien. David et Elise m'avaient demandé si je pouvais garder les enfants pendant qu'ils allaient faire du ski. Ils partaient en excursion pour toute la journée. Ce n'est pas tant que j'avais besoin de cet argent mais… je voulais y aller. J'avais besoin d'y aller.

– Et samedi soir ? a demandé Luna. Le centre commercial est ouvert jusqu'à quelle heure ?

Comme si je le savais !

– Au moins neuf heures, j'imagine.

Elle attendait.

Samedi soir, je pouvais. Ça me donnait quelques jours pour me préparer. À quoi ? Je n'en étais pas très sûre.

– Je ne serai pas de retour à la maison avant six heures, sans doute. Ça dépend de l'endroit où David et Elise décident d'aller skier.

Luna s'est levée d'un bond et a traversé la pièce en volant. Elle m'a soulevée de ma chaise avec énergie et m'a serrée dans ses bras. Elle me tenait si près d'elle que sa joie s'est déversée dans mes os.

OK, ce ne serait pas si terrible. Rien que des inconnus. Samedi soir. Qui va au centre commercial le samedi soir ? À part toutes les filles du monde qui veulent draguer des mecs. D'après Aly.

J'ai étouffé la terreur qui me gagnait. Nous ne serions que deux filles sorties faire du shopping. Qui remarquerait ? Qui s'en soucierait ? Qui ferait même attention à nous ?

– Mademoiselle O'Neill, voulez-vous venir devant la classe, s'il vous plaît ?

Bruchac m'a fait signe avec un doigt recourbé. Chris passait la jambe sur son tabouret ; il était entré en trombe après la deuxième sonnerie, sur les talons d'Atchinson. Je n'avais même pas eu le temps de dire : « Salut. Tu sais où on peut louer un canoë ? »

– Mademoiselle O'Neill ?

Bruchac voulait que j'aille là-bas ?

– Aujourd'hui, ce serait bien.

Il a tapoté sa montre.

J'ai reculé mon tabouret, manquant de le renverser. Chris l'a rattrapé. Il fronçait un peu les sourcils, genre : « Qu'est-ce qui se passe ? »

Comme si je le savais. Tout le monde a interrompu ce qu'il était en train de faire pour me regarder. Me fixer. Me suivre du regard.

Je me sentais toute nue quand je me suis faufilée entre les paillasses, le pouls à cent à l'heure. Que manigançait Bruchac ?

Il m'a fait signe de monter sur l'estrade à côté de lui.

– Si vous voulez bien montrer votre bras à vos camarades, mademoiselle O'Neill. Éclairez-les sur les conséquences d'incidents malheureux comme se renverser de l'acide sulfurique dessus.

Incidents malheureux ? J'envisageais de donner un bain d'acide à mon autre bras, aujourd'hui. Mon poignet était encore un peu rouge, la peau était d'un blanc spongieux avec des cloques par endroits, mais je n'avais pas mal.

– Mademoiselle O'Neill, s'il vous plaît. Votre public attend.

Bruchac a ouvert le bras dans un geste théâtral.

Connard. Dix sur l'ECGC. « Je t'emmerde », ai-je pensé. J'ai croisé mes bras sur la poitrine, pudiquement. Pigé ?

La voix de Chris a retenti depuis le fond de la classe.

– C'est moi qui ai renversé l'acide.

– Non, c'est pas toi, ai-je dit.

– Si, c'est moi.

– Non, c'est pas toi.

– Vous continuerez votre règlement de compte hors de la classe, les amoureux, a grondé Bruchac. C'est le genre d'accidents contre lesquels je vous ai mis en garde. Voilà ce qui peut arriver quand vous ne faites pas attention. Ce sont des produits toxiques, les filles. Si vous jouez avec le feu, vous allez vous brûler.

J'ai failli balancer une vanne du genre : « C'est vous qu'on va brûler pour discrimination sexuelle. » Et il faudrait lui ajouter une peine de prison pour avoir violé mon droit de souffrir en silence. Mais parler ne ferait que prolonger mon temps de souffrance ici. J'ai commencé à repartir vers ma place.

Bruchac s'est posté devant moi.

– Montrez à tout le monde ce qui se passe quand l'acide entre en contact avec la peau humaine, mademoiselle O'Neill.

Je me suis renfrognée. Était-il sérieux ?

Apparemment. Il refusait de me laisser passer.

J'ai déplié les bras et soulevé le poignet gauche. Les gens du premier rang se sont penchés en avant sur leurs paillasses. Ceux de derrière ont tendu le cou pour mieux voir. J'avais envie de leur dire qu'il n'y avait rien à voir de plus que moi en train de me consumer devant eux.

– Dites-nous ce que ça fait, a insisté Bruchac.

– C'est pas mal, ai-je déclaré. C'est même génial, quand on aime l'automutilation.

Les gens se sont marrés. Ah bon ?

Bruchac a sifflé :

– Je ne soulignerai jamais assez que la sécurité est notre première préoccupation. Faites attention. Concentrez-vous. Soyez vigilants.

– Si vous y croyez fort, vous y arriverez, ai-je ajouté.

Ça a déclenché un chœur de ricanements. À côté de moi, je sentais Bruchac se hérisser. Avec ses piquants, il aurait pu faire couler le sang. J'ai trottiné dans l'allée, comme le lapin timoré que j'étais. Les gens me souriaient. Pas d'un air moqueur. Plutôt… d'un air amusé, réjoui.

Bruchac a dit :

– Sortez tous une copie vierge. Vous venez de gagner un contrôle.

Grognement commun. Pendant que je me glissais sur mon tabouret, Chris a marmonné à mon attention :

– Il a carrément explosé l'ECGC.

Sans blague. Heureusement, le test n'était pas dur, sinon tout le monde aurait estimé que j'avais explosé l'ECGC, moi aussi. Il y avait deux questions sur le point de congélation et le point d'ébullition, tirées de notre dernier TP. La formule chimique de l'acide sulfurique : H_2SO_4. Désormais gravée de manière indélébile dans mon cerveau.

Quand j'ai terminé, j'ai aperçu la copie de Chris du coin de l'œil. Elle était pratiquement vierge. Je crois qu'il avait répondu à la question 1 ; ensuite, il avait séché.

Il m'a rattrapée dans le hall après le cours.

– Hé, Regan. Alors, pour samedi soir ?

Je me suis arrêtée, pétrifiée. Samedi soir ? Comment pouvait-il être au courant pour samedi soir ?

Chris a dû interpréter ma mâchoire béante, comprenant que je ne comprenais rien. Ce qui était vrai.

– La rave ? a-t-il dit.

La rave. Oh, mon Dieu. Ce n'était pas une hallucination. Il m'avait invitée, juste avant que je me paye un petit trip à l'acide.

Quelqu'un nous est rentré dedans par-derrière, alors Chris m'a entraînée vers le mur. Il a écarté ses cheveux de sa figure et plongé ses yeux profondément dans les miens.

– Alors ?

– Alors…

J'ai passé la langue sur mes lèvres sèches. Ouvert, puis refermé la bouche. Samedi soir. Pourquoi fallait-il que ce soit samedi soir ? Luna était tellement surexcitée par la virée shopping. Elle était restée dans ma chambre jusqu'à l'aube à essayer des tenues appropriées pour un tour au centre commercial. Elle n'arrêtait pas de parler de shopping. Si ça ne prouvait pas qu'elle était une fille, je ne vois pas ce qui pourrait le prouver !

Non, c'était trop important pour Luna. Pour Liam. Il avait attendu toute sa vie de pouvoir aller faire les boutiques avec moi.

– Samedi soir, je ne peux pas, ai-je dit à Chris. Je vais faire des courses avec… euh… ma sœur.

Son expression a changé. Il s'est… décomposé ?

– D'accord.

Son regard a dévié par-dessus son épaule. Était-il déçu ? Fâché ?

Il a dit froidement :

– Je suppose qu'on se recroisera au lycée, alors.

Qu'est-ce que ça voulait dire ? Je le verrais demain. Il a battu en retraite et disparu dans la foule.

– Va au diable, Liam !

J'ai fait volte-face et donné un coup de pied dans le mur. Puis je me suis maudite parce que j'ai cru que je m'étais cassé un orteil.

CHAPITRE 10

Chris n'est pas venu en cours de chimie le lendemain. Bruchac a annoncé qu'il avait noté nos tests et les rendrait pendant l'heure, en ajoutant :

– Ils sont beaucoup moins bons que ce que j'attendais.

Ses attentes. Pourquoi tout est une question d'attentes ?

Bruchac a marqué une pause devant ma paillasse.

– Comment va votre bras ? a-t-il demandé.

– Il va survivre, ai-je marmonné. Enfin, je vais survivre.

Il a souri et glissé mon test sur la paillasse.

– Bien. Je suppose que l'expérience est le meilleur des professeurs. Dommage que certaines leçons doivent être douloureuses.

J'ai baissé les yeux pour voir ma copie. Vingt sur vingt.

– Je vois que votre acolyte n'est pas avec nous aujourd'hui, a remarqué Bruchac. Vous lui direz de passer me voir après les cours, d'accord ?

Il a glissé le test de Chris sous la pile, mais j'ai eu le temps de voir sa note. Zéro. Zéro sur vingt.

Je n'avais jamais eu de zéro de ma vie. Qu'est-ce qu'on ressent dans ces cas-là ?

Tandis que Bruchac s'éloignait, je me suis demandé si je devais ou non transmettre son message à Chris. Non, ai-je décidé. Aujourd'hui, on était vendredi. D'ici lundi, ce serait de l'histoire ancienne.

Pour je ne sais quelle raison, je me sentais responsable de l'échec de Chris. *J'étais* responsable. Il n'aurait pas eu à passer ce fichu test si je ne m'étais pas renversé de l'acide partout. À en croire la tempête qui se déchaînait autour de moi, tout le monde l'avait compris aussi. J'allais avoir besoin de recharger la batterie de mon bouclier d'invisibilité.

Samedi matin, alors que je partais chez les Matera, Alyson a descendu à pas lourds l'escalier du sous-sol.

– Il neige. C'est magnifique dehors, a-t-elle dit à Liam, qui était penché sur une feuille imprimée, étudiant un programme. Si on prenait la voiture pour filer dans les montagnes et faire de la luge ?

Elle lui a relevé la tête en le tirant par les cheveux et l'a regardé à l'envers dans les yeux.

– S'il te plaît ? On ne va jamais nulle part.

– Je ne peux pas, lui a-t-il dit d'une voix étranglée. Je dois terminer ça et assembler deux systèmes aujourd'hui.

Ouais, c'est ça. La seule chose qu'il allait assembler, c'était une tenue pour ce soir.

– Tu veux y aller, Regan ? a-t-elle demandé.

– Je dois travailler.

Aly s'est affalée sur le canapé.

– Merde. Un samedi barbant de plus à Nazeville. Ma vie est sérieusement nulle.

« Trouve-toi un boulot, ai-je pensé. Va faire du shopping. Emmène Liam se faire faire des petites nattes. » C'était plutôt marrant, ça. Dommage que je ne puisse pas le dire à Aly. J'ai juste marmonné :

– Désolée.

Ma journée chez les Matera, elle, n'a rien eu d'ennuyeux. Entre jouer avec les enfants, regarder des films, amuser Tyler, préparer le déjeuner et laisser Mirelle me coiffer avec des chouchous et des barrettes, il a été six heures avant que j'aie seulement regardé l'horloge.

Et presque sept heures le temps que je rentre à la maison.

Liam m'avait tendu une embuscade à la porte d'entrée.

– Tu es en retard ! a-t-il dit. Tu étais censée être là à six heures.

– Lâche-moi.

J'ai décollé ses griffes de mon bras.

– J'avais dit peut-être six heures. David et Elise sont restés coincés derrière un semi-remorque accidenté en travers de la route en rentrant des pistes. C'est le blizzard dehors, au cas où tu ne l'aurais pas remarqué.

Liam a ramassé son sac matelot en toile sur le sol de l'entrée et fait cliqueter ses clés.

– Je peux passer aux toilettes d'abord ?

Je me suis faufilée derrière lui et précipitée dans le couloir. La porte des toilettes était fermée. Occupé, apparemment. J'ai fait demi-tour pour descendre au sous-sol, quand la chasse d'eau a retenti et Papa est sorti.

Il a regardé tour à tour Liam, puis moi, puis la main de Liam sur la poignée de la porte.

– Vous n'allez pas sortir par ce temps, si ? a dit Papa.

– C'est pas si terrible, ai-je répondu en me glissant derrière lui.

J'ai fermé la porte. Hoquet dégoûté parce que j'ai dû rabaisser la lunette des WC. Ça m'a rendue reconnaissante envers Liam pour sa politique des toilettes – même si j'ignorais les détails personnels et privés de ce qu'il y faisait, et ne tenais pas à les connaître.

Quand je suis sortie des WC, Papa était dans la cuisine et raccrochait le téléphone. Liam m'a jeté un regard qui tue en articulant : « Viens. »

– Votre mère doit encore travailler tard avec son Tom à tout faire, a grommelé Papa.

Tom à tout faire. Amusant. Si Papa avait voulu plaisanter, ce n'était pas évident, à voir sa tête. Il s'est retourné vers nous.

– Vous restez à la maison, les enfants.

– Papa... avons-nous protesté en chœur, Liam et moi.

Liam m'a regardée, attendant que je termine.

– On va juste au club de gym, ai-je menti. Il y aura moins de monde ce soir.

Papa a haussé les sourcils.

– Ouais ? Je viens avec vous.

Flûte. Ce n'était PAS la réponse que je voulais entendre.

Liam s'en est mêlé.

– J'ai besoin de faire ça tout seul, Papa. Tu comprends ?

Papa a ouvert la bouche, puis l'a refermée. « Tu comprends ? » Liam n'avait jamais prononcé ces deux mots à l'adresse de Papa, auparavant. Papa avait l'air ahuri.

– D'accord, a-t-il dit. Mais soyez prudents dehors.

– OK.

Liam m'a indiqué la porte du menton.

On a filé avant que Papa comprenne qu'on l'avait berné. Parce qu'il a fini par comprendre, même si je ne me doutais de rien...

Liam a choisi le centre commercial de West Meadows, à environ une demi-heure de chez nous. Avec les rues pavées de glace noire, cela dit, et les vents violents qui entravaient chaque centimètre de notre progression, il nous a fallu près d'une heure pour nous y rendre. Nous avions de la chance d'être arrivés vivants.

– Y a pas trop de monde dehors, ce soir, a remarqué Liam en se creusant un emplacement où stationner dans la neige, qui était de plus en plus épaisse, près des colonnades de l'entrée du centre commercial.

– Ouais, ben les fous dangereux sont enfermés à clé, le soir, ai-je marmonné.

Le parking était pratiquement vide. J'ai ouvert ma portière et je me suis fait mitrailler par des flocons de neige fondue. Je me suis levée et, en me tournant pour claquer la portière derrière moi, j'ai remarqué que Liam n'avait pas bougé d'un pouce. Il était assis, le regard perdu dans le vague par la vitre givrée.

Je me suis penchée à l'intérieur.

– Quoi ?
– Je ne peux pas faire ça.
– Liam…
Mécaniquement, il a secoué la tête de droite à gauche.
– Je ne peux pas.
Qu'il aille au diable ! J'ai cogné le tableau de bord avec la paume de ma main. Aïe. Ajoutez un poignet cassé à l'orteil fracturé et à la brûlure d'acide. Que faisions-nous ici, en plein blizzard, un samedi soir, alors que j'aurais pu sortir avec Chris, descendre à la rame le fleuve de l'amour ?
– Allez, Liam. Ce ne sera pas si terrible.
Il m'a juste jeté ce regard…
D'accord, je ne pouvais pas savoir.
Un mince sourire a entrouvert ses lèvres.
– Teri Lynn aime bien le nom que j'ai choisi – Luna. Elle trouve que ça fait mystique et mystérieux.
– Et Teri Lynn, c'est… ?
– La transsexuelle que j'ai rencontrée sur Internet.
Transsexuelle. D'accord.
– Elle est sympa, a dit Liam. Elle m'a raconté en détail sa première sortie, où elle a essayé de « passer ». Elle avait dix-sept ans, elle aussi, mais elle n'avait pas de voiture. Elle a dû prendre le bus. Elle est descendue à la bibliothèque parce qu'elle savait qu'il y avait des toilettes unisexe, là-bas, où elle pouvait se changer. Elle habite à Seattle.
Liam a marqué une pause et m'a regardée en clignant des yeux.
– Seattle, tu sais ? Dans l'État de Washington ?
– J'en ai entendu parler. C'est vraiment fascinant.

J'ai réprimé un bâillement.

– … Mais quel rapport ça a…

– Elle a choisi une petite robe avec une veste, a poursuivi Liam, et des sandales ouvertes. À l'époque, comme perruque, elle n'avait qu'un truc affreux pour Halloween, genre Elvira, Maîtresse des ténèbres[1].

– Oh là là, ai-je grimacé. Tu plaisantes.

Liam a lâché un gloussement bref.

– Donc, elle traverse le parc jusqu'à un centre commercial et les premières personnes qu'elle croise, c'est une mère et ses deux gamins. Teri Lynn sent qu'ils la regardent. Les yeux écarquillés. Elle manque de se dégonfler. Mais elle continue à marcher, la tête haute. Elle pense qu'elle y est arrivée, qu'elle les a dépassés, quand l'un des gamins fait : « Maman, pourquoi il porte une robe, ce monsieur ? »

Mes yeux se ferment malgré moi.

– Je sais, a dit Liam. Teri Lynn a failli faire une crise cardiaque. Avant son électrolyse, sa barbe était très sombre. Même avec tout le fond de teint du monde, elle n'aurait pas pu la couvrir.

Liam a souri pour lui-même et baissé la tête.

J'ai expiré longuement.

– Alors, qu'est-ce qui s'est passé, après ?

Il a fait le tour du volant du bout de l'index.

– La mère était compatissante. Extrêmement gentille. Elle s'est excusée auprès de Teri Lynn et a grondé sa

1. Grande figure de la télévision américaine. Elle anime des émissions d'épouvante où elle présente des films d'horreur ringards mais cultes. (*NDT*)

petite fille. Teri Lynn était sacrément traumatisée, d'après ce qu'elle a dit, mais il lui avait fallu tellement de temps pour en arriver là, pour rassembler le courage de s'habiller comme elle était vraiment, qu'elle n'allait pas faire demi-tour. Elle a dit qu'elle mourrait si elle devait jamais faire demi-tour.

La poitrine de Liam s'est gonflée, puis est retombée.

J'ai penché la tête.

– Alors… je suppose qu'elle a survécu.

Son regard a trouvé le mien.

– Tu peux le faire, lui ai-je dit. Tu peux.

Un long moment est passé. Puis une expression que je n'avais jamais vue auparavant a envahi son visage. Détermination ? Résolution ? Il a contracté la mâchoire. Il a hoché la tête une fois et ouvert sa portière.

CHAPITRE 11

J'ai monté la garde devant les toilettes femmes, au deuxième étage de chez Sears. Sears. Pourquoi avait-il fallu que ce soit Sears ? Je ne m'attendais pas à voir un des anciens potes de Papa ici, puisque ce magasin venait d'ouvrir, mais c'était son territoire. Il n'avait pas beaucoup travaillé dans les rayons après son transfert aux ressources humaines, où il avait dû préparer lui-même son avis de licenciement.

Ça me donnait la chair de poule d'être ici. J'ai frémi dans ma parka. La porte s'est entrouverte et la main de Luna a surgi, me tirant à l'intérieur.

– Bon, comment tu me trouves ?

Elle posait devant moi, en tremblant.

– Pas mal.

Elle s'est décomposée.

– Non, je veux dire bien. Très bien.

Étonnamment bien. Elle avait choisi un Levi's taille basse, plus serré que ce que j'aurais osé porter, et un pull bleu vif avec un chemisier jaune pâle en dessous. Des bottines noires. Stylé.

– Tu fais… ordinaire.

Elle a rayonné. Elle avait dû farfouiller dans toutes les boutiques de fringues d'occasion de la ville pour trouver des trucs aussi bien. La prochaine fois, il faudrait qu'elle m'emmène avec elle.

– Et ta perruque ne fait pas du tout Maîtresse des ténèbres.

Luna a souri. Elle a lissé ses mèches auburn devant le miroir. C'était une couleur flatteuse pour son teint pâle et ses taches de rousseur. Mais qu'est-ce que je raconte ? On n'était pas dans *Cosmo*, là.

– Tu penses que quelqu'un va me repérer ?

Son regard a croisé le mien dans le miroir.

– Dis-moi la vérité.

La vérité, c'est que je pensais qu'elle détonnerait. Pas parce qu'elle avait l'air d'un garçon. Elle était grande, et plus séduisante que la plupart des FG de notre âge. FG : filles génétiques, contrairement aux TS, ou transsexuelles. C'est comme ça que Liam nous appelait.

– Tu es magnifique, Luna, lui ai-je dit en replaçant le col de son chemisier pour masquer sa pomme d'Adam.

– Teri Lynn a fait raboter la sienne.

Luna a tendu le cou devant le miroir.

– Elle dit qu'on ne la voit presque plus maintenant.

– On peut y aller ?

Imaginer sa gorge sous un couteau me donnait la nausée. En plus, si Luna commençait à prendre des poses devant la glace, on en avait pour des heures.

Elle a poussé un petit soupir. En passant la bandoulière de son sac à main sur son épaule, elle a décollé son sac matelot du comptoir et a dit :

– Il y a des casiers au bout de ce couloir où je peux fourrer mon sac.

Comment savait-elle ça ? Était-elle venue faire des repérages sur le terrain ? Sans doute. C'était bien le style de Liam. Paranoïaque, paré à toute éventualité.

Il y a eu un dernier moment de tension quand mes doigts se sont enroulés autour de la poignée et que Luna a poussé la porte des toilettes pour la refermer. « Elle va se dégonfler, ai-je pensé. Elle ne peut pas le faire. »

Elle a laissé tomber sa main, s'est passé la langue sur les lèvres et a déclaré :

– Je suis prête.

La première personne que nous avons croisée était un vendeur d'électroménager. Il nous fonçait dessus comme s'il avait pour mission de nous écraser. Luna m'a agrippé le bras en gémissant.

– Continue à marcher, lui ai-je dit.

À quelques pas de nous, le vendeur a appelé :

– Hé, Ralph ! Tu as reçu ma fiche d'heures sup' pour janvier ?

Il est passé précipitamment devant nous comme si nous étions des présentoirs.

Luna s'est appuyée contre un frigidaire. Elle a plaqué une main sur sa poitrine et soufflé :

– Oh, ma déesse ! Je vais faire une crise cardiaque.

– Mais non.

Moi, en revanche… Mon cœur semblait prêt à me briser les côtes.

– Il ne nous a même pas vues, lui ai-je dit. Luna. Tu es passée.

Elle clignait des yeux. Un sourire a lentement illuminé son visage.

– C'est vrai, je suis passée, hein ? Je suis passée.

Ses yeux rayonnaient.

Les allées étaient désertées par les humanoïdes ce soir-là – que la déesse de la météo soit louée. Une caissière nous a regardées d'un air soupçonneux, mais je pense qu'elle voyait en nous des jeunes délinquantes sorties piquer un peu de marchandise. Chaque fois que nous croisions quelqu'un, je me surprenais à jeter un coup d'œil par-dessus mon épaule pour observer sa réaction. Une seule personne a sursauté : un employé qui s'ennuyait au rayon des appareils photo – et il m'a semblé qu'il matait Luna.

– Personne ne devine ce que je suis, a dit Luna tandis qu'on sortait de chez Sears pour gagner l'allée principale du centre commercial. C'est tellement impressionnant.

Ouais, j'étais rouge d'excitation. « Arrête, Regan, me suis-je réprimandée. C'est dur pour elle. »

On a dépassé Hallmark et Williams Sonoma. Luna serrait son sac à main si fort contre son flanc que j'avais peur qu'elle se déchire la rate.

J'ai desserré son emprise.

– Ne fais pas ça, tu as l'air d'une terroriste.

– D'accord, merci.

Elle m'a jeté un sourire nerveux.

Elle était raide, tendue, aux aguets. Elle marchait de plus en plus vite.

– Ralentis.

Je l'ai rattrapée devant chez Gap.

– Écoute, on est juste deux sœurs sorties vadrouiller au centre commercial un samedi soir, ai-je ajouté. Des pauvres filles, évidemment, sinon qu'est-ce qu'on ferait ici ?

– Parle pour toi, a dit Luna. On est là pour draguer les mecs.

J'ai ricané. Ouais, c'est ça.

– Tu plaisantes, n'est-ce pas ?

Bien sûr qu'elle plaisantait... Non, elle ne plaisantait pas !

Elle m'a donné un coup dans l'épaule.

– Détends-toi. J'ai l'impression que la mode printemps n'est pas encore sortie, ça doit être un peu tôt dans la saison. Tu ne crois pas ? Qu'est-ce que tu penses de ce T-shirt à col cheminée ?

Elle indiquait l'entrée de chez Gap ; son doigt a frôlé mon nez.

– Je ne sais pas. Allons voir.

Elle m'a saisi le bras :

– Tu veux dire, à l'intérieur ?

– Non, ici depuis l'allée centrale. Tu as apporté des jumelles, non ?

Elle n'a pas répondu.

J'ai ajouté :

– À moins que tu veuilles revenir en août quand les T-shirts seront en solde.

Elle a dégluti péniblement, le regard perdu dans les profondeurs du magasin. Les entrailles du monstre.

Peut-être que c'était trop tôt.

– On n'est pas obligées de...

– Si, a-t-elle interrompu en baissant la main. On est obligées. Vraiment.

Elle a fait le premier pas, mais j'ai quand même dû pratiquement la pousser pour franchir le seuil. La vendeuse aidait la seule autre personne assez folle pour sortir un soir pareil, ce qui nous a donné la liberté de faire un tour. J'ai senti que Luna se détendait un peu.

– C'est mon style, ça ?

Elle avait déplié un T-shirt rose et le tendait devant elle.

– Carrément, ai-je dit.

– Bonjour !

Nous avons toutes les deux sursauté. Oh, génial. Une autre vendeuse guettait.

– Je peux vous aider ?

Luna nous regardait l'une après l'autre.

– Vous avez ça en vert brillant ? a-t-elle demandé.

J'ai rendu l'âme.

La vendeuse a dit :

– Non, tout est en rayon.

– Flûte.

La vendeuse l'a regardée en haussant les épaules. Et puis c'est arrivé. Elle a écarquillé les yeux devant Luna. Elle a reculé et, à distance, s'est mise à cligner des yeux frénétiquement.

J'ai senti Luna se contracter, se recroqueviller. J'ai pris sa main. Elle était froide, tremblante.

– Ils n'ont pas la couleur que tu veux, ai-je dit. Viens, on s'en va.

Je l'ai entraînée dehors, dans l'allée principale.

En quittant Gap précipitamment, le cœur remonté dans la gorge, j'ai croassé :

– Ça te suffit ? On peut rentrer à la maison maintenant ?

Pas de réponse. Je me suis tournée vers elle.

– Pas tout de suite, a-t-elle dit. On vient d'arriver.

Ça faisait deux siècles qu'on était là. J'en avais assez. La réaction de cette vendeuse m'avait donné envie de filer me réfugier dans un trou.

– Papa va nous tuer. Ou nous priver de sorties à vie. Il va sans doute appeler le club de gym et découvrir qu'on lui a raconté des conneries. On devrait s'en aller. Tu as vu un téléphone ? Je ferais mieux de l'appeler pour le rassurer. Respire très fort à côté de moi pour qu'il ait l'impression que tu es en train de suer sur les machines.

– Hé, y a un Blockbuster ! a indiqué Luna. Je veux acheter la bande originale de *Hedwig and the Angry Inch*.

Elle s'est éloignée précipitamment.

Sans moi pour la protéger.

J'ai couru à sa poursuite.

À l'intérieur du magasin de disques, Luna s'est dirigée droit vers les musiques de films, au fond. Je la suivais de près, en jurant dans ma barbe. Je ne voulais qu'une chose : sortir d'ici. Quand elle est passée devant la section pop-rock, trois mecs ont surgi de nulle part. L'un d'entre eux a donné un coup de coude à son copain de gauche et lui a soufflé quelque chose derrière sa main.

Ils ont ricané.

« Treize ans, ai-je pensé, et à peine six ans d'âge mental. » En blousons ornés de badges et jeans extralarges assortis. Oh, mon Dieu ! Ils suivaient Luna.

J'ai accéléré et je me suis glissée entre eux et elle. En me rapprochant de Luna, je l'ai poussée par-derrière vers le bout de la rangée de CD pour l'entraîner vers la sortie.

Elle a essayé de me repousser.

– Qu'est-ce que tu fais ?

– Je te sauve la vie.

C'est là qu'elle les a vus, par-dessus le présentoir de CD qui les séparait de nous.

– Tapette.

Mes oreilles ont flambé. Luna s'est raidie.

– Hé, tapette !

Une fille qui lisait la jaquette d'un CD, dans la section rock, a levé la tête. Elle a croisé mon regard. Est-ce que je la connaissais ? « Il faut continuer à bouger », ai-je pensé.

– Yo ! Tapette !

Allez, on bouge !

Les lumières clignotent et la porte du sous-sol se ferme en claquant. Liam descend l'escalier en trombe. Il jette son sac à dos par-dessus le canapé, où je suis vautrée en train de faire mes devoirs. Le sac à dos heurte la table basse et renverse mon bol de soupe.

– Liam ! Bien joué.

Je retire le bol, mais son contenu a déjà coulé partout sur mon devoir de géographie.

– Regarde ce que t'as fait !

Il se jette dans le fauteuil rembourré en face de moi et serre ses genoux contre lui. Je ne comprends pas ce qu'il marmonne, parce que j'essaie de sauver mes devoirs. J'enlève les morceaux de poulet et de nouilles et je tamponne le bouillon avec mon T-shirt, ne réussissant qu'à faire baver l'encre sur la grande feuille où je viens de passer une heure à tracer au feutre les contours de tous les pays d'Afrique.

– Merde, Liam !

– C'est pas vrai, peste Liam dans sa barbe. Me traite pas de ça. Morveux ignorant.

Il parle tout seul, une fois de plus. Il poursuit une conversation avec un être invisible – quelqu'un d'autre que moi. Il n'est vraiment pas bien dans sa tête. Je ne saurais pas dire avec certitude quand il a commencé à parler tout seul, mais je crois que c'est au début de la quatrième. L'an dernier. Pendant toute l'année, il a semblé se replier de plus en plus sur lui-même.

Papa a remarqué. Il m'a interrogée à ce sujet. Je lui ai dit que Liam était comme ça, voilà tout. Il a répliqué : « Je ne le comprends pas, ce gosse. Je ne l'ai jamais compris. »

Ensuite, Aly a remarqué. Ça se produisait pendant qu'elle discutait avec Liam, ou qu'ils faisaient leurs devoirs ensemble – il disparaissait. Mentalement. Physiquement. Il s'effaçait, tout simplement.

J'ai rassuré Aly.

– C'est pas toi. Il fait ça avec tout le monde.

Elle avait l'air tellement inquiète.

– Où va-t-il, Regan ? voulait-elle savoir. Il va quelque part. Dans sa tête. Je ne sais pas. Il a l'air tellement… perdu.

Je regrette de ne pas pouvoir lui dire. Je voudrais lui dire.

– J'peux PAS supporter ça. J'peux pas. Je ne suis PAS une tapette.

– Liam, qu'est-ce que tu dis ? Qui est une tapette ?

Il sursaute, comme s'il venait d'atterrir en catastrophe sur Terre. Ses yeux font lentement le point sur mon visage et il dit :

– Je ne suis pas une tapette. Je ne suis pas homo. Dis-le-lui.

– À qui ?

Liam secoue la tête en me regardant droit dans les yeux.

– Je ne suis pas homo. Je suis trans.

– Je le sais. Qui dit que tu es homo ?

Son regard s'assombrit. Il n'a pas besoin de me dire qui. Hoyt Doucet. A-t-il recommencé à torturer Liam ?

– Hoyt est une poche de pus, dis-je à mon frère.

Il se lève d'un bond et fonce dans sa chambre. Le plus drôle, je trouve, c'est que si quelqu'un est homo, c'est bien Hoyt Doucet. Seulement il refuse de l'admettre. Il sort même avec des filles. Je m'en fiche s'il se ment à lui-même ; s'il se déteste parce qu'il est homo. Il n'a pas le droit de transformer la vie de Liam en enfer. Liam ne lui a rien fait. Il n'est clairement pas intéressé, si c'est ça que Hoyt redoute, ou désire. Hoyt n'est pas son genre. Il n'est même pas d'une espèce compatible.

Liam revient une minute plus tard avec une grande feuille qu'il balance sur la table basse.

– On a fait le même devoir avec Trumbo.

C'est ma carte. Superbement coloriée aux pastels, avec tous les pays détourés au feutre noir. Et un 20/20 entouré en haut.

– *Je ne suis pas homo, répète Liam en repartant comme une flèche. C'est pas la même chose. Je suis une fille.*

– Youhou ! Petite pédale !

Ils venaient vers nous.

Luna a foncé devant moi, manquant de renverser un gorille en costume bleu. Un gorille ?

J'ai fait volte-face et attrapé le costume.

– Hé. Voyez ces mecs, là-bas ? Ils ne veulent pas nous laisser tranquilles.

Je les ai montrés du doigt.

– Je crois qu'ils nous suivent. Luna !

Je l'avais appelée pour qu'elle m'attende.

Il a suffi que l'agent de sécurité fasse les gros yeux à ces petits nazes pour qu'ils déguerpissent. Pauvres taches.

– Merci, ai-je marmonné au vigile avant de filer à la poursuite de Luna.

Elle s'était réfugiée dans une alcôve entre un kiosque à cigares et une boutique d'encadrement. Elle était pliée en deux, haletante.

– Tout va bien. Ils sont partis.

Je lui ai frotté le dos, essayant de la calmer. De me calmer. Pendant qu'on soufflait, j'ai examiné les alentours.

– Il y a des toilettes de filles là-bas dans l'allée, à côté de ce magasin de chaussures, ai-je montré à Luna. Attends-moi. Je vais récupérer tes affaires pour que tu puisses te changer, et ensuite on pourra s'en aller. Donne-moi la clé du casier.

Elle a ouvert son sac d'une main tremblante et lâché la clé dans ma paume. D'une seconde à l'autre, elle allait se désintégrer, imploser, se désincarner.

– Oh, mon Dieu. Luna.

J'ai pressé sa main.

– Je suis désolée.

Que pouvais-je dire d'autre ? Qu'est-ce qu'on peut dire dans ces moments-là ?

CHAPITRE 12

Papa nous a privés de sorties à vie. Enfin, jusqu'au jour où il déciderait qu'il pouvait nous faire confiance, a-t-il déclaré – ce qui pourrait durer plus longtemps que notre vie. Il nous avait attendus avant de se coucher. Avait sans doute téléphoné au club de gym. En plus de la peine de prison, il a confisqué la voiture de Liam – il a pris les clés sans dire pour combien de temps. Comme si ça pouvait marcher. Liam avait installé une sécurité sur cette voiture : quiconque essaierait de l'ouvrir sans taper le code serait électrocuté. C'est ce qu'il m'avait dit, en tout cas. Mais ça faisait des années que Papa cherchait un prétexte pour séparer Liam de sa voiture chérie. Pour son seizième anniversaire, Papa avait remorqué chez nous une épave de Volkswagen et déclaré : « Hé, fiston. On va reconstruire cette merveille ensemble. Ce sera marrant, hein ? Je sais qu'elle ne ressemble pas à grand-chose pour le moment, mais attends qu'on la remette en marche et qu'on retape la carrosserie... »

Liam lui a fait savoir à quel point il s'impliquerait dans ce petit projet père-fils en sortant s'acheter une Mitsubishi Eclipse Spyder. Toute neuve. Chromée argent massif. Décapotable.

Il avait dû économiser pendant des années pour acheter cette voiture, comme j'économisais pour la mienne. Sauf qu'avec les dollars accumulés sur mon compte épargne, j'avais de quoi financer… oh, deux pneus rechapés par Papa ?

Papa n'avait jamais pardonné à Liam.

Remets-toi, Papa ! Qui voudrait se balader au volant d'un tas de boue pareil ?

Liam a cédé ses clés à Papa sans même se défendre. Dans son état, Liam lui aurait sans doute remis toute sa collection de Dana International.

C'était une erreur d'y aller. Une idée stupide. Dangereuse. Liam avait dû s'en rendre compte. Je sais qu'il le regrettait. Tout le reste du week-end, il a traîné dans le sous-sol, sans dire un mot. Je ne savais pas quoi faire pour lui. Recommencer à guetter une tentative de suicide ? C'est ce que j'ai fait, d'ailleurs. J'ai vidé la pièce de tous les objets tranchants – c'était idiot. Si Liam était décidé à passer à l'acte, il trouverait un moyen. Mais pas sans moi. Jamais sans moi.

Lundi matin, Liam était redevenu celui d'avant – le garçon marionnette. Ça, je pouvais m'en accommoder. Lui aussi. J'espérais qu'il était sorti de sa phase de transition.

Chris était encore absent du cours de chimie, ce qui aurait dû être un soulagement. Il y avait *beaucoup trop* d'énergie chimique entre nous, et garder mes distances usait toutes mes forces. Le seul point positif de cette journée lugubre, c'est que Bruchac était parti assister à un séminaire pédagogique, alors nous avons eu droit à un remplaçant. Donc tout le monde a foutu le bordel. Donc je suis restée assise dans un coin isolé, faisant semblant que j'adorais rester seule.

Après les cours, j'ai trouvé Aly au sous-sol, blottie dans un coin du canapé, en train de regarder *Judge Judy*. Elle m'a fait signe de la rejoindre ; je me suis affalée à côté d'elle.

– Qu'est-ce qu'il a, Liam ? a-t-elle demandé.

Où était-il ? Il n'y avait aucune trace de sa présence. La porte de sa chambre était fermée.

– Je sais qu'il est là-dedans, a dit Aly. J'entends du mouvement.

– Tu as frappé ?

– Ouais. Deux fois. Il n'a pas répondu. Ça fait un moment, maintenant.

À cet instant, la porte s'est ouverte et il a émergé. Sans un mot, il est venu vers nous, a repris son agenda électronique sur la télé, puis est retourné dans sa crypte.

– Bonjooouur, a chantonné Aly.

Elle a regardé d'un air incrédule son dos s'éloigner et sa porte se refermer.

– Bon sang. Ça faisait longtemps qu'il n'avait pas été aussi bizarre. Qu'est-ce qui s'est passé ?

« Il est venu au monde », ai-je pensé.

– Aucune idée, ai-je menti.

Elle a secoué la tête.

– Ah, les mecs et leurs sautes d'humeur.

Ah oui ? Connais pas.

Aly a refait semblant de s'intéresser à *Judge Judy*, se concentrant plus sur le feuilleton et moins sur moi.

L'écran, soudain, est devenu un miroir. J'ai imaginé notre reflet dedans, à tous les trois – nos yeux, grands ouverts, fixés sur l'inconnu. En train de scruter, de chercher, de rêver.

De quoi rêvions-nous, chacun ? Liam, bien sûr, rêvait d'être libre. D'être Luna ; d'être aimé et accepté tel qu'il était au fond de lui. Bonne chance.

Aly ? Elle rêvait d'être avec Liam. Elle voulait qu'il soit ce qu'il ne pourrait jamais être. Un garçon. L'homme de ses rêves. Bonne chance.

Moi ? Je n'avais pas de rêves. Pas de désirs. Les rêves n'apportent que des déceptions. En plus, il faut déjà avoir une vie pour rêver d'une vie meilleure. Je nous voyais, Liam, Aly et moi, sonder plus profondément notre avenir. J'ai été prise d'un affreux pressentiment. Pour l'un d'entre nous, ce serait la chute. Peut-être même pour nous tous.

Mirelle et Cody se sont précipités sur moi à peine avais-je franchi la porte. Ils ont jeté les bras autour de mes jambes en s'écriant :

– Regan ! Regan !

Une vague d'amour m'a submergée. Mon corps a pris une forme, une consistance. Une vie s'est matérialisée devant moi – la mienne. Parfois, je me sentais coupable d'accepter l'argent des Matera. Ils étaient ma bouée de sauvetage, mon seul lien avec un monde d'où mon frère était absent. Un monde que je ne pouvais qu'imaginer.

Dieu merci, Papa ne m'avait pas interdit de travailler.

Mirelle a entrelacé ses doigts minuscules aux miens et a dit :

– Viens voir ma fresque, Regan.

– Viens voir la mienne d'abord !

Cody s'est emparé de mon autre main et ils ont tiré chacun de son côté.

J'ai rigolé. David et Elise aussi.

– D'accord, d'accord. Laissez-moi d'abord prendre Tyler. Je peux ? ai-je demandé à Elise en désignant le bébé dans son siège.

– Bien sûr, a-t-elle dit en continuant à s'appliquer de la crème pour les mains.

Elle sentait bon, cette crème. Une odeur douce. Comme elle.

J'ai pris le bébé et suivi les enfants dans leurs chambres. Pendant son temps libre – quand elle n'était pas accaparée par son *important* travail de maman –, Elise travaillait comme graphiste free-lance. Elle avait vraiment du talent. Elle avait passé des mois sur les fresques dans les chambres des enfants. Celle de Cody représentait un joueur de base-ball qui prenait son élan pour frapper la balle. Numéro 4, affichait son maillot. C'était peut-être quelqu'un de connu, je ne risquais pas de le savoir. Liam aurait détesté ce mur. Celui de Mirelle représentait un palais enchanté avec un chevalier posté à côté de son fidèle destrier, saluant d'une révérence une princesse féerique. La tenue de la princesse ressemblait à un costume que j'avais porté pour Halloween, une année. Ou bien était-ce Liam ? C'était plus son style que le mien. Je crois qu'il l'avait essayé quand nous étions rentrés de notre expédition de chasse aux bonbons. Une fois que Maman et Papa étaient partis se coucher, bien sûr. Je n'avais jamais revu cette robe. Elle était sans doute au fond de son coffre à trésors.

David et Elise sont partis dîner en amoureux – ils disaient vraiment « dîner en amoureux » – et nous quatre, nous avons regardé la dernière demi-heure de *Spy Kids II* à la télé. J'ai couché Tyler, puis Mirelle et Cody m'ont forcée à jouer à *Labyrinthe*. Ils n'ont pas eu besoin d'insister beaucoup. J'étais tombée cinq fois dans un puits quand mon esprit a commencé à divaguer. Je n'arrivais pas à m'empêcher de penser sans cesse à Liam et à ce qui s'était passé samedi soir.

Il n'en avait pas parlé du tout. Comme si ça ne s'était jamais produit. Il était certainement traumatisé, en plein déni. Il avait repris ses excursions nocturnes au pays de Luna, jouant à s'habiller dans ma chambre. Bien gentil et sans danger.

J'aurais voulu pouvoir oublier. Ces petits morveux. La vendeuse. La réaction des petits morveux, on pouvait presque s'y attendre. Ça ne me tenaillait pas le cerveau comme la vendeuse. L'instant où elle avait vu ce qu'était Luna, ce rejet physique qui l'avait poussée à s'éloigner, m'avait déchiré l'âme. Elle était carrément dégoûtée.

Luna l'avait vu. Elle l'avait senti.

Je ne supportais pas que mon frère soit considéré comme un monstre. Ça le faisait souffrir ; je le savais. Il ne méritait pas ça. Personne ne mérite ce genre de souffrance. S'il décidait de vivre le restant de sa vie dans la peau de la Fille lunaire, il pouvait me faire confiance, je garderais son secret. Je le protégerais, il pouvait me faire confiance.

– Votre binôme a abandonné le navire, semble-t-il, m'a informée Bruchac le lendemain, alors qu'on lui rendait les exercices de la semaine précédente.

J'ai levé les yeux.

– Quoi ?

– Il a abandonné ce cours.

Mon cœur a coulé dans l'évier.

– Comme la partenaire de M. Doucet n'éprouve pas le besoin de venir ici, la plupart du temps, pourquoi ne faites-vous pas équipe avec lui ?

J'ai jeté un coup d'œil à Hoyt, qui m'a regardée en dilatant les narines. Pas question. Jamais. Où était l'élève de trop, le vingt-troisième ? Tout le monde avait un partenaire. Quelqu'un d'autre avait-il laissé tomber ? Atchinson, où était-il ?

– Je vais simplement travailler toute seule, ai-je dit à Bruchac.

– Vous pouvez. Mais vous devriez vraiment partager un peu votre cortex cérébral avec votre entourage.

Si seulement il savait à quel point j'en manquais. J'ai de nouveau regardé Hoyt et j'ai frémi.

– Je vais travailler seule.

– D'accord, mais je ne peux pas vous donner de temps supplémentaire pour terminer les TP. Pas de traitement spécial ; je ne favorise personne.

Avais-je demandé du temps supplémentaire ? Avais-je réclamé un traitement spécial ?

– Je peux me débrouiller, ai-je répliqué, bouillant de rage.

– Je sais bien, a dit Bruchac. Ce n'est pas ce qui me préoccupe.

D'un ton de conspirateur, il a ajouté :

– C'est pour tous les autres, ici, que je m'inquiète.

Mon visage s'est mis à frire. Il ne pouvait pas dire ça sérieusement. Tandis que Bruchac retournait vers son bureau, j'ai regardé l'exercice de travaux pratiques pour aujourd'hui. Neutralisation, normalité, titration. Pouvais-je me débrouiller ? Avais-je le choix ? Avais-je jamais eu le choix ? J'ai soupiré et barré la case réservée au deuxième nom.

– J'ai rencontré Skip à la salle de sport aujourd'hui, a dit Papa mercredi, au petit déjeuner.

J'ai lentement relevé les yeux du problème avec lequel je me débattais. Je n'arrivais pas à extrapoler l'équation ; je ne comprenais pas la logique. Bruchac m'avait mis la pression, maintenant, avec sa démonstration de confiance. Je crois que je le préférais dans le rôle du gros porc sexiste.

Si Liam avait entendu Papa, il ne le montrait pas.

– Je l'ai interrogé sur ton programme de mise en condition, sur ce que je pouvais faire pour aider.

Papa a replié son journal.

– Il m'a dit que tu n'étais jamais venu à l'entraînement.

J'ai fixé mon regard sur Liam. Il faisait semblant d'être totalement absorbé par ses Wheat Chex. Au bout de la table, Maman continuait à griffonner des notes dans son agenda. Son portable a sonné, ce qui a fait retomber la tension. Ou monter. Papa a pincé les lèvres et détourné son attention sur elle.

– Oh, salut, Tom. Quoi ? Quoi !

Sa voix qui montait crescendo m'a fait mal aux oreilles.

– On l'a eu ?

Elle a explosé :

– On l'a eu !

Elle a couvert le micro et nous a dit :

– On a eu le mariage des Sorenson !

Liam a levé la tête et lui a souri.

– Félicitations.

Il s'est tourné vers Papa :

– Je t'ai menti.

Maman s'est levée et s'est dirigée vers le salon, en papotant avec Tom. Papa a regardé Liam en clignant des yeux.

– J'avais compris. Ce que je veux savoir, c'est pourquoi tu as menti.

Liam a secoué la tête en fixant le plancher. Il a expiré longuement, puis répondu :

– Non, Papa, tu ne veux pas. Tu ne veux vraiment pas savoir.

Il a reculé sa chaise et s'est levé. Quand Liam a croisé mon regard de l'autre côté de la table, je n'ai vu que de la terreur dans ses yeux.

Je me suis levée d'un bond.

– Tu peux m'emmener ?

Papa a aboyé :

– Assieds-toi, Regan. Tous les deux. Assis !

Je suis retombée sur ma chaise. Liam a continué à marcher.

– Liam, reviens ici. Cette discussion n'est pas terminée.

– Si, elle est terminée, a-t-il dit dans sa barbe.

Papa ne s'y attendait pas. Avant qu'il ait le temps de réagir, Maman a éclaté d'un rire hystérique et a soufflé :

– Elle ne peut pas dire ça sérieusement. Nourrir cinq cents personnes pour deux mille dollars ? Elle a perdu la tête ? Je te jure, les gens riches sont tellement radins, parfois.

La porte d'entrée s'est ouverte d'un coup puis refermée derrière Liam.

– Faut vraiment que j'y aille, Papa, ai-je dit.

Pour rattraper Liam, oui, mais ce n'était pas seulement pour ça que j'étais pressée aujourd'hui. Il y avait une rencontre organisée avant les cours qui me faisait trépigner d'excitation depuis des mois. Un spectacle d'opéra. En dernière page de *La Gazette d'Horizon*, avant les vacances, un article avait parlé de l'Opéra de Santa Fe, qui faisait la tournée des lycées pour inciter les élèves à s'intéresser davantage aux arts. Avec moi, c'était prêcher une convaincue. Dans l'affolement de ces derniers temps, cette rencontre m'était sortie de la tête. Hier, tandis qu'Aly zappait, j'avais entendu quelques mesures de Maria Callas en train de chanter *Madame Butterfly* sur PBS, et ça me l'avait remise en mémoire. J'avais besoin d'opéra, en particulier ce matin. La musique m'aiderait à me détendre et à démêler ce stupide problème de maths.

– Tu sais ce qui se passe ?

Les yeux de Papa m'ont transpercée.

– Quoi ?

Papa a indiqué la porte d'un geste du menton.

Ah, ça. J'ai ouvert la bouche, puis je l'ai refermée.

– Si tu le sais, dis-le-moi, parce que lui il ne le fera pas. Je ne sais plus ce qui lui arrive. Il ne me dit jamais rien. Autrefois, on se parlait. On était capables de communiquer. Non ?

Tu ne comprends rien, Papa. Tu as vraiment un wagon de retard.

Papa a détourné son attention vers le salon, où Maman riait toujours au téléphone et griffonnait dans son agenda.

– Il ne m'a jamais menti jusqu'à présent.

Ma mâchoire a failli se décrocher. « Sa vie entière n'est qu'un mensonge, Papa, voulais-je rétorquer. Ouvre les yeux. »

Papa a ajouté :

– Qu'est-ce que j'ai fait ? Qu'est-ce que j'ai bien pu lui faire pour qu'il se dresse contre moi ?

– Il n'est pas contre toi. C'est juste…

J'ai calé. Inspirer, expirer…

– Tu as des exigences.

– Lesquelles ? s'est énervé Papa. Tout ce que j'ai jamais voulu, c'est qu'il soit comme tous les autres gamins. Qu'il soit comme moi. J'étais un gamin normal, heureux. Mon père non plus n'était pas parfait. Loin de là. Mais je le vénérais, mon paternel.

Il s'est arrêté brusquement et a tourné la tête pour regarder dehors par la baie vitrée.

– D'accord, c'est peut-être trop demander. Ce gosse est un génie, bon sang, ça je le sais. Je ne voudrais pas qu'il s'abaisse à mon niveau, ni qu'il croie une seconde que son vieux gâteux de père pourrait avoir une ou deux perles de sagesse à lui transmettre. Je pense juste qu'un peu d'exercice lui ferait du bien. Le sport forge le caractère, l'esprit d'équipe. Il en aura besoin dans la vie.

Maman est apparue, tout d'un coup ; son portable pendait au bout de son bras ballant. Elle a poussé un soupir las.

– Jack… Pourquoi tu ne laisses pas tomber ?

Ouais, je suis bien d'accord. Merci.

– Quoi ? a fait Papa. C'est trop demander ? Dis-le-moi, toi.

Papa m'a regardée dans les yeux. Moi !

– J'exige trop de choses de toi aussi ?

Il attendait.

– Non, Papa, ai-je répondu sincèrement.

C'est le reste du monde qui exige trop de choses de moi.

Je suis arrivée en retard au lycée, bien que Papa m'ait déposée en allant chez Home Depot. Le spectacle avait déjà commencé. Stupeur. Ils donnaient *La Traviata*. Des notes de l'air de Violetta, « *E strano to sempre libera* », ont flotté dans le hall. « Toujours libre doit être mon cœur », ai-je traduit dans un murmure. C'était mon air préféré. J'étais capable de le chanter en dormant, et je le faisais quand j'avais droit à une nuit de sommeil complète. La double porte la plus proche de moi était fermée, mais il y en avait une, à l'autre bout, qui était calée en position ouverte. Je suis entrée sur la pointe des pieds. Mes yeux s'habituant à l'obscurité, je me suis glissée au dernier rang. Je me suis enroulée sur un fauteuil, les genoux serrés contre ma poitrine, et j'ai fermé les yeux automatiquement pour absorber cette merveille de musique.

La voix de la soprano m'envoyait des frissons le long de la colonne vertébrale. Une voix si claire, avec un registre si large. J'ai ouvert les yeux et plissé les paupières pour la voir. Waouh. Elle était jeune. Plus jeune que je ne l'imaginais. Je n'avais jamais vu d'opéra chanté en direct sur une scène. Quand avait-elle commencé à chanter ? Elle avait manifestement des années de cours de chant derrière elle pour atteindre ce niveau, et une expérience de comédienne, et des cours de langue.

La seule langue que j'avais jamais étudiée était l'espagnol, en quatrième. Il n'y a pas tellement d'opéras espagnols. J'avais toujours voulu auditionner pour la chorale, mais n'avais jamais sauté le pas. Jamais eu le courage. Je pensais que j'avais une voix pas mal. Elle résonnait bien dans la douche, en tout cas.

L'air s'est achevé brusquement. Le spectacle était terminé. Déjà ? J'ai consulté ma montre. J'aurais pu rester là, à écouter, pendant toute une année, toute une vie. Tandis que la scène se vidait et que les quelques personnes qui avaient assisté au spectacle dérivaient vers la sortie, j'ai traîné dans l'auditorium, absorbant chaque instant. L'émotion, l'impression de flotter, le tranfert vers un autre temps et un autre lieu.

La première sonnerie a retenti. À contrecœur, je me suis levée. Tandis que j'avançais dans le couloir vers mon casier, chantonnant toujours « *Sempre libera* », un objet pointu m'a piqué le dos.

– Continue à marcher.

Chaque muscle de mon corps s'est contracté. Nous avions des détecteurs de métaux à l'entrée du lycée. Comment un couteau avait-il pu passer ?

– File-moi ta carte de cantine, sinon je te bute.

Je me suis retournée d'un bond.

– Liam ! Bon sang.

J'ai fait redémarrer mon cœur.

– Ne me refais pas ce coup-là ! Tu vas me rendre parano.

Il a souri en faisant cliquer son stylo rétractable.

– Oh là là. Je ne peux pas imaginer ce que ça fait.

Il a penché la tête.

J'ai grimacé. Il a soutenu mon regard, plongeant dans mon âme. Ça m'effrayait qu'il voie si profondément en moi. Il m'a accompagnée jusqu'à mon casier, chose qu'il n'avait jamais faite avant. Cinq ou six filles lui ont dit bonjour sur le chemin. Des clientes satisfaites, sans doute.

J'ai tourné les chiffres de mon cadenas et Liam a dit :

– On peut y retourner samedi ?

J'ai fait volte-face.

– Quoi ? Tu veux vraiment y retourner ?

– C'est pas la question, Regan. Tu dois encore faire du baby-sitting ? J'espérais qu'on pourrait y aller plus tôt. Peut-être vers midi.

Stupéfaite, j'ai ouvert mon casier et sorti mon livre d'anglais.

– Tu vas laisser Luna émerger en plein jour ?

– Il faudra bien, au bout du compte.

« Pourquoi ? ai-je pensé. Pourquoi tu ne peux pas laisser tomber ? Laisser les choses comme elles sont, comme elles ont toujours été ? » Je me suis tournée pour le dire, mais les ondes que Liam dégageait m'ont fait ravaler ces paroles. Son besoin, son aspiration étaient palpables, physiques, allant et venant entre nous comme si nous partagions un seul système vasculaire. Un seul corps. Un seul cœur.

– Tu m'invites à déjeuner ? ai-je demandé à la place. Dans un restau vraiment chouette. Voilà ce que ça te coûtera.

Liam me regardait.

Quoi ?

– Oh, d'accord.

Il s'est renfrogné comme si c'était un grand sacrifice.

– Bien. Parce que si les Matera me demandent de garder les enfants et que je ne peux pas y aller à cause de toi, ça me coûtera quelque chose comme trente dollars.

Liam a froncé les sourcils.

– Je te rembourserai.

Il avait l'air blessé. Je me suis sentie coupable de me soucier de l'argent. C'était juste une blague. Presque.

La deuxième sonnerie a retenti et Liam a ajouté :

– Je ferais mieux d'y aller.

Il n'est pas parti, pourtant. Il est resté planté là, à me bloquer le passage.

– Papa a dit quelque chose après mon départ ?

J'ai avalé de travers.

– Pas vraiment.

Liam a examiné le couloir vide derrière moi.

– Il a dit que je l'avais déçu ?

– Non.

Liam m'a clouée d'un regard.

– Je ne mens pas, ai-je menti. Il a dit… tiens-toi bien : il a dit qu'il s'inquiétait parce que tu ne le vénères pas.

J'ai ricané.

Le visage de Liam s'est fermé. Il a baissé la tête et poussé un soupir étranglé. Pendant un long moment, il n'a pas bougé un seul muscle. Puis il a levé la tête et il a dit un truc trop bizarre :

– Papa, c'est mon héros. Il ne le croira jamais. Et je ne serai jamais capable de le lui prouver.

CHAPITRE 13

On arrive au funérarium quelques minutes avant la messe. Mamie est là, dit bonjour à tout le monde, se fait consoler. Quand elle nous voit, elle se détache de la foule et nous rejoint.

– Pat.

Elle embrasse Maman.

Maman dit :

– Je suis tellement désolée, Virginia.

Mamie me sourit.

– Bonjour, Regan.

J'éclate en sanglots. À force de me contenir, j'explose.

– Oh, chérie.

Mamie me serre fort dans ses bras. Au moins, elle ne pleure pas. On craquerait tous si elle pleurait.

– Liam, comme tu es beau !

Mamie le prend par la taille.

Il frémit à peine. Il porte le nouveau costume noir qu'il est allé acheter avec Papa hier. Le costume est raide et Liam aussi. Il ressemble à un mannequin de cire. Je parie que si je lui donnais un coup de pied il se fendrait et s'ouvrirait en deux.

Un type du funérarium s'approche de Mamie et dit doucement :

– Nous sommes prêts à commencer, madame O'Neill.

Mamie hoche la tête et nous la suivons solennellement à l'intérieur de la chapelle. Un banc est réservé pour la famille. Maman s'y glisse en premier, puis moi, Mamie, Liam. Je sens un effluve de parfum de vieille dame derrière nous et j'éternue. Ça sent le tabac moisi. Quand je me pince le nez, Maman me tend un Kleenex.

La messe pour Papy O'Neill commence par une chanson. « Plus près de toi mon Dieu. » C'est joli, et je ferme les yeux pour sentir la musique. Un prêtre conduit la prière et cite un passage de la Bible. Ensuite, il se retourne et s'assied.

Oncle Phil, assis sur un banc latéral, se lève et se dirige vers le lutrin. Papa et Oncle Joel restent assis, tête baissée. Oncle Phil se racle la gorge et dit :

– J'aimerais vous parler de mon père.

Je vois les épaules de Papa se mettre à tressauter. Oncle Joel lui passe un bras autour du cou tandis qu'Oncle Phil commence à raconter une fois où Papy les a tous emmenés à la chasse aux élans, comme chaque automne.

Mamie grogne quelque chose dans sa barbe.

– Quoi ? murmure Maman en se penchant devant moi.

Mamie tourne la tête vers Maman.

– Philip détestait la chasse. Chaque fois qu'ils rentraient à la maison avec du gibier, il s'enfermait dans sa chambre et il pleurait toutes les larmes de son corps. Je suppose qu'il l'a oublié.

Je jette un coup d'œil à Oncle Phil, qui glousse à cause de la fois où Papy s'est fait poursuivre jusqu'en haut *d'un arbre par une mouffette. Il était persuadé que c'était un ours.*

– Jack n'a jamais aimé ça non plus, fulmine Mamie. Regardez-les, tous les trois. Ça me dégoûte.

J'écarquille les yeux. Je n'avais jamais entendu Mamie parler comme ça. Elle est toujours tellement douce et gentille. Réservée, comme Liam.

Son discours terminé, Oncle Phil regagne le banc. Lui, Papa et Joel se mouchent tous les trois. Des larmes coulent sur le visage de Papa. C'est son tour de parler, mais il fait signe à Oncle Joel d'y aller.

Mamie se penche par-dessus mes genoux et dit à Maman :

– Il les battait, vous savez. Il traînait ces garçons à la cave et il les fouettait jusqu'au sang avec sa ceinture. Il était méchant, ce salopard.

Elle se redresse et ajoute :

– Mais ils le vénéraient.

Maman s'agite, mal à l'aise. Si elle est aussi choquée que moi, elle ne le montre pas. Papy a toujours été gentil avec nous. Avec moi, en tout cas. Il taquinait Liam, le traitait de chochotte. Se bagarrait avec lui pour rire ; lui donnait des coups de poing dans l'estomac. Un jour, il y a eu une dispute. Violente. Papy a frappé Liam tellement fort qu'il est tombé, et Papa a traversé le salon comme une fusée, a retourné Papy et l'a menacé de son poing. Il a dit : « Ne pose pas la main sur lui. Ne touche plus jamais mon fils. »

J'essaie de croiser le regard de Liam, mais il a une expression bizarre. Tétanisé, il regarde Papa fixement.

Je suppose que Maman se sent obligée de défendre Papa parce qu'elle se penche et chuchote à Mamie :

– Jack a dit qu'ils le méritaient. Qu'ils étaient des gamins insupportables.

– Le méritaient ?

La voix de Mamie porte. De l'autre côté de l'allée centrale, je vois des têtes se tourner, des yeux se fixer sur nous. Mamie baisse le menton. Elle me prend la main et murmure :

– Quel enfant mérite d'être battu ? Dites-le-moi, Patricia. Quel enfant ?

Maman ne répond pas. Du moins, pas tout de suite. Je me dis : « Heureusement que Papa ne nous a jamais frappés. » Il ne nous a même jamais donné de fessée.

Une larme coule sur la joue de Mamie ; elle fouille dans son sac à main à la recherche d'un mouchoir. Après s'être mouchée, elle murmure pour elle-même :

– C'étaient des petits garçons, Pat. Ils se comportaient juste comme des petits garçons.

Est-ce cela qui a fait de Papa un héros aux yeux de Liam ? Il y a eu une autre fois, aussi. Avec Hoyt. Je ne sais pas comment Papa avait découvert que Hoyt harcelait Liam, mais il a foncé chez les Doucet, au bout du pâté de maisons. Quelques minutes plus tard, il est revenu, tout rouge, en poussant des jurons. Je crois qu'il avait failli se battre avec M. Doucet.

Rien n'a changé avec Hoyt ; je le voyais toujours guetter Liam. Ce qui a changé, c'est que tout le reste de l'année, l'année de quatrième de Liam, Papa l'a emmené au collège en voiture et revenait le chercher après les cours.

Liam travaillait si dur pour le satisfaire, pour gagner son respect. Ça ne tenait pas debout. Si Papa était le héros de Liam, pourquoi Liam avait-il si peur de lui ?

Je me suis tournée vers Liam alors qu'il quittait la bretelle d'entrée et se fondait dans la circulation.

– On va déjeuner où ?

– Chez Taco Bell, a-t-il répondu.

Il a fait un écart avec la Spyder pour éviter un bloc de glace qui venait de s'envoler de l'arrière d'un camion poubelle.

– Taco Bell ? Je me suis sapée pour Taco Bell ?

Les yeux de Liam se sont posés un instant sur moi.

– C'est ça que t'appelles te saper ? Tu as de la chance que j'accepte de me montrer avec toi en public.

Je lui ai donné une tape.

On était fiers d'être sortis au nez et à la barbe de Papa. Il comatait sur le canapé, devant un match de hockey qui l'avait endormi, sans doute bercé par la certitude que Liam et moi étions sagement enfermés dans nos cellules. Tu rêves, Papa !

Liam avait un autre jeu de clés pour la Spyder ; ça ne m'a pas étonnée. Ce qui m'a estomaquée, en revanche, c'est qu'il défie aussi ouvertement Papa en partant avec la voiture malgré son interdiction expresse.

– J'ai apporté le pull fuchsia et mon jean noir, a dit Liam. À ton avis, ça ira ?

– Tu ne me verras jamais porter de fuchsia, morte ou vive. Mais bon, c'est mon choix.

Liam a dit :

– Ça ne te ferait pas de mal d'ajouter un peu de couleur à ta garde-robe, tu sais. T'as que des trucs tellement tristounes.

– Je me suis fait faire un profil colorimétrique, l'ai-je informé. Le tristoune correspond à merveille à ma personnalité. Le gris, c'est tellement moi.

Il a secoué la tête.

Quoi ? C'était vrai.

Deux ou trois kilomètres plus loin, l'humeur dans la voiture s'est assombrie. Le visage de Liam s'est tendu et il agrippait le volant si fort que ses articulations sont devenues blanches.

– Tu vas porter quelle perruque ? ai-je demandé, essayant de le distraire, d'éveiller Luna.

– La brune coupée au carré, a-t-il répondu comme un automate.

– Bon choix, ai-je dit, même si je pensais qu'avec la coupe au carré, il semblait sortir tout droit des années folles.

C'était peut-être le look qu'il recherchait. Une nuit, je me rappelle, je me suis levée en titubant pour aller aux toilettes, et j'ai trouvé Liam scotché à la télé devant ce film muet avec Louise Brooks : *Journal d'une fille perdue*. Il l'avait vu cent fois. Ce qui ne l'a pas empêché de sourire à l'écran d'un air rêveur, totalement fasciné. Il adore les vieux films, ne me demandez pas pourquoi. Moi, je les trouve trop mélo.

On a pris la sortie Washington Street et on s'est dirigés vers le centre. Le centre ? J'ai failli dire ce que je pensais : « Pourquoi un endroit aussi public ? » On pouvait trouver un Taco Bell dans un petit centre commercial en bordure d'autoroute. Minimiser les risques ; manger dans la voiture. Mais il semblait savoir ce qu'il faisait. Typique de Liam – il pesait toujours le pour et le contre et évaluait toutes les possibilités.

On s'est garés devant un Taco Bell chicos à côté d'un magasin de disques Virgin Records. L'endroit était bondé, des flots de gens entraient et sortaient. Liam a coupé le contact et s'est figé, les mains agrippées au volant. Si je devais le convaincre de le faire, autant laisser tomber.

– OK, a-t-il dit.

L'autorité de sa voix m'a fait tressaillir.

– Voilà le plan.

Il a attrapé sur la banquette arrière un écriteau jaune avec une petite chaîne fixée dessus.

– Tu entres et tu vérifies les toilettes des filles. Tu t'assures qu'il n'y a personne, puis tu me fais un signal. Une fois que je suis dedans, accroche ce panneau sur la porte.

Le panneau indiquait : *Temporairement hors service*.

– Où as-tu volé ça ?

Il a souri d'un air malicieux.

J'ai pris l'écriteau et ouvert ma portière. Liam a attrapé son sac matelot et m'a suivie jusqu'au pare-chocs avant.

– Reste dans le couloir et garde les toilettes jusqu'à ce que j'aie fini, a-t-il dit.

– Ben oui.

Je l'ai regardé en écarquillant les yeux.

– Tu veux aussi que je porte ça autour du cou ?

Il a ricané. Puis son expression est redevenue sérieuse.

– Merci, Regan. Je sais ce que je te dois. Je te dois tellement que je ne pourrai jamais te rembourser ma dette.

J'ai baissé les yeux.

– Dépêche-toi, c'est tout, lui ai-je dit. Je meurs de faim.

Il n'y avait que six ou huit tables libres. C'était bruyant, chaotique. Les gens étaient trop occupés à manger pour remarquer un mec qui se glisse dans les toilettes des filles, espérais-je. Personne n'a semblé trouver louche non plus cette reine du tristoune qui a rôdé autour des toilettes pendant une journée et demie. L'odeur de hamburgers à la sauce piquante faisait grogner mon estomac. J'adorais le Taco Bell. Liam le savait.

J'ai regardé ma montre. Pourquoi mettait-elle si longtemps ? Si elle prenait des poses…

– Regan ! Salut. Qu'est-ce que tu fais là ?

J'ai bondi jusqu'au plafond.

Chris m'a souri. Chris ? Mes os sont tombés en poussière.

– Euh… ça va, ai-je dit.

Chris a fait la grimace.

– … Attends. C'était quoi la question ?

Il s'est marré.

– Je ne m'attendais pas à te voir dans ce quartier.

Il a jeté ses déchets dans la poubelle à côté de moi et posé son plateau sur la pile au-dessus.

– Eh bien, je suis là.

Ma voix tremblait. Comme mes genoux.

– Alors, comment tu vas ? Espèce de traître.

Il a grimacé.

– Ouais, je voulais t'en parler.

Je lui ai jeté mon meilleur regard assassin. Sans conviction, parce que j'étais super excitée de le voir. Du moins je l'aurais été si…

Mes yeux ont fusé vers la porte des toilettes. Aucun mouvement. J'ai supplié mentalement Chris de partir. *Non, reste. Va-t'en.*

Il s'est appuyé contre le mur d'en face et a plongé les mains dans ses poches de devant.

– Je ne voulais pas te lâcher comme ça, Regan. Mais… euh…

Il semblait incertain, prêt à fuir.

– C'est pas grave, ai-je dit rapidement.

Ne t'en va pas.

– Si, c'est grave.

Il a soutenu mon regard.

– Après ce test, que je savais avoir foiré, il fallait que je sorte de là. J'avais seulement pris l'option chimie parce que j'avais besoin d'une matière scientifique et je me suis dit : bon, la chimie, ça peut pas être bien difficile. Mélangez A et B. Ajoutez C. Chauffez et servez.

J'ai ricané.

Chris m'a adressé un demi-sourire.

– Ouais, personne ne m'avait dit qu'il fallait être une bête en maths.

Il a louché. Ça m'a fait rire. Il avait le chic pour ça. Il était mignon.

– Je suis nul en maths. Et je ne pouvais pas me permettre d'avoir des mauvaises notes. Je dois garder la moyenne partout pour rester dans l'équipe sportive. Tu sais ?

J'ai hoché la tête, comme si je savais.

Quelqu'un a ouvert d'un coup la porte d'entrée et passé la tête à l'intérieur.

– Qu'est-c'tu fais, mec ? On est prêts à partir.

– J'arrive. Vous affolez pas.

Le mec m'a regardée, puis a retourné son attention sur Chris. Il a levé les yeux au ciel.

– Une minute, vieux, pas plus.

La porte a claqué derrière lui.

– Je t'aurais aidé pour les maths, ai-je dit. Tu n'étais pas obligé de laisser tomber.

– Mais si, Regan.

Mon nom, une fois de plus. Ça a fait voleter mon estomac.

– Je savais que le seul moyen de réussir dans cette matière, ce serait de t'utiliser, et… OK.

Il a écrasé sa chaussure sur un morceau de taco par terre.

– J'avoue que c'était plus ou moins mon plan. Au début.

Il a levé la tête pour me regarder dans les yeux.

– J'ai remarqué que tu avais de super notes aux tests, quand on en était à mémoriser des éléments et tout ça, les deux premières semaines de cours. Mais je ne pouvais pas faire ça, c'est tout. Tu étais trop cool. Je t'aimais bien.

Mon cœur s'est emballé. Qu'est-ce que ça voulait dire, « Je t'aimais bien » ?

– Oh, merde ! a pesté quelqu'un sous mon nez.

Une femme avec un bébé qui hurlait. Elle a fait demi-tour et dit à son amie, d'un ton gémissant :

– Elles sont hors service !

Merde, en effet. J'ai jeté un coup d'œil à ma montre. Et Luna ? Qu'est-ce qu'elle fabriquait, là-dedans ? Ça faisait quarante minutes. Et, question plus importante : que faire si elle débarquait en fanfare à cet instant précis ? Un coup de klaxon, dehors, a attiré l'attention de Chris.

– Tu ferais mieux d'y aller, lui ai-je dit.

Je l'ai conjuré mentalement de partir. Très loin.

– Ils peuvent attendre.

Chris s'est ratissé les cheveux du bout des doigts. De beaux doigts, pas maigres et rasés comme ceux de Liam. Des doigts de mec.

– Tu ne m'as pas dit ce que tu faisais ici. Tu viens souvent dans le centre-ville ? Parce que ma sœur a un loft au coin de la rue…

Il a pointé le pouce par-dessus son épaule.

– On pourrait peut-être s'y retrouver. Je peux rester dans le quartier aujourd'hui si…

– Non !

Mon aboiement a résonné dans le hall.

– Je veux dire, je ne viens jamais ici. J'attends juste quelqu'un.

Il a suivi mon regard jusqu'au bout du couloir. J'ai senti son comportement s'altérer, se transformer. Exactement comme la dernière fois. Un klaxon a hurlé et, par la vitre du côté passager, le copain de Chris lui a fait un doigt d'honneur.

– Tu devrais vraiment y aller, ai-je dit.
Chris s'est décollé du mur.
– Je suppose…
Le ton de sa voix suggérait…
La porte a claqué derrière lui. *Hors service* sur les toilettes des filles. Moi qui attendais quelqu'un. Quelqu'un dans les toilettes hommes ? Est-ce cela qu'il avait pensé ?
– Non, Chris ! Attends !
J'avais fait deux pas vers la porte quand des pneus ont crissé en quittant le parking et, au même instant, Luna a émergé des toilettes.

– Oh, la vache. Oh, la vache.
Elle n'arrêtait pas de répéter ça sur le chemin du retour. On aurait dit Maman au téléphone avec son Tom à tout faire – elle jacassait à mille mots la minute, trop vite pour qu'on puisse l'écouter ou répondre.
– Personne ne m'a repérée. Ils n'ont rien deviné. Ils m'ont même pas cillé.
Luna se trompait. Plusieurs personnes avaient fait plus que ciller. Après avoir pris notre commande, la caissière du Taco Bell avait attrapé un de ses collègues débiles et lui avait chuchoté à l'oreille en montrant Luna du doigt. Ils avaient tous les deux ricané, puis alerté les autres employés. Tous les poils de mon corps s'étaient dressés au garde-à-vous, de peur que l'un d'eux (ou plusieurs d'entre eux) vienne à notre table et fasse un scandale. Un type en survêtement, à l'autre bout de la salle, avait repéré Luna et n'en décollait pas les yeux. Il n'avait pas cessé de la fixer, bouche bée,

pendant qu'on mangeait. Une fois son repas terminé, il avait mis un point d'honneur à traîner dans les allées, prenant le chemin le plus long vers la sortie, passant exprès devant notre table. Il avait ralenti et il était resté planté là un moment, les yeux écarquillés. L'expression sur son visage – mon Dieu. Du dégoût, de la haine, je ne sais pas ce que c'était, mais ça m'avait fait frémir d'angoisse.

J'ai prié pour qu'il s'en aille et, finalement, il est parti.

Dieu merci, Luna n'avait pas remarqué. Elle avait juste continué à manger sa tostada et à siroter avec sa paille. Comment avait-elle pu ne pas le voir ? Elle l'avait forcément vu. Elle n'était pas aveugle.

Après le déjeuner, on avait flâné dans la zone rénovée du centre-ville. Luna était plus hardie cette fois-ci, elle m'entraînait dans les boutiques – Banana Republic, Sharper Image, un magasin de cuir pour regarder les sacs à main. Elle a acheté un sac en solde pour 58 dollars. Le dernier sac que je m'étais acheté était une promotion de chez Wal-Mart – 4,76 dollars au lieu de 5,53. Pendant tout le temps que nous avions passé dehors, j'avais eu l'impression que les yeux des gens étaient braqués sur nous. Nous déshabillaient. La mettaient sous le feu des projecteurs, et moi avec elle. Comment avait-elle pu ne pas le sentir ? Comment les regards avaient-ils pu lui échapper ?

C'était bizarre. Irréel. À croire qu'elle savait ce qui se passait et s'en fichait complètement.

Ce que les autres voyaient quand ils le regardaient, c'était la première préoccupation de Liam. C'était toute sa vie. Et si, une fois qu'il avait fait de son mieux pour se montrer dans la tenue de Luna – dans la *peau* de Luna, la fille qu'il visualisait dans sa tête –, les gens ne voyaient qu'un garçon habillé en fille ?

Quand Liam avait évoqué ce que lui coûterait sa transition, est-ce qu'il parlait de ça ? Parce que ça, c'était trop cher payé, je ne le supporterais pas. Ça lui coûtait son amour-propre, sa dignité, sa fierté.

CHAPITRE 14

À deux heures du matin, Luna ne m'a pas tirée du sommeil. J'étais déjà réveillée. Je n'arrivais pas à dormir. La scène avec Chris dans le couloir repassait dans ma tête comme un opéra tragique. La soprano et le baryton. Elle le conquiert. Elle le perd. Elle l'attend. Enfin, ils se retrouvent, et puis elle meurt dans ses bras. Dans mon opéra, cela dit, je ne finissais pas dans ses bras. Je finissais toute seule, un cygne mourant.

Chris avait dû croire que je le rejetais. L'autre fois aussi, quand il m'avait invitée à la rave. Des courses avec ma sœur – ouais, tu parles. Chris s'était forcément senti diminué, rejeté, indésirable. Je ne supportais pas cette idée. Il fallait que je lui parle. Dès que possible. Lundi. J'irais le trouver, lui expliquer que j'attendais mon frère au Taco Bell. L'autre fois aussi. Encore mon frère.

C'est toujours à cause de mon frère.

Mon frère était un trou noir dans mon univers. Il aspirait tout ce qui me restait de vie. On aurait dit que j'étais entraînée dans ce gouffre par une force que je ne pouvais pas combattre. Liam était déjà au fond. Nous étions ensemble au fond. Le gouffre était profond et sombre et se refermait sur nous. Nous ne pouvions pas bouger, ni remonter, ni voir assez clair pour trouver l'issue.

Il fallait que Chris sache qu'il n'y était pour rien. C'était moi, et mon devoir envers Liam. Chris n'avait pas besoin de savoir pour Liam. J'étais intéressée, disponible. C'est la seule information qui le concernait.

En troisième heure, pendant la permanence, j'ai fait le guet au gymnase. Je me disais que Chris y ferait forcément une apparition, au bout d'un moment.

Gagné. Juste après le déjeuner, il est passé en trottinant devant mon poste de surveillance derrière la porte ouverte. À travers la fenêtre, grillagée par mesure de sécurité, je l'ai vu lâcher son sac à dos par terre et rejoindre deux mecs qui tiraient au panier. Il a demandé s'il pouvait se joindre à eux.

Zut. Je me suis rassise par terre. Je ne pouvais pas débarquer là-dedans maintenant comme une groupie en mal d'amour qui le suivait à la trace. Ce que j'étais, d'ailleurs.

Je me suis maudite de ne pas avoir revu l'acte II de mon opéra tragique. Il fallait un moment fort, où la rusée diva trouve un moyen d'attirer dans ses griffes le baryton sans méfiance.

La déesse de Liam devait me sourire – pour une fois. La sonnerie de la cinquième heure a retenti et les deux autres mecs ont filé en classe, laissant Chris tout seul. Il dribblait autour de la ligne de sortie et sous le panier. Il en a mis un. Pchoouuuu.

Un beau lancer, aussi beau que lui. Il n'avait pas une beauté de star de cinéma, ou de sportif, ou même de grand brun sexy. Il n'était pas aussi grand que Liam, ni même parfaitement proportionné. Chaque chose était à la bonne place, certes. Mais il avait besoin d'un bon rasage. Il avait le nez tordu, comme s'il se l'était cassé. Il portait un jean délavé et un pull ras du cou qu'il avait coupé aux coudes. Peu soigné, presque miteux même. Mais cool. Je ne sais pas ce qu'il avait de si spécial. C'était un type normal. Gentil. Ordinaire. C'était peut-être ça, son charme.

– Fais-le maintenant, me suis-je entendue dire.

Mes pieds n'ont pas obéi.

– Maintenant !

– C'est pas grave, t'affole pas.

C'était moi, ça ? À qui parlais-je ? Il n'y avait pas de « moi ». J'étais sans consistance, sans forme. Je me suis levée pour entrer dans le gymnase. Au bout d'un pas, j'ai fait demi-tour et filé dans le couloir. Une vraie poule mouillée. Je serai toujours une poule mouillée, je suis tellement lâche, je me dégoûte d'avoir si peur de tout et de tout le monde, si peur que je n'aurai jamais de vie, ordinaire ou non.

La Volkswagen balafrée de Papa – celle qu'il a reconstruite lui-même – était garée dans l'allée devant chez nous. « Il est rentré tôt », ai-je pensé. Ou bien avaient-ils encore changé son planning chez Home Depot ? Son patron, qui avait genre dix-huit ans, lui faisait le coup tout le temps. Il le forçait à travailler dans l'équipe de nuit pour qu'il puisse inventorier les clous et les vis à bois. Ou il le transférait au département décoration et rideaux, ce que Papa avait en horreur. Il disait qu'il passait pour un imbécile chaque fois qu'un client lui demandait comment mesurer les mini-stores. Après avoir été mis au placard, chez Sears, il avait répété sans arrêt pendant près d'un an que personne n'est indispensable et que la loyauté ne veut plus rien dire.

C'était sans doute l'une de ses fameuses perles de sagesse.

Ça faisait pitié, vraiment, de voir à quoi mon père avait été réduit. J'avais toujours pensé qu'il était le roi du monde, le seigneur des anneaux. Je suppose que Liam aussi.

Papa n'était pas vissé devant la télé comme je m'y attendais, même s'il y avait une bouteille de bière sur la table basse, à moitié vide. Il était probablement aux chiottes. Moi aussi, j'ai fait un arrêt-frigo pour prendre un Coca avant de descendre au sous-sol.

J'ai arrêté de respirer. La porte du sous-sol était ouverte.

La porte n'est jamais ouverte.

Ça ne pouvait pas être Liam. La Spyder n'était pas là. Ce n'était pas Maman. Elle avait annoncé ce matin qu'elle travaillerait tard. Ça ne pouvait être que…

– Papa ? ai-je appelé du haut des escaliers.

Pas de réponse.

Je suis descendue en trombe, comme un éléphant. Le bruitage de grincements a résonné dans la cage d'escalier. Le long de la rangée de PC, sur le plan de travail de Liam, des économiseurs d'écran traçaient des gratte-ciel dans un chœur silencieux. Ça n'avait rien d'inhabituel. Il avait la manie de laisser ses ordinateurs allumés toute la journée. Ce qui m'a fait flipper, c'est de voir la porte de sa chambre ouverte. Il la fermait toujours à clé quand il sortait de la maison. Toujours.

Peut-être qu'il était là, en fait.

– Liam ? ai-je appelé.

– Regan, c'est toi ?

Papa.

Mes pieds ont ouvert un chemin entre les composants électroniques étalés sur le plancher.

– Qu'est-ce que tu fais ?

Je me suis approchée de la porte de Liam, balayant du regard l'intérieur de la pièce. Tout paraissait en ordre. Liam était trop prudent pour laisser des preuves à l'air libre. Sauf qu'il l'avait fait. Il y avait un sac à main sur son coffre à trésors, le fameux sac tissé.

– Comment es-tu entré ici ? ai-je demandé.

– La porte n'était pas fermée à clé, a répondu Papa.

Menteur.

– Comment se fait-il que tu sois rentrée du lycée si tôt ?

Mon visage a pris feu.

– J'ai, euh… séché.

En fait, j'avais quitté le gymnase en m'élançant par la sortie la plus proche et j'avais juste continué à courir.

Un sourire a serpenté sur les lèvres de Papa.

– Au moins tu es honnête.

Son sourire s'est effacé.

– Tu es privée de sorties. Tu ne dois pas sécher.

– Je suis de nouveau privée de sorties ? Ou toujours ?

Papa m'a fixée d'un air égaré.

– Oh, laisse tomber.

Il a agité une patte dans ma direction.

– La punition est levée. Pour vous deux. Je ne veux pas que vous restiez à la maison parce que vous y êtes forcés. Je voudrais vous voir ici parce que votre paternel est tellement sympa que vous mourez d'impatience de le montrer à vos amis.

J'ai ricané. C'est ça, Papa. T'es malade. Tout d'un coup, mon sac à dos pesait une tonne. Je l'ai laissé glisser de mon épaule et tomber par terre. J'avais une envie irrésistible de courir vers Papa et de le serrer dans mes bras, comme autrefois. De m'accrocher à lui, de le sentir me soulever dans les airs pour me faire voler, tourbillonner jusqu'à ce que la joie nous donne le vertige, à tous les deux. La petite fille-tourniquet de Papa.

Je me suis contentée de boire une gorgée de Coca.

– Je voudrais te poser une question, Regan. Viens ici.

Papa m'a fait signe d'entrer.

Je n'aimais pas du tout ça.

– Liam ne veut pas qu'on entre dans sa chambre, Papa. Surtout pas moi.

Toi encore moins.

– Pourquoi ? Qu'est-ce qu'il y a ici ? Il n'y a rien à prendre. Je ne trouve même pas son magot de dealer.

– Papa !

– Je plaisante… j'espère. Je n'allais rien voler. Je voulais juste…

Il s'est interrompu.

– Qu'y a-t-il dans ce coffre ?

Il indiquait le coffre à trésors de Liam.

Mon sang s'est figé dans mes veines.

– Comment veux-tu que je le sache ?

Papa m'a fixée, m'a transpercée du regard.

– Parce qu'il te dit des choses. Il te parle. On ne peut pas en dire autant de moi ou de votre mère.

Papa est sorti comme une fusée, me forçant à sauter de côté pour éviter de me faire piétiner.

– C'est quoi, toutes ces cochonneries ?

Il a agité le bras au-dessus des composants d'ordinateurs entassés le long du mur, parfois encore emballés dans leur film plastique.

– Est-ce qu'il vole ce matériel ? Le vend ?

– Non.

J'ai grimacé.

– Il construit des PC. Tu le savais, ça.

Pour qui Papa prenait-il Liam ? Un drogué ? Un dealer ? Ce qu'il n'allait pas imaginer ! Il était complètement à côté de la plaque.

Papa a grogné. En examinant les composants, tous méticuleusement disposés et triés, il a dit :

– Bon, au moins il n'a pas menti à ce propos.

Quand j'ai tendu la main pour fermer la porte de Liam, Papa m'a questionnée :

– Dis-moi juste une chose, Regan. Il est homosexuel ?

J'étais abasourdie. Sur la poignée de la porte, ma main a fondu.

– J'ai besoin de savoir. Il est homosexuel ?

Je me suis retournée lentement.

– Non.

Les yeux de Papa se sont plissés – plongés dans les miens.

– Tu mens, a-t-il dit.

Il s'est traîné jusqu'au canapé et perché sur le bord, en couvrant son visage dans ses mains.

– Je ne suis pas stupide, tu sais.

Sa voix était étouffée.

– Papa, je ne mens pas.

J'ai ressenti une soudaine vague de sympathie pour mon père. Ou d'empathie. Je suis allée m'asseoir à côté de lui et j'ai posé mon Coca sur la table basse.

– Crois-moi. Il n'est pas homo.

Papa a redressé la tête et s'est tourné vers moi. Il a soupiré en frissonnant, comme on fait après un vilain coup d'angoisse.

– Je ne sais pas. Depuis le début, avec Aly et tout… Il a toujours ramené des filles ici, alors j'ai pensé qu'il était normal. C'est juste que ces derniers temps…

– Il *est* normal, me suis-je énervée.

Papa a étudié mon visage.

– Il sort avec des filles ? Tu sais, des rendez-vous amoureux ? Les inviter au restaurant ? Aller au *drive-in ?*

– Ça n'existe plus, les *drive-in*. Maintenant, on a les cinémas multiplexes.

Papa a écarquillé les yeux.

– Ne fais pas la maligne. Réponds à la question.

Je me suis levée et j'ai traversé la pièce ; allumé la télé.

– Il ne me raconte pas tout.

C'était la vérité, en tout cas.

– S'il ne ramène pas ses copines à la maison, c'est sans doute parce que son père est tellement cool qu'il craint la compétition.

J'ai affiché un rictus par-dessus mon épaule.

Papa a allongé un bras sur le dossier du canapé :
– Mais il aime les filles.
« Laisse tomber, Papa », ai-je pensé. J'ai ramassé la télécommande sur le poste et zappé d'une chaîne à l'autre, espérant qu'il comprendrait le sous-entendu.
– Regan ?
Je voulais lui hurler à la figure : « Non ! Il n'est pas attiré par les filles, d'accord ? Il aime les garçons. Comme moi. Ça ne veut pas dire qu'il est homo. Il est aussi hétéro que moi parce qu'au fond de lui, c'est une fille, Papa. Comme moi. Tu as deux filles, tu piges ? »
J'ai choisi *Scoubidou* et reposé la télécommande sur ma cuisse.
– Bien.
Papa s'est levé.
– Je suppose que je suis satisfait.
Comme Liam, Papa voyait ce qu'il voulait voir. Entendait ce qu'il voulait entendre. Ça devait être dans les gènes, cette déformation.
Papa m'a approchée par-derrière et a passé les deux bras autour de mes épaules.
– Dis-lui que je promets de bien me tenir. Dis-lui que s'il ramène une fille à la maison et nous la présente, je le laisserai peut-être emprunter la Volkswagen.
Il a pressé une seconde mon corps sans vie.
Je me suis forcée à sourire, mais j'avais le cœur serré. Liam ne pourrait jamais le lui dire. Jamais.
En haut des escaliers, Papa m'a lancé :
– Dis à ton frère de se calmer avec le parfum, aussi, tu veux ? Ça pue la cocotte dans sa chambre.

Liam est rentré vers dix heures et demie ce soir-là. Installée en travers de mon lit, où je faisais mes devoirs, je l'ai entendu s'asseoir sur la chaise de son bureau et se mettre à taper sur le clavier. Mon corps réclamait le sommeil, mais il fallait que je vienne à bout de ces problèmes de chimie. J'étais à la traîne sur les exercices depuis deux jours et il me restait un devoir de travaux pratiques que je n'avais toujours pas rendu. Bruchac nous enlevait un point par jour de retard, et il ne laissait personne en paix. Surtout pas moi, semblait-il. Il avait agité un gros doigt sous mon nez quand j'étais passée devant lui furtivement, après le cours d'aujourd'hui.

J'ai songé à demander de l'aide à Liam, mais il avait bien assez de pain sur la planche. Maintenant, il aurait un souci de plus avec l'intrusion de Papa dans sa chambre. Il faudrait que je pense à l'avertir. Pourquoi avait-il fallu que Chris laisse tomber le cours ? Je l'aurais aidé. On aurait pu rater la chimie ensemble. C'est d'ailleurs sûrement ce qui serait arrivé s'il était resté. Mon intérêt pour le cours aurait flotté tout près du zéro absolu, puisque j'aurais passé toute l'heure à faire les yeux doux à Chris. Il valait mieux que je n'aie pas cette distraction. Pour je ne sais quelle raison, un inexplicable désir de répondre aux attentes de Bruchac me consumait. Comme si c'était une occasion unique de valoriser les deux sœurs de la famille. De me valoriser, moi.

La porte de ma chambre s'est ouverte d'un coup. Liam a débarqué en trombe.

– Regarde ça !

– Tu ne frappes plus aux portes ? Pourquoi personne ne respecte plus la vie privée des gens, ici ?

Il s'est arrêté net. D'une démarche exagérée, il a reculé sur la pointe des pieds et fermé la porte derrière lui. Il a frappé deux coups.

Quel abruti.

– Va-t'en, ai-je marmonné.

Il a frappé de nouveau.

– Liam, je suis occupée.

– Je veux juste te montrer quelque chose.

La porte s'est entrouverte.

– S'il te plaît ? Ça ne prendra pas longtemps.

J'ai poussé un soupir exaspéré et éteint mon CD de *Carmen* avec la télécommande.

– Tu as trente secondes, l'ai-je informé. Vingt-neuf.

Il a sauté sur mon lit et s'est blotti, jambes croisées, en face de moi.

– Sur quoi tu travailles ? a-t-il demandé, balayant du regard la couette où j'avais étalé tous mes papiers.

– La chimie, ai-je lâché d'un ton morne.

Il a ramassé mon devoir de la veille, à moitié terminé.

– Tu as Bruchac la Brute ?

– Comment t'as deviné ?

– Leur tête m'est familière. À propos de têtes...

Il s'est mordu la lèvre. Il a sorti ce qu'il cachait derrière son dos et l'a plaqué sur le lit entre nous.

– Regarde ça.

J'ai examiné la feuille imprimée. Je l'ai rapprochée de mon visage pour l'étudier. C'était une photo floue, d'un mec à lunettes avec des boutons. Une mauvaise photo d'identité agrandie, apparemment.

– Ouais, et alors ?

J'ai reposé la feuille.
– Maintenant, regarde ça.
Liam a placé une autre photo imprimée par-dessus.
J'ai haussé les sourcils.
– Waouh. C'est qui ?
Je l'ai ramassée. C'était une fille. Une fille super belle avec de longs cheveux noirs et des yeux bleus. Elle posait comme un mannequin pour une séance en studio. J'ai levé les yeux ; Liam me souriait.
– C'est Teri Lynn.
– Vraiment ?
J'ai examiné la photo.
– Waouh.
– C'est Teri Lynn sur les deux.
– Quoi ? Je te crois pas.
J'ai repris la photo du pauvre gars pour la scruter de plus près. J'ai étudié les deux côte à côte. Il n'y avait pas la moindre ressemblance.
– Tu plaisantes.
– Non.
Liam a lâché un petit rire.
– Elle est incroyable, non ?
Il a ramassé la photo de fille. Tandis qu'il la contemplait, ses yeux ont pris feu.
Une vague d'épuisement m'a submergée. J'ai bâillé et dit :
– Dis-lui de te confier ses secrets de maquillage, d'accord ?
J'ai étiré les bras au-dessus de ma tête et j'ai entendu les cartilages craquer dans mes omoplates. J'étais raide, douloureuse.

– C'est pas du maquillage. Elle s'est fait opérer. Implant de menton et réduction du nez. Mais elle dit que ce sont les hormones qui ont fait la différence.

– Alors prends des hormones.

Je lui ai tendu la photo de garçon pour pouvoir me remettre au travail.

– C'est ce que je fais.

Il s'est levé du lit, sans prendre la photo de garçon. Avec l'image du nouveau visage de Teri Lynn serrée contre lui comme si c'était une feuille d'or, il est sorti en laissant la porte ouverte derrière lui.

Une alarme a résonné dans ma tête. « Liam prend des hormones ? Quelles hormones ? C'est des produits sérieux, ça. » Est-ce qu'il les achetait sur Internet ? C'était forcément illégal. Je me suis hissée au bout du lit, puis arrêtée. Voulais-je vraiment savoir tout ça ?

Oui. Mais pas ce soir. Il était trop tard pour s'embarquer dans une grosse discussion sur les hormones, la chirurgie et la transition. Mon cerveau avait besoin de rester concentré. Sur *ma* vie, pour une fois.

J'ai fermé la porte et je me suis remise à mes devoirs. Nous devions calculer le nombre de molécules de pluie acide produites par la conversion de minerai de cuivre – passionnant. J'étais distraite. Mes yeux se sont posés sur la photo que Liam avait laissée ici.

L'autre visage de Teri Lynn. Son faux visage. Ce qui m'a frappée, ce n'est pas tant la différence entre le mâle et la femelle, mais le changement de maintien, son attitude, son assurance. Teri Lynn, le mâle, semblait être quelqu'un d'autre. Quelqu'un de mort, comme Liam le paraissait parfois. Triste, vide. L'autre Teri Lynn, la vraie, s'était épanouie, avait repris vie. De même que Liam se libérait quand il se transformait en Luna.

« Comme un papillon émergeant d'une chrysalide, ai-je pensé. Une créature exquise et délicate dépliant ses ailes avant de s'envoler. Sauf que dans le cas de Luna, le papillon est forcé de replier ses ailes et de se réinsérer dans le cocon tous les jours. Tous les jours sans exception, elle est contrainte de s'enfermer dans une coquille. »

Des larmes m'ont brûlé les yeux. Ce n'était pas juste. Pourquoi lui ? Pourquoi elle ? Elle était tellement chouette, Luna. Liam. Le meilleur frère de tous les temps. Je me souviens, quand on m'a enlevé les amygdales, Liam a monté un spectacle de marionnettes pour moi. Il avait construit une scène et habillé des marionnettes-chaussettes. En jupe, bien sûr. Ma gorge me faisait tellement mal, je sens encore la brûlure parfois quand j'avale. Tous les soirs, à l'heure du coucher, il me faisait la lecture, avant que je sache lire moi-même. Il essayait de m'apprendre…

Un jour, en CP, quand cette brute de la cour de récré n'arrêtait pas de me pourchasser et de me tirer les cheveux, Liam est venu et lui a balancé un coup de poing dans la figure. C'est la seule fois de sa vie qu'il a frappé quelqu'un.

Non, pas la seule.

Il y a eu cette fois au centre commercial avec Maman. Elle regardait les sacs à main. Liam aussi.

Il passe un sac à son bras, imitant Maman. Je commence à m'ennuyer, alors je m'éloigne. Derrière moi, j'entends Maman dire :

– Repose ça et va surveiller ta sœur.

– Laisse-moi l'essayer, dis-je à Liam en tendant la main vers un chapeau.

– D'accord, tiens. Je vais te le mettre.

Il pose le chapeau en feutre sur ma tête et l'ajuste pour que la plume dépasse à l'avant. Je raidis le cou parce que le chapeau me semble sur le point de glisser. Il est beaucoup trop grand. Liam essaie un chapeau vert avec un nœud en soie à l'arrière et une voilette sur le dessus. Il descend délicatement la voilette devant ses yeux.

On pose devant le miroir avec les chapeaux. Liam appuie une main sur sa hanche et déambule comme un mannequin. Ça me fait rire. Je l'imite. Quand Liam retourne au présentoir prendre deux autres chapeaux, il se passe quelque chose.

Je suis sur l'escalator et cet homme me tient la main. J'entends la voix de Liam appeler derrière moi :

– Regan ?

Je jette un coup d'œil derrière moi et croise le regard de Liam.

– Regan !

Soudain, je me rends compte que je ne connais pas cet homme. Je hurle. J'essaie de me dégager, mais je ne peux pas. Il me tient fermement. Liam dévale les marches de l'escalator, trébuche et se redresse. On est presque arrivés en bas quand il nous rattrape. Il bondit et tente d'arracher ma main de celle de l'homme.

– Lâchez-la. Lâchez-la !

Il martèle le dos du type. Il lui donne des coups de poing dans les bras, les côtes, le ventre.

Liam hurle et frappe cet homme et moi je tombe et quelqu'un me soulève et Liam me serre fort contre lui et je pleure et il dit :

– Tout va bien, Regan. Je t'ai récupérée, maintenant. Tout va bien.

Maman déboule de l'escalator et m'arrache à l'étreinte de Liam. Elle me prend dans ses bras et m'écrase contre sa poitrine. Elle hurle à Liam :

– Pourquoi l'as-tu laissée sans surveillance ? Je ne peux pas te faire confiance une minute !

Elle le fait pleurer.

Ce n'était pas sa faute. Ça arrive à plein d'enfants tout le temps, même quand leurs parents sont juste à côté. C'est arrivé à Cody au terrain de jeux. Elise a raconté qu'elle a tourné le dos une minute et là, un homme surgi de nulle part s'est approché de Cody. Si Liam ne m'avait pas sauvée... S'il n'avait pas été là pour moi... Ça me fait frémir d'y penser.

« Liam a tellement besoin de moi, maintenant, ai-je pensé, que j'oublie toutes les fois où j'ai eu besoin de lui. Il a toujours été là pour moi. Toujours. »

Liam fredonnait ; le bruit filtrait sous ma porte. Les notes graves, passionnées d'une mélodie que je ne connaissais pas. Il ne fredonnait que lorsqu'il était heureux. Serait-il jamais vraiment heureux ? Peut-être que s'il arrivait au même stade que Teri Lynn, ça irait. Personne ne se douterait jamais qu'elle était transsexuelle. Luna pourrait-elle modifier suffisamment la chimie de son corps, son apparence physique, pour convaincre le monde entier qu'elle était la personne qu'elle se savait être ?

L'image de Chris a ressurgi dans mon cerveau. Pourquoi lui ? Pourquoi maintenant ?

La chimie. C'était ça. Les larmes qui m'étaient montées aux yeux ont débordé. Pourquoi tout devait-il être une question de chimie ?

CHAPITRE 15

Je sortais une boîte de Choco Pops du placard pour la poser sur la table du petit déjeuner quand j'ai entendu Maman parler au téléphone mural dans la cuisine.

– Vous voulez bien dire au Dr Rosell de m'appeler ? J'ai besoin de renouveler en avance mon stock d'œstrogènes.

J'ai avalé ma dose quotidienne de jus d'o devant le frigo.

Papa m'a dit : « Bonjour chérie » quand je me suis laissée tomber sur ma chaise.

J'ai grogné une réponse, mais elle m'a coûté un effort. Ces nuits blanches me faisaient frire le cerveau. Je crois que je préférais regarder bêtement Luna mettre du mascara pendant trois ou quatre heures plutôt que me court-circuiter les synapses avec mes devoirs de chimie.

Dès que Maman a raccroché, le téléphone a sonné. Elle a sauté dessus comme si elle attendait un appel du président.

– C'est pour toi, Regan. Elise.

Elle semblait agacée. Elle n'aimait pas trop Elise. Je ne l'en appréciais que davantage. Un jour, Maman m'a dit qu'elle avait le sentiment qu'Elise et David abusaient de moi, à m'appeler toujours à la dernière minute, imaginant que je lâcherais tout. Comme si j'avais quelque chose à lâcher.

– N'y passe pas tout le week-end, a dit Maman. J'ai besoin de toi ici.

Pour faire son boulot à elle. En me passant le combiné, elle a ajouté :

– Où est Liam ?

– Elle était encore sous la douche quand je suis montée.

Une décharge d'électricité a alourdi l'air. C'est seulement quand la question d'Elise (« Salut Regan, est-ce que je peux te demander une faveur ? ») a résonné dans mon oreille que ça m'a frappée. Ce que je venais de dire. C'était peut-être parce que Luna avait passé un moment dans ma chambre, cette nuit, et laissé un nuage de parfum derrière elle, ou parce que mon rêve, à l'aube, m'avait marquée. Avant et après. Liam/Luna. La différence entre les deux commençait à s'estomper.

– Regan ?

– Hein ? Ah…

Je me suis ressaisie.

– Ouais, bien sûr, Elise. Tout ce que tu veux.

– David et moi, nous avons enfin pris des places pour cette pièce qu'on mourait d'envie de voir. Elle s'appelle *Je t'aime, tu es parfait, il est temps que tu changes*. Tu l'as vue ?

– Non.

Elle a émis un petit rire.

– Bien sûr que non. Tu es trop jeune, ne serait-ce que pour apprécier le titre.

Non, je n'étais pas trop jeune.

– Bref, a-t-elle poursuivi, nous avons attendu trop longtemps pour prendre des places et maintenant c'est le dernier week-end où la pièce se joue, alors on se demandait si tu pourrais garder les enfants samedi soir ?

Sa voix montait, pleine d'espoir.

– Je sais que je te préviens tard, et en principe j'essaie d'éviter les vendredis et les samedis soir, parce que tu as sans doute une vie sociale chargée…

Ouais. J'ai des rencards avec mes cours de chimie.

– Pas de problème, ai-je dit.

– Vraiment ? Regan, tu es une perle. Que ferions-nous sans toi ?

« Pourquoi te poser la question ? ai-je failli répondre. Adoptez-moi. Donnez-moi une vie normale, une enfance heureuse… Oups, en fait c'est trop tard ! »

Elise m'a dit de venir à six heures et demie et nous avons raccroché. Quand je suis retournée dans la salle à manger, en traînant les pieds, Liam s'était matérialisé. Papa a baissé son journal et lancé :

– Un aveugle et son chien vont dans un restaurant.

Liam et moi avons grogné.

– Après avoir passé sa commande et attendu un moment, l'aveugle lance au serveur : « Hé, vous voulez que je vous raconte une blague sur les blondes ? »

J'essayais d'attirer l'attention de Liam pour qu'on échange une grimace complice, mais il était absorbé par l'un de ses mangas usés. *Appelez-moi Princesse*. Plutôt éloquent, non ?

– Grand silence dans le restaurant, continuait Papa. D'une voix forte, sexy, la dame assise à côté de l'aveugle lance : « Avant de raconter votre blague, il y a une chose que vous devriez savoir. Le serveur est blond, le cuisinier est blond, et moi je suis une blonde d'un mètre quatre-vingts pour cent kilos, avec une ceinture noire de karaté. De plus, la femme assise à côté de moi est blonde et elle est haltérophile. La dame à votre droite est blonde et c'est une lutteuse professionnelle. Réfléchissez-y sérieusement, monsieur. Vous voulez toujours la raconter, cette blague ? »

Papa s'est interrompu pour soigner son effet. J'ai avalé une cuillerée de Choco Pops. Maman a levé sa tasse de café. Liam a tourné une page.

– L'aveugle dit : « Non, sinon je vais être obligé de l'expliquer cinq fois. »

Liam a rigolé. J'ai éclaboussé la table avec mes céréales. Même Maman a souri.

– Elle est bonne, hein ?

Papa nous a fait un clin d'œil.

– Pas mal, a dit Liam.

Pendant que j'essuyais les dégâts avec une serviette, Papa a ajouté :

– Je suis descendu dans les oubliettes hier. Regan te l'a dit ?

Oh-oh. Petit oubli. Craignant la réaction de Liam, j'ai caché ma tête derrière la boîte de céréales. Quand j'ai jeté un coup d'œil de l'autre côté, il était toujours en train de lire son livre. Au moins, Papa n'avait rien trouvé. Il n'avait même pas vu le sac à main.

– C'est un vrai dépotoir, a dit Papa. Ce canapé perd son rembourrage et la moquette a l'air d'avoir été piétinée par un troupeau de bisons. Et puis ça empeste là-dedans. Ça pue la pizza moisie. Je ne sais pas comment vous supportez de vivre dans cette porcherie.

– On va faire le ménage, a murmuré Liam.

– Ce n'est pas là que je veux en venir. Je pensais qu'on devrait refaire la déco. Tu sais, la peinture et la moquette. J'ai droit à une réduction au magasin, je pourrais en profiter. On achètera des étagères pour toutes tes pièces d'ordinateur, qu'elles ne traînent plus par terre. Une fois qu'on aura dégagé la pièce, on pourra installer une table de billard ou une console de jeux. Quelque chose de sympa pour nous tous.

Liam a souri faiblement à Papa.

– Le sous-sol est très bien comme ça. Je l'aime tel qu'il est. On l'aime tous les deux. Hein, Regan ?

Papa a tapé du poing sur la table.

– Non, ça ne va pas. Ce sera un projet familial. Pour nous trois. On commence ce week-end.

Papa s'est levé pour foncer au pas de charge dans la cuisine. Il a ouvert brutalement le lave-vaisselle et rangé bruyamment sa tasse à café sur la grille.

Liam lui a lancé :

– J'ai un dossier à finir à la bibliothèque, samedi. Et dimanche j'ai promis à Aly de l'emmener au cinéma. C'est un rencard, en quelque sorte.

Papa est réapparu sur le seuil, les sourcils haussés.

– Ouais ?

Le bruit de ma mâchoire, quand elle est tombée sur la table, a failli trahir Liam.

Je suis intervenue :

– Et moi je travaille samedi soir. En plus, j'ai ce devoir d'anglais à rendre lundi et je n'ai même pas commencé.

C'était vrai. J'avais négligé toutes mes autres matières pour me concentrer sur la chimie.

– À moins que tu ne veuilles que je redouble, j'avais prévu de passer toute la journée de samedi à naviguer sur Internet pour trouver une dissert à télécharger.

Liam a compris la blague, mais les unités parentales étaient un peu lentes. Maman a ajouté :

– Nous n'avons pas l'argent en ce moment, Jack. Pas pour refaire la moquette. Et encore moins pour une table de billard ou une console de jeux.

Elle a continué à travailler sur des devis pour ses clients, comme elle l'avait fait toute la matinée. Puis son portable a sonné.

Ç'a été notre signal. Liam et moi, on s'est levés pour partir.

Papa a déboulé dans la salle à manger.

– Attendez, vous deux.

Nos quatre épaules se sont affaissées.

– Liam, les murs de ta chambre sont dans un état pas possible. C'est quoi, tous ces trous ?

Les trous. J'avais oublié. Chaque année, Maman achetait un lot complet de photos scolaires pour les envoyer à la famille et aux amis. Elle encadrait et exposait nos 16 x 21 sur le buffet de la salle à manger. À la fin de la semaine, la photo de Liam était posée à l'envers et les autres exemplaires du paquet – les plus petites et les mini-formats pour portefeuille – avaient mystérieusement disparu. J'étais la seule à savoir où elles allaient : dans sa chambre. Il les collait sur son mur et s'en servait de cible pour jouer aux fléchettes.

Chaque jour, Maman redressait la photo de Liam sur le buffet, mais au bout d'un moment elle a abandonné la bataille. Elle a arrêté d'acheter les photos scolaires quand on est arrivés au collège.

– Des termites, a marmonné Liam en se dirigeant vers l'entrée.

Papa a continué :

– Et Regan, ta chambre est une vraie porcherie.

Il était allé dans ma chambre aussi ? Comment osait-il ? S'il avait touché quoi que ce soit… J'avais arrangé mon bazar comme j'aimais.

– Ne mets pas les pieds dans ma chambre, Papa, lui ai-je ordonné. Ni dans celle de Liam, ni dans la mienne.

Je l'ai fusillé du regard et je suis sortie en trombe à la suite de Liam. J'ai dû courir pour le rattraper.

– Ne me demande pas comment il a fait pour entrer, ai-je dit, haletante, au dos de Liam. Il te faut une meilleure serrure.

Il n'a pas réagi. Il a tapé son code secret sur le clavier de la voiture et déverrouillé la porte.

– Tu veux bien m'emmener ?

Le loquet côté passager s'est ouvert, plop ! et j'ai fait le tour.

Quand Liam a allumé le contact, il a dit :

– Il n'a même pas vu le sac à main, si ? Il a ouvert le coffre à trésors ?

– Non, Dieu merci. Je suis arrivée à temps.

J'ai attaché ma ceinture.

Liam a soupiré. À croire qu'il était fâché contre moi.

– Quoi ? Tu voulais que je le laisse essayer tes perruques ?

Liam a contracté la mâchoire.

Bizarre. Il envoyait un signal que je n'arrivais pas à déchiffrer.

Au tournant, en ralentissant avant le stop, il a appuyé sur le bouton pour replier la capote. Il faisait moins soixante-dix aujourd'hui, facile.

Il m'a lâchée devant le lycée et il a quitté le parking en faisant crisser ses pneus. Mon cerveau a capté le signal alors que j'entrais dans le bâtiment en claquant des dents, les lèvres glacées. Il avait fait exprès de ne pas fermer à clé la porte de sa chambre. Il voulait que Papa trouve sa cachette secrète.

Est-ce que Liam était fou ? Papa ne pigerait jamais. Il ne comprendrait jamais. Liam jouait avec le feu, et il allait finir par se brûler.

L'argent pour mon déjeuner m'attendait toujours sur le comptoir de la cuisine, à la maison. Je m'en suis rendu compte à midi, alors que je m'approchais de mon casier, en plongeant la main dans mon porte-monnaie sans rencontrer de billets. Flûte. C'était déjà assez pénible de devoir me faufiler dans la cafétéria et acheter un sandwich et des chips à une machine pour ne pas m'afficher toute seule dans la queue du self. Les distributeurs étaient plus proches de ma table – la plus petite et la plus sombre dans la zone interdite de la cafétéria. Près des fayots.

Je pourrais peut-être m'asseoir à la table de Shannon Eiber et partager son déjeuner. Elle et ses Élus se serraient tous les jours à la table centrale pour comparer leurs vies sexuelles. Visiblement, il n'y avait rien de plus drôle. Ils riaient comme des maniaques pendant toute l'heure.

Un début de migraine me sciait les orbites. J'ai regretté de ne pas m'être fait porter pâle pour rester à la maison. Je préférais l'époque où Maman me préparait mon déjeuner. Lasagnes à la bolognaise.

Waouh, ça faisait des siècles que je n'avais pas pensé aux lasagnes à la bolognaise. Je détestais les lasagnes à la bolognaise. À cet instant, pourtant, j'aurais vendu mon âme pour des lasagnes à la bolognaise.

Devant mon casier, je me suis affalée par terre et j'ai plongé la tête dans mes genoux. Quand Maman avait-elle arrêté de nous préparer nos déjeuners ? Au collège ? Au moment où elle avait arrêté d'acheter nos photos ? Non, avant ça. Juste après Noël. Je venais d'avoir dix ans.

– Aujourd'hui, j'ai un déjeuner avec les commerciaux, dit Papa, qui arrive du couloir en boutonnant ses manches. Pas besoin de m'emballer un déjeuner, Pat.

Un grand bruit dans la cuisine nous fait sursauter tous les deux, Liam et moi. On est dans le salon, où Liam est en train de réparer mon nouveau lecteur CD. Papa a essayé de le programmer, hier soir, et maintenant il ne marche plus.

Maman hurle presque :

– Pourquoi tu ne me l'as pas dit ? Tu sais que ça fait une heure que je suis là à préparer les déjeuners. Je suis toujours là à la même heure tous les jours pour préparer les déjeuners. Je ne fais jamais rien d'autre. Cuisiner pour toi, faire le ménage pour toi, m'occuper des gamins…

Papa blêmit.

– Je suis désolé, chérie. J'ai oublié.

– Tu as oublié ? grince Maman.

Dans ce genre de moments, Liam et moi jouons à un jeu : les poupées invisibles qui rétrécissent.

Papa ajoute :

– Il faut une heure pour faire des lasagnes ? Qu'est-ce que tu dois faire ? Tuer la sauce bolognaise ?

Il nous lance un clin d'œil.

Liam ricane. Il y a un autre bang ! dans la cuisine et Maman siffle :

– C'est ça, plaisante, Jack ! C'est tout ce que tu sais faire. Tout est une plaisanterie pour toi.

Papa avait ouvert la bouche pour blaguer, mais ça lui cloue le bec.

Maman continue :

– À l'avenir, si tu le veux bien, je te prie d'avoir assez de considération pour m'informer à l'avance des jours où tu auras besoin de mes services.

Elle sort de la cuisine en trombe avec nos paniers-repas, à Liam et moi. Elle nous les jette pratiquement à la figure.

– Préparez-vous pour l'école, dit-elle sèchement. Vous allez être en retard.

Papa enfile sa veste de costume, l'air énervé ; Maman s'éloigne à pas lourds dans le couloir et claque la porte de la chambre.

Je dis, plus à moi-même qu'à qui que ce soit :

– Je n'ai pas école aujourd'hui. Les maîtres sont en séminaire pédagogique.

J'ai oublié de le dire à Maman. Elle devrait le savoir, pourtant. Pourquoi me demande-t-elle de le lui rappeler ? Elle zappe toujours les trucs importants de ce genre.

Maman revient et tend brutalement son portefeuille à Papa.

– Je suppose que tu seras encore en retard pour le dîner.

Elle traverse le salon et entre dans la cuisine.

Papa empoche son portefeuille.

– Possible. J'essaie de partir à l'heure, mais le grand patron est là cette semaine, et personne n'ose s'en aller avant lui. Tu sais comment c'est.

J'entends la porte du frigidaire s'ouvrir.

C'est Liam qui trouve le courage d'agir. Il me prend mon déjeuner, se lève et entre à pas de loup dans la cuisine.

– Regan n'a pas école aujourd'hui, Maman, dit-il gentiment. Mais je vais prendre son déjeuner. Je vais prendre celui de Papa aussi. J'ai drôlement faim dans la journée.

– Comment ça ? Je ne prépare pas suffisamment à manger ?

Quelque chose se cogne contre l'évier, comme si une dinde surgelée venait de tomber du ciel.

– Je ne sais même pas pourquoi je me fatigue, dit Maman. Si je travaillais, aucun d'entre vous ne remarquerait que je ne suis pas là.

– Tu sais bien que ce n'est pas vrai, réplique vivement Papa.

Liam revient précipitamment dans le salon.

– Qu'est-ce qui t'arrive en ce moment ? s'énerve Papa. On n'en fait jamais assez, maintenant, ici.

– Vous ne faites rien du tout ! hurle Maman. C'est moi qui fais tout. Tu ne sais même pas ce que je fais toute la journée. Tu ne te rends même pas compte de l'ingratitude d'une corvée comme la cuisine et le ménage et le service pour toi et les gosses. C'est étouffant.

Papa aboie :

– Eh bien, je suis désolé si on te barbe. Tu n'as qu'à retourner bosser, puisque tu n'arrêtes pas d'en parler.

Papa lève les mains.

– On ne te force pas à rester. Pour rien au monde, les enfants et moi, on ne voudrait te brimer une seule minute.

Papa est furieux. Je ne l'ai jamais vu aussi furieux.

Liam et moi, on se recroqueville l'un contre l'autre dans le salon. « Je voudrais que ça cesse, je me dis. Je voudrais juste que ça cesse. »

Papa ajoute dans sa barbe, assez fort pour que Maman l'entende :

– Tu devrais peut-être augmenter encore tes doses de Valium.

Maman déboule de la cuisine. Je crois qu'elle va frapper Papa, mais elle s'arrête et attrape le premier objet qui lui tombe sous la main. C'est la photo de sixième de Liam sur le buffet. Elle la jette par terre et le verre se brise.

Papa la saisit par le poignet.

– Ça suffit. J'en ai assez de tes crises.

Comme il nous parlerait à nous, à un enfant.

– Non, Jack, rétorque Maman. C'est moi qui en ai assez de toi. J'en ai assez de toi et de ces gamins et de ma vie. Ça ne me suffit pas. Je n'arrête pas de te le

dire, mais tu n'écoutes pas. Je meurs au fond de moi. J'ai besoin de sortir d'ici !

Elle se dégage de son emprise et fonce dans la chambre.

J'ai levé la tête. Cette dispute résonnait toujours à mes oreilles. « Bizarre », ai-je pensé. Elle se sentait emprisonnée, exactement comme Liam. La différence, c'est qu'elle trouvait le moyen de fuir en se tournant vers l'extérieur, tandis que Liam s'échappait au fond de lui-même.

– Regan, salut.

Une présence planait au-dessus de ma tête.

– Ça va ?

Je me suis relevée péniblement. Ça faisait combien de temps qu'Aly était là ?

– Ouais. J'ai juste… oublié l'argent pour mon déjeuner.

– Tiens, je vais t'en passer.

Aly a fouillé dans sa sacoche et m'a tendu un billet de cinq de son portefeuille.

– Merci.

Mon cerveau marchait au ralenti.

– Je te les rendrai.

– C'est pas la peine.

Aly a lâché son portefeuille dans sa sacoche. Elle a sorti autre chose.

– Si tu vois Liam, tu pourras lui donner ça ?

Elle m'a passé un livre, un autre roman en bandes dessinées de Liam. *Aimer Hina*.

– Dis-lui de ne pas oublier pour samedi, mon projet d'arts plastiques, aller voir l'atelier de ce sculpteur. Il doit venir me chercher vers une heure.

J'ai hoché la tête, notant mentalement les informations. Tous les pense-bêtes et les souvenirs s'accumulaient dans mon cerveau.

Aly s'est mordu la lèvre et a ajouté :

– Est-ce que Liam t'a parlé du bal du lycée ?

Le bal du lycée. Un interrupteur s'est allumé dans ma tête. Luna. La robe des années vingt.

– Parce que j'aimerais vraiment y aller cette année. Je sais qu'il trouve ça bidon et prétentieux, mais c'est notre dernière année, tu comprends ? J'ai même choisi une robe.

« Est-ce qu'elle ira à Liam ? » ai-je failli demander. Liam n'avait rien contre les bals ; il voulait juste en être la reine.

– Il ne m'a rien dit.

Aly n'avait pas l'air convaincue.

Changeons de sujet.

– Je peux te piquer un ou deux Tylenol ? ai-je demandé.

La migraine était en train de creuser un canyon dans mon crâne.

– Bien sûr.

Elle s'est remise à fouiller dans sa sacoche.

– De l'Excedrin, ça te va ?

De l'Excedrin. De l'ecstasy. N'importe quoi, du moment que ça calmait la douleur, atténuait les souvenirs.

Elle a vidé deux alvéoles dans ma paume.

– Je vais t'accompagner à la cafétéria, a proposé Aly.

Elle a attendu devant la fontaine d'eau potable pendant que j'avalais les cachets. Alors qu'on repartait vers le hall, elle a continué :

– Tu pourrais peut-être lui en parler. Juste une allusion. Introduire une suggestion subliminale sous son crâne hermétique.

– Ça risque pas de passer à travers, ai-je marmonné.

– Je sais. Attache le message à une brique.

Au tournant avant la cafétéria, Aly a ralenti puis s'est arrêtée. Elle a hésité un long moment.

– Il n'emmène pas quelqu'un d'autre, au moins ?

– Quoi ?

– Allô ?

Aly a penché la tête, genre : « Reviens sur Terre, Regan. »

– Il semble distrait en ce moment, encore plus que d'habitude. Comme s'il prenait ses distances avec moi, avec tout le monde. Comme s'il restait à l'écart. Je ne sais pas. Il a déjà fait ça, mais là c'est… c'est différent.

Elle s'est interrompue. Son regard a dérivé au-dessus de mon épaule.

– Comme s'il sortait avec quelqu'un d'autre…

Ouais, avec lui-même. Je ne l'ai pas dit.

– Il n'y a personne d'autre.

Aly s'est encore mordu la lèvre.

– Aly, je te le jure.

– Tu me le dirais s'il y avait quelqu'un, Regan, hein ? Tu ne me cacherais pas un truc pareil ? Je veux dire, je voudrais le savoir. Même si ça me ferait mal.

– Je ne te cacherais rien.

Ce mensonge m'a échappé trop facilement. Je ne la blesserais jamais, pas volontairement. Pourquoi n'interrogeait-elle pas Liam ? Pourquoi ne lui parlait-elle pas ? C'était son meilleur ami.

Son visage s'est un peu détendu et elle m'a serrée dans ses bras.

– Qu'est-ce que je ferais sans toi ?

Elle m'a pressé le bras et s'est éloignée d'un pas léger.

Qui m'avait dit ça, un peu plus tôt ? Elise ? Liam ? Je ne m'en souvenais plus. N'importe qui d'autre serait honoré de recevoir une double dose de confiance dans la même journée. Alors pourquoi je me sentais juste utilisée, moi ?

CHAPITRE 16

Une voix du passé a retenti à mes oreilles. La voix de Chris, qui émanait du corps de Chris, qui dégageait des ondes sonores et des ondes calorifiques à côté de moi. J'ai encore perdu tous mes moyens. Incapable de parler. Heureusement, mon livre d'anglais a choisi ce moment-là pour se détacher de l'étagère supérieure de mon casier et s'écraser par terre. Quand je me suis baissée pour le ramasser, Chris a fait pareil, et on s'est fracassé le crâne.

– Aouh ! avons-nous crié à l'unisson.

– Imbécile, a ajouté Chris dans sa barbe.

– Je sais, ai-je dit. Je suis désolée.

– Pas toi. Moi.

Il a tendu la main vers mon front.

– Ça va ?

J'ai tressailli. Un réflexe, je suppose, mais il a paru vexé. Blessé. Comme si je pensais qu'il avait le sida ou je ne sais quoi.

– Désolé.

Qu'est-ce qu'il avait ? Chaque fois qu'il était près de moi, je me transformais en catastrophe naturelle.

– Je t'ai attendue, a-t-il repris. J'espérais que tu aurais besoin de t'arrêter à ton casier après ton cours de cuisine. Je voulais te parler.

OK, c'était bizarre. Sorti tout droit d'*Incroyable mais vrai*. Comment savait-il que c'était celui-là, mon casier ? Comment savait-il que j'avais pris l'option cuisine ? Savait-il aussi que j'étais obsédée par lui, que je rêvais de lui la nuit ? Notre canoë prenait l'eau.

– Parler de quoi ? ai-je demandé, en fouillant dans mon casier, à la recherche de… je ne sais quoi. Un gilet de sauvetage ?

Chris m'a contournée pour se mettre de l'autre côté, celui où mon lobe frontal ne dépassait pas au-dessus de mon œil.

– J'ai posé des questions sur toi autour de moi et personne n'a l'air de savoir qui tu es.

J'ai grogné. Grosse surprise.

– Sauf Shannon Eiber.

Je me suis tendue.

– Qu'est-ce qu'elle a dit ?

Chris a dégluti.

J'ai plissé les yeux.

– Quoi ?

– Elle a juste dit que tu es un peu… euh, bêcheuse.

– Bêcheuse !

Ma voix était montée dans les aigus. Était-ce cela que tout le monde pensait, que j'étais bêcheuse ? Une snob ? Une chipie ?

– Personnellement, je ne vois pas, a vivement ajouté Chris. Faut se fier à ses propres impressions sur les gens, non ?

Je n'ai réussi qu'à secouer la tête. Mais j'avais envie de pleurer. Je n'étais pas une bêcheuse. Ce n'était pas pour ça que je ne parlais pas aux gens.

Chris s'est penché près de moi et a roucoulé d'un ton suggestif :

– Tu es un mystère, quoi.

Mon visage s'est mis à frire – littéralement. On pouvait voir la fumée.

– Oh ouais. C'est tout moi, ça. Un mystère, y compris pour moi-même.

Oh là là, trop naze.

Il a souri. Son bras s'est faufilé derrière ma tête pour s'appuyer contre le cadre de la porte de mon casier. L'espace autour de nous se resserrait. Intime, genre. Il a ajouté :

– J'ai été obligé de te suivre partout pour avoir une réponse à ma vraie question.

Hein ?

– Quelle question ?

– Tu sors avec quelqu'un ?

J'aurais pu rigoler s'il n'avait pas eu l'air sérieux.

– Sérieux ?

– Ce mec qui te conduit au lycée dans cette super bagnole. Celui qui te dépose à l'entrée du parking. C'est ton copain ?

Cette fois, j'ai ri. Comme une hystérique. Je me suis pliée en deux de rire, comme un âne asthmatique. Je ne pouvais pas m'arrêter ; je n'arrivais plus à reprendre mon souffle.

Chris a pianoté sur la grille d'aération de la porte de mon casier.

– Je ne pensais pas que c'était si drôle, a-t-il dit.
– Je suis désolée.
Je hoquetais pour respirer. Je me suis appuyée sur sa poitrine pour retrouver mon équilibre. J'ai vite retiré ma main.
– Si c'est ton copain, dis-le-moi et je disparais. Je pensais juste que peut-être, tu sais…
Je me suis calmée très vite.
– Tu pensais quoi ?
– Je pensais tenter ma chance. Te proposer un rencard. Mais si tu sors avec quelqu'un, pas de problème.
– Le mec qui me dépose, c'est mon frère.
Il a haussé les sourcils.
– Sans déconner ?
– Absolument pas.
On a tous les deux souri et baissé les yeux. J'ai essayé de le regarder d'un air coquet, à la manière de Shannon Eiber, mais la porte du casier s'est ouverte d'un coup sans prévenir et la main de Chris s'est retrouvée écrasée entre la porte et le mur.
Des os ont craqué et Chris a fait :
– Putaaaaaiiin !
– Oh là là.
J'ai tendu la main vers son bras.
Il s'est écarté vivement. Il secouait sa main pour chasser la douleur, en gesticulant. Pendant ce temps, je me donnais des coups de poing sur les cuisses en m'excusant ; j'étais mortifiée, à l'agonie.
Il s'est frotté la main contre la poitrine et a repris :
– Alors, est-ce que tu accepterais un rencard avec moi ?

Incroyable.

– Tu es maso ? ai-je demandé.

Il l'était forcément. Il était fou. Le pensait-il sérieusement ?

À travers sa douleur manifeste, ses yeux ont répondu à la question. Oui, il le pensait sérieusement.

– Non, ai-je répondu, mais merci quand même. Je suis trop dangereuse. Pas le droit d'entrer en contact avec des humains.

En fait, c'est ce que mon cerveau a dit. Voici ce qui est sorti de ma bouche :

– D'accord. Quand ?

– Euh… a-t-il hésité. Samedi soir ?

Il a secoué sa main une dernière fois.

– Il y a cette soirée à Creighton. Une sorte de rave, mais clandestine. Tu connais le genre.

– Bien sûr, ai-je menti. Oh, attends.

Mon cœur s'est serré.

– Je ne peux pas, samedi. Je dois faire du baby… travailler. Je travaille.

Il a changé de visage.

Une fois de plus. Oh non. C'était peut-être ma dernière chance, ma seule chance.

– Mais je pourrais trouver quelqu'un pour me remplacer. C'est vrai que je suis censée travailler. J'étais censée. Je veux dire, je peux venir. Je m'arrangerai.

Ses yeux se sont éclairés.

– Ouais ? Cool. OK. Alors je passerai te chercher vers… quoi ? Genre sept heures ?

Six heures, sept heures, peu importait. Pouvait-il partir, maintenant ?

– Attends, je te donne mon adresse.

J'ai pêché un stylo dans mon sac.

– Je sais où tu habites. Je t'ai suivie partout, tu te rappelles ?

Il m'a donné un petit coup dans le bras avec sa main valide. Puis il est parti d'un air fanfaron.

Je me suis bavé partout dessus. C'était insensé d'accepter de sortir avec lui. Terrifiant. Et si…

Et si quoi ? Quel mal cela pouvait-il faire ? *Un* rencard. On ne pouvait pas devenir si proches que ça. Seulement aussi proches que je le permettrais.

À la minute où je suis rentrée à la maison, j'ai appelé Aly.

– Tu peux garder des enfants pour moi samedi soir ? Pour les Matera ?

– Les Matera ?

Elle a lâché un rire bref.

– Tu plaisantes, j'imagine. Tu ne te rappelles pas ce qui s'est passé la dernière fois que j'ai fait du babysitting pour eux ?

Mon cœur s'est serré. Aly était leur baby-sitter habituelle jusqu'au soir où elle avait fini par s'ennuyer et invité quelques copains à passer la voir. David et Elise les avaient surpris en train de regarder des films payants sur leur télé grand écran. C'est pas comme si elle avait organisé une grosse soirée ou quoi que ce soit, mais Aly, maintenant, était officiellement sur la liste noire des Matera. Ce qu'elle avait perdu, je l'avais récupéré. Depuis ce soir-là, j'étais devenue leur baby-sitter exclusive.

Comment avais-je pu oublier ça ? Mon cerveau avait dû griller quelques cylindres.

– Je n'aurais pas pu le faire de toute façon, a dit Aly. J'ai promis à ma mère de l'accompagner à un défilé de mode samedi soir. Wou hou !

– Tu connais quelqu'un d'autre ? ai-je demandé – supplié.

Elle a réfléchi une minute.

– Brit ? Non, oublie. Un coup d'œil sur ses piercings et ses tatouages et Elise flipperait. C.J. ? Je pourrais lui demander, mais à tous les coups elle a prévu de sortir. Elle craque pour un terminale de Lincoln.

Aly s'est tue un moment.

– Oups, je ne vois personne.

Un sentiment de désespoir s'est infiltré dans mon âme. C'en était fini de mon premier – et dernier – rencard.

Aly a ajouté :

– Tu as rappelé ce que je t'ai dit à Liam pour samedi ?

– Non. Je viens de rentrer à la maison.

Où j'allais pourrir en solitaire pour le reste de ma vie.

Jeudi soir, pendant qu'Elise et David étaient partis explorer leur yin et leur yang au yoga, je redécouvrais le sommeil. À leur retour, les Matera m'ont trouvée enroulée en position fœtale devant leur télévision panoramique. David a dû me secouer pour me réveiller. L'humiliation ! Mirelle et Cody étaient toujours debout, plantés devant la télé, ils n'étaient même pas en pyjama. Quelle baby-sitter je faisais ! La maison pouvait s'effondrer autour de moi, je n'aurais même pas toussé dans la poussière.

Je n'arrêtais pas de m'excuser, mais Elise a dit que ce n'était pas grave, qu'elle comprenait. Il y avait quand même autre chose dans sa voix. Une note de désapprobation.

J'ai essayé de refuser l'argent, mais David m'a forcée à le prendre. Ce n'était pas autant que ce que je recevais d'habitude, mais même avec un dollar de moins à l'heure, c'était beaucoup plus que ce que je méritais.

En rentrant à la maison, j'ai décidé d'acheter des jouets pour les enfants au lieu de déposer l'argent sur mon compte épargne-voiture. Payer pour soulager ma mauvaise conscience. J'ai ouvert la porte de ma chambre et Luna m'a sauté dessus.

– Tu ne devineras jamais ce qui se passe.

Elle m'a entraînée sur le lit.

– Je devine que tu es entrée dans ma chambre pendant que je n'y étais pas. Tu es aussi grave que Papa.

J'ai ôté mes boots. Il était bien tôt pour trouver Luna en tenue de soirée; la lune n'avait même pas pointé son nez poétique.

Luna a passé ses cheveux par-dessus son épaule.

– Teri Lynn vient ici.

Mes yeux se sont exorbités.

– À la maison ?

– Non. En ville.

Les lèvres couleur corail de Luna ont dessiné un grand arc de cercle.

– Elle a un séminaire de vente ici pendant le week-end et elle fait une présentation lundi, alors elle a proposé qu'on se retrouve après. Pour dîner.

Elle a bondi sur ses pieds et sautillé vers le miroir.

– Elle a quel âge, cette Teri Lynn ? Qu'est-ce qu'elle fait, exactement ? Comment tu sais qu'elle est réglo ?

Je parlais comme une unité parentale.

Luna s'est glissée dans mon siège de bureau, devant son miroir éclairé. En dévissant un tube de mascara, elle a répondu :

– Elle a vingt-sept ans. Elle a monté sa boîte de conseil. Ils proposent des formations diverses aux services juridiques. Je lui ai parlé au téléphone.

Au téléphone ?

Je me suis laissée tomber sur le lit, les bras en croix.

– Waouh. Alors, elle est comment ?

– Comme un être humain.

– Non, je veux dire, elle est riche, par exemple ?

– Mmm.

Un sourire teintait la voix de Luna. Elle s'est tournée vers moi et a ajouté :

– Il faut que j'aille m'acheter des fringues. Je ne vais pas porter des loques de chez Goodwill pour mon premier rendez-vous avec elle. On y va à quelle heure samedi ?

Samedi. Samedi soir. J'ai contemplé le plafond vide.

– J'ai un rencard samedi soir. Enfin j'avais.

– Quoi ! s'est étranglée Luna.

Elle s'est précipitée vers moi et jetée sur le lit à mes côtés.

– Avec qui ? Quelqu'un que je connais ? Raconte-moi tout.

La joie que j'avais limitée à de mini-éclats a enfin explosé jusqu'aux nuages.

– Tu ne le connais pas, je pense. Chris Garazzo ?

– Ça ne me dit rien.

– Il est nouveau.

Tout nouveau.

– De quoi il a l'air ? a-t-elle demandé, les yeux étincelants.

– D'un être humain.

On s'est fait la grimace. J'ai soupiré, mélancolique.

– Ou plutôt d'un dieu.

Luna a poussé des petits cris.

– ... Mais il y a un problème.

Je me suis redressée et j'ai serré mes genoux contre ma poitrine.

– Un méga problème. Je suis censée faire du baby-sitting samedi soir. Je ne trouve personne pour me remplacer.

– Ben si, ça y est.

Luna a ajouté en se levant :

– Je te dois bien ça. À quelle heure Chris vient me chercher ?

Elle a tourné la tête et souri par-dessus son épaule.

– Je plaisante. Je dois être quand chez les Matera ?

J'hésitais. Je ne sais pas pourquoi. Je n'avais qu'à appeler Elise et lui dire que j'avais d'autres projets. Ma vie sociale si chargée. Mais que j'avais trouvé quelqu'un pour me remplacer.

Elle demanderait qui.

Je dirais mon frère.

Elle dirait très bien.

Non, elle ne dirait pas ça. Elise n'accepterait jamais un étranger dans sa maison. Elle ne laisserait jamais ses enfants seuls avec quelqu'un qu'elle ne connaissait pas, en particulier un garçon.

Un rayon de lune se réfléchissait sur le visage brillant de Luna. Son visage enthousiaste.

C'était vrai que Liam me devait bien ça. Ce serait la première et la dernière fois. Peut-être que je pouvais me débrouiller pour qu'Elise et David ne sachent rien. Pourquoi pas ? N'importe qui à ma place serait allé au rendez-vous.

– Ça marche, ai-je dit.

Mon cerveau s'est remis en marche accélérée. J'étais excitée, tout d'un coup.

– Je ne veux pas que tu arrives chez les Matera avant qu'ils soient partis, par contre. Je ne sortirai que quelques heures. Tu auras filé avant leur retour. Attends. Tu ne peux pas venir avant que j'aie mis les enfants au lit. Sinon, ils vont cafter.

– Le plan a l'air au point.

Luna s'est rassise devant le miroir.

– Et je dirai à Chris de passer me chercher chez les Matera. Comme ça, il ne viendra pas ici et ne risquera pas la rencontre du troisième type avec tu sais qui.

Le mec super cool.

– Je coucherai les enfants tôt ; je demanderai à Chris de passer me prendre à huit heures et demie.

– OK, c'est fixé.

Luna s'est tapé les cuisses et a fait demi-tour sur la chaise de bureau.

– À quelle heure on va faire les magasins samedi ? Tu vas avoir besoin de nouvelles fringues.

Samedi. Déjeuner. Bal du lycée. Sculpteur.

– Aly m'a dit de te rappeler un truc pour samedi. Un projet d'arts plastiques dans un atelier. Tu es censé passer la chercher à une heure.

– C'est samedi là, ça ?

Luna a croisé mon regard dans le miroir. Son visage s'est affaissé. Elle a poussé un gros soupir.

– Désolée, Regan. Et dimanche ? On pourrait aller faire les magasins dimanche, pour moi en tout cas. À quelle heure ils ouvrent, les magasins ? Onze heures ? Midi ?

Je restais bloquée sur Aly.

– Tu envisages d'inviter Aly au bal du lycée cette année ? Parce qu'elle veut vraiment y aller. Elle a déjà choisi une robe.

– Une robe, a répété Luna platement.

Elle a croisé les jambes et s'est courbée en deux en se tenant le ventre.

– Tu sais ce que j'aimerais vraiment, Regan ? Ce que j'*adorerais*, c'est aller au bal du lycée sans me déguiser. La vraie moi. Avec une robe. Me faire coiffer et manucurer. Louer une limousine. Louer un cavalier.

Elle a levé la tête.

– Chris n'aurait pas un frère, par hasard ?

– Je ne sais pas. Je lui demanderai.

Luna s'est redressée. Elle a pris une brosse et l'a passée lentement dans sa perruque, le regard vague, fixé sur son image dans le miroir.

Luna. Liam. Liam chez les Matera. Un nœud d'angoisse m'a tordu l'estomac.

Je l'ai dénoué. C'était la première fois que j'éprouvais autant de bonheur, autant d'espoir pour ma vie. Pour moi. Mon avenir.

Que pouvait-il se passer ? Une seule soirée. Qu'est-ce qui pouvait mal tourner en une soirée ?

CHAPITRE 17

Je suis arrivée un quart d'heure en avance chez les Matera, comme d'habitude. Elise a dit :

– Waouh, ce que tu es chic !

Elle m'a fait entrer, en m'examinant de la tête aux pieds.

– Tu as fait quelque chose de différent. Qu'est-ce que c'est ? Tes cheveux ?

– Ouais, je les ai fait couper. Juste les pointes.

Elle m'a scrutée de près.

– Où vas-tu ? J'ai besoin de rafraîchir ma coupe. La dernière fois, je suis allée chez Mane Event, ils m'ont massacrée.

– Euh…

J'hésitais. Que dire ? « Chez Luna » ?

– C'est une amie qui me l'a fait.

– Vraiment ? Elle est douée.

Elise m'a fait tourner sur moi-même.

– Dis-lui que si elle veut agrandir son fichier-clients, je serais ravie de payer ses services.

– Je lui dirai.

Tu parles, jamais de la vie.

– David a un bipeur maintenant, alors j'ai ajouté le numéro à ceux qui sont déjà en mémoire, a dit Elise.

David est apparu derrière elle, en lui présentant son manteau, qu'elle a enfilé.

– Nous serons de retour à onze heures et demie au plus tard. Je t'ai acheté du Guronzan. Il est sur le frigo.

Elise a souri.

– Je plaisante.

Elle n'avait pas l'air de plaisanter.

– Je ne m'endormirai pas. Promis.

– Fais bien attention de fermer la porte à clé, a dit David.

Je fermais toujours la porte à clé. Ils le savaient.

Elise a débité en vitesse tous les renseignements utiles : où ils seraient, ce qu'il y avait à manger, blablabla. Ça a duré une éternité. Je hurlais dans ma tête : « Partez ! Sortez d'ici ! »

Finalement, par la fente des stores, j'ai regardé leur Jeep Cherokee reculer dans l'allée.

– On peut regarder *Monstres et Cie* ?

Cody agitait le DVD sous mon nez.

– Bien sûr.

J'ai suivi Cody et Mirelle jusqu'à la télé et je me suis assise en tailleur entre eux deux, ce qui n'était pas facile avec le jean serré que Luna m'avait forcée à porter. Il était blanc, le seul habit blanc de ma penderie. Pourquoi avait-elle insisté pour que je m'habille en blanc ?

Le film traînait en longueur, interminable. Je n'arrêtais pas de regarder mon poignet, ce qui était idiot parce que j'avais oublié de mettre ma montre. Par contre je m'étais lavé les dents, je crois. Ouf, voilà enfin le générique de fin.

Je me suis levée en hâte.

– OK, c'est l'heure d'aller au lit.

– Déjà ? ont gémi Cody et Mirelle.

Mirelle a ajouté :

– On n'a même pas eu notre petit truc à manger.

– Vous pouvez le manger au lit, ai-je dit.

Ils se sont regardés, les yeux écarquillés.

– D'accord ! s'est réjoui Cody.

Elise m'aurait tuée si elle avait su que je les laissais emporter de la nourriture au lit. Pas grave. Je ne survivrais peut-être pas à cette soirée, de toute façon. Mirelle et Cody ont filé dans leurs chambres. Le bébé dormait profondément dans mes bras, sage comme une image. Je l'ai couché en premier. Tandis que je pêchais deux barres de chocolat Rice Krispies au fond de leur pot dans la cuisine, on a sonné à la porte.

– Merde ! ai-je sifflé.

L'horloge du four indiquait huit heures vingt. J'étais à la bourre.

– J'y vais, a retenti la voix de Cody derrière moi.

– Non ! ai-je tempêté.

Il a filé devant moi ; ses pieds martelaient le sol du couloir. Je l'ai rattrapé juste au moment où il ouvrait la porte.

Liam l'a accueilli d'un « Salut ! ». Il m'a jeté un regard interrogateur.

– Tu es en avance, ai-je dit.

– Ah oui ?

Liam a consulté sa montre.

Cody a demandé :

– T'es qui ?

Liam a répondu :

– La petite souris. Ne dis à personne que tu m'as vu parce que personne ne sait à quoi je ressemble. Et si tu ne retournes pas immédiatement dans ton lit, je ne pourrai jamais revenir ici pour déposer de l'argent sous ton oreiller. C'est le règlement des souris.

Cody a hoqueté. Il a cligné des yeux une fois, puis pivoté et filé en courant dans le couloir. Il a claqué la porte de sa chambre.

J'ai ricané.

– D'où tu la sors, celle-là ?

– J'ai lu ça dans ton manuel des petites souris.

Je l'ai baffé. De retour dans la cuisine, j'ai repêché les friandises pour les livrer aux gamins, avant de les border et de les embrasser en leur disant bonne nuit. Mirelle voulait que je lui lise une histoire, mais j'ai refusé. Je lui ai dit qu'elle pouvait mettre son casque et écouter de la musique. Ce qui était également interdit. Oh, bah. Ce soir, c'était le règlement des petites souris qui était en vigueur.

Quand je suis retournée dans le salon, Liam était blotti sur le canapé, en train de lire un livre de poche. J'ai dit :

– S'ils se lèvent, tu n'as qu'à... Je ne sais pas. Dis-leur que tu es le croquemitaine.

Liam a fait une grimace.

– Je vais les hypnotiser. Leur effacer la mémoire. Ils ne sauront jamais que j'étais là.

– Parfois Tyler se réveille, quand il a trop chaud. Vérifie qu'il dort bien, de temps en temps, d'accord ? Ses couches et tout ça sont sur sa commode dans la chambre. Si tu peux le faire sans la réveiller, enlève les écouteurs de Mirelle. Les numéros d'urgence sont enregistrés en mémoire. Pour t'en servir, il suffit de taper…

– Je pense que j'arriverai à me débrouiller avec le téléphone, a coupé Liam.

– J'ai emprunté le portable d'Aly pour ce soir, alors s'il se passe quoi que ce soit…

– Il ne se passera rien.

À travers les lattes des stores, des phares de voiture ont illuminé le salon et j'ai crié :

– Il est là !

Liam a corné la page de son livre et s'est levé.

– Je vais dégueuler, ai-je soufflé.

– Mais non.

– Si. Je ne peux pas faire ça. J'ai mal au cœur. Vraiment.

Mon estomac se tordait et grondait.

Liam m'a prise par les épaules.

– Calme-toi. Ça va aller.

Il s'est penché pour me faire une bise sur la joue.

– Amuse-toi bien, Regan.

La sonnette a retenti et je me suis enfuie. Enfin, je l'aurais fait si Liam ne m'avait pas immobilisée d'une poigne de fer. Il m'a traînée vers l'entrée. Mes bras pendaient le long de mon corps, paralysés, alors il a dû tendre la main devant moi pour ouvrir la porte d'entrée.

– Salut, a-t-il dit à Chris.

Chris a tendu un doigt vers lui.

– Hé, je te connais ! Les matchs d'essai. C'est ça ?

Liam s'est raidi.

J'ai flippé. Ils se connaissaient ?

– C'est ça, a dit Liam de sa voix la plus grave.

Il m'a poussée sur le seuil.

– Tu as été admis dans l'équipe ? a demandé Chris, en tendant le cou au-dessus de ma tête.

– Non.

– Ah. Désolé, mec.

Je me suis tournée et j'ai fusillé Liam du regard. Il a haussé les épaules, genre : « Hé, je ne savais pas ! »

– Je serai de retour à onze heures au plus tard, ai-je dit, les dents serrées. Maxi-maximum.

Liam a souri.

– Allez, amuse-toi bien.

Il s'est penché plus près pour ajouter, sans que Chris l'entende :

– Il est trop sexy !

Liam m'a fait un clin d'œil et m'a fermé la porte au nez.

Chris a dit :

– Ton frère a accepté de faire le baby-sitter ? T'as dû le payer cher, non ?

– Je lui ai vendu mon âme, ai-je dit.

Chris a grimacé.

– Non, c'est pas grave. Ça en vaudra la peine.

Pourquoi j'avais dit ça ? Je parlais trop.

Un sourire s'est étalé lentement sur son visage. En me regardant sous la lumière du porche, il a dit :

– Tu es superbe.

Mon cerveau envoyait le signal de rester cool, mais mon système nerveux subissait une panne généralisée.

– Cette soirée est genre à mi-chemin vers le Montana, a dit Chris en me prenant la main. On ferait mieux de se mettre en route.

J'ai avancé d'un pas pour descendre du perron et j'ai fait le saut de la mort – littéralement. Mon pied a touché une plaque de verglas et j'ai valsé. Malheureusement, Chris était attaché à ma main, alors il est venu avec moi. Dans son élan, il a dépassé mon derrière proéminent (j'étais pliée en deux) pour finir dans un tas de neige fondue sur la pelouse, où il a plongé la tête la première.

Après son vol plané, Chris s'est redressé tant bien que mal. En s'époussetant, il a juré dans sa barbe. Sur le devant, il était trempé de tout son long.

– Oh là là.

Mes mains ont volé vers mon visage. Plantée là comme un CD rayé, je répétais sans arrêt :

– Ohlàlàlàlàohlàlàohlàlà.

J'ai prié pour qu'un gouffre s'ouvre sous mes pieds et m'avale.

– Merde, a marmonné Chris en secouant son pantalon pour enlever la neige.

Mes doigts avaient fusionné avec mes joues.

– Je suis désolée, ai-je gémi. Je suis tellement désolée.

– Pourquoi t'es désolée ? C'est moi l'abruti.

Il a examiné sa chemise mouillée.

– Il va falloir qu'on s'arrête chez moi pour que je me change. Ça t'embête ?

Je n'étais pas en état de discuter. Il ne le voyait pas ? J'ai patiné derrière lui dans l'allée jusqu'à sa voiture.

Elle ressemblait beaucoup à la Volkswagen que Liam, selon Papa, aurait dû chérir pour l'éternité. C'était une vieille bagnole reconstruite – un méli-mélo de portières, d'ailes et de capots – mais plus grande. Comme un tank.

Ça m'a rappelé le jour où Liam était rentré à la maison au volant de sa Spyder décapotable toute neuve. La fureur et le ressentiment de Papa m'avaient gagnée. Il ne voulait même pas réfléchir à l'idée de m'acheter une voiture pour mes seize ans. Il a dit à Liam de partager. Il rêvait ! J'avais déjà mon permis de conduire depuis un mois et Liam m'avait juste laissée faire le tour du pâté de maisons, une fois.

Chris a ouvert la portière pour moi, et un vent brûlant m'a sauté au visage. La voiture tournait au ralenti, le chauffage au maximum. Chris s'est glissé à l'intérieur de son côté et a dit :

– Si j'éteins la voiture, je ne pourrai plus la redémarrer. Je suis en train de recharger la batterie.

J'ai hoché la tête, genre : « Naturellement. » J'avais plusieurs épaisseurs en haut, une demi-douzaine environ, essentiellement parce que je n'étais pas arrivée à me décider. Aucune des tenues que Luna avait choisies pour moi ne me correspondait. Style glamour-tristoune. C'est vrai, qu'est-ce qui va avec le blanc ? J'ai décidé de porter tout ce qui n'avait pas de taches ni de trous ni d'odeur déplaisante. À la rave, je choisirais la tenue appropriée et j'ôterais les autres couches.

Je me suis tournée vers Chris, haletante.

– Efficace, le chauffage.

– Ouais, c'est à peu près la seule chose qui marche.

Il a passé une vitesse et la voiture a fait un bond en arrière.

– Il y a un truc bizarre avec le ventilateur, par contre.

Il a donné un coup sur le tableau de bord.

– Je crois qu'il est coincé.

Coincé sur Ouragan force cinq, oui. Des globules de sueur perlaient sur mon front. Luna avait passé une heure sur mon maquillage, et maintenant ma peau n'était plus qu'un amas de cire en train de fondre.

– Ça te gêne si j'entrouvre une fenêtre ? ai-je demandé.

Je n'ai pas attendu de réponse, j'ai juste attrapé la poignée et tiré un coup sec. La vitre est tombée comme du plomb. Elle a disparu dans la portière.

Chris a cessé de se battre avec la manette de vitesse et a tourné lentement la tête.

– Waouh, a-t-il dit. Ça n'était encore jamais arrivé, ça.

J'ai ordonné à tout mon corps de fondre. De disparaître.

Chris a passé une vitesse et descendu la rue en pétaradant.

Tandis qu'on roulait, de l'air glacial me fouettait par la fenêtre ouverte. Un côté de mon visage était congelé, tandis que sur l'autre on aurait pu faire cuire des œufs au plat. Chris est entré sur l'autoroute et, à cause du bruit de l'extérieur, il a dû hurler :

– Tu aimes quel genre de musique ?

– L'opéra, ai-je hurlé à mon tour.

Il a penché la tête en arrière et s'est plié de rire.

– Tu es vraiment tordante, a-t-il crié.

J'ai souri faiblement.

– Tiens, passe ce que tu veux.

Il a plongé la main vers la banquette arrière et rapporté une boîte à CD.

Ou plutôt une valise à CD. Elle devait contenir tous les CD qui avaient jamais été enregistrés. En plus, elle avait une serrure piégée – un truc bizarre qu'il fallait enfoncer ou bien tirer ou bien arracher avec les dents. Je me suis bagarrée avec plus de dix minutes. Quand je lui ai jeté un coup d'œil, Chris me regardait. En ricanant.

– Si tu prononces un seul mot sur l'incapacité des filles...

Ses yeux ont brillé.

– Essaie le bouton.

– Le bouton...

Ah, ouais. Je l'ai enfoncé et le loquet s'est ouvert d'un coup. Environ huit cents CD ont sauté en l'air.

« Il devrait lancer sa voiture dans un précipice pour abréger mes souffrances », ai-je pensé.

– Désolée, ai-je marmonné en me baissant pour ramasser tous les disques par terre et les remettre dans la valise.

J'allais mentionner l'invention d'intercalaires en plastique pour trier sa collection, mais j'ai décidé que ce n'était pas le moment de révéler mon instinct de mère râleuse. Quand je me suis redressée, ma tête s'est fracassée contre le tableau de bord. Le vent a répercuté le bruit de crâne brisé.

Chris a dû entendre mon cri parce qu'il s'est arrêté en faisant crisser les pneus. La voiture a fait un tête-à-queue et grimpé sur le trottoir, ce qui a fini de me redresser et m'a empalé la nuque sur l'appuie-tête. Ajoutez le coup du lapin à mon traumatisme crânien.

Il me regardait, effaré.

– Ça va ?

– Ça se passe bien, tu ne trouves pas ? j'ai dit.

Il n'a pas ri. Moi non plus. J'avais envie de pleurer. Mais si je pleurais, mon mascara se mettrait à couler et tacherait mon jean blanc.

À un moment, sans doute pendant que je rampais par terre pour empiler les CD, nous étions sortis de l'autoroute. Le trottoir qu'on avait enfourché se trouvait dans un *no man's land* : fenêtres bouchées avec du carton sur toute la rangée de maisons carbonisées. Je me suis penchée pour récupérer deux disques que j'avais oubliés, et qui maintenant étaient écrasés sous mon pied. Je me suis excusée en grimaçant.

– Désolée.

– On n'a qu'à chanter, a dit Chris.

Était-ce une blague ? Est-ce qu'il ricanait ? Comment pouvait-il rire dans un moment pareil ? À moins qu'il ne soit en train de se moquer de moi. Oui, c'était forcément ça. J'étais grotesque. L'archétype de la bouffonne.

– Ne t'en fais pas.

Chris s'est penché vers moi, m'a pris les CD et les a jetés par la fenêtre. Ensuite il a refermé ma mâchoire avec son poing replié. Un geste plutôt mignon, comme s'il savait ce que je ressentais.

– Si tu me ramènes maintenant, tu as peut-être encore une petite chance de t'en sortir vivant, lui ai-je dit.

Il s'est marré. Vraiment marré. Ça m'a fait rire aussi, je me suis sentie mieux. Il a passé la première et on a dévalé la rue.

Quelques minutes plus tard, on s'est arrêtés devant une maison. Trois étages. Il y avait un camion garé devant nous, un de ces engins à dix-huit roues.

– Merde, a sifflé Chris dans sa barbe. Denny est rentré. Il n'était pas censé rentrer avant demain.

Il a expliqué :

– Le jules de ma mère. C'est un gros naze. Il croit que je lui appartiens ou je ne sais quoi.

Chris a tapoté le volant.

– OK, voilà le plan. Tu restes ici. Je file attraper un jean ; j'espère que Maman et lui seront trop occupés à fêter leurs retrouvailles pour me remarquer. Si t'entends un coup de feu, appelle la police.

Mes yeux se sont exorbités. Il plaisantait, n'est-ce pas ?

Il est sorti sans bruit et il a piqué un sprint dans l'allée de graviers avant d'entrer par une porte latérale. Le silence était total, à part un chien qui aboyait au bout de la rue. Pas de coup de feu. Soudain, gros branle-bas de combat. Chris a jailli par la porte, poursuivi par une masse qui hurlait :

– Reviens ici, imbécile ! Tu te prends pour qui ? Je te parle, petit con !

Chris a ouvert sa portière et m'a jeté un jean en boule. On a démarré à l'instant où Hulk nous rejoignait, et écrasait un poing sur le capot. J'ai poussé un cri et je me suis recroquevillée, terrifiée.

– Tu vas le regretter, mon vieux, a menacé le type, d'une voix forte et claire, à travers ma fenêtre ouverte.

– Quel con ! a dit Chris en prenant le virage à toute vitesse. Je le déteste. Dix sur l'ECGC. Je ne sais pas pourquoi ma mère s'est maquée avec ce naze. Ils vont se marier dans deux semaines. Tu peux le croire ?

Chris a défoulé sa colère sur l'accélérateur et nous sommes retournés en trombe sur l'autoroute.

Un bâtiment familier s'est profilé en vue. Le Taco Bell du centre-ville.

Chris a emprunté cette sortie et tourné dans le parking. Il a pris le jean sur mes genoux (je n'avais que vaguement conscience qu'il était là) et il a dit :

– Je reviens tout de suite.

J'ai acquiescé. Mon cerveau était bloqué sur l'image de Hulk qui agitait le poing, dans le rétroviseur.

– Tu veux entrer pendant que je me change ? Tu as les lèvres bleues.

Parce que j'avais des lèvres ?

– Non. Ça va, ai-je marmonné. Le bleu, c'est mon teint naturel.

La remarque la plus débile du monde.

Quand Chris a filé dans l'entrée vitrée, j'ai eu cette révélation. J'ai compris le sens de ma vie : attendre des mecs qui se changent.

Il n'a pas mis longtemps – pas comme Luna, dont la transformation nécessitait une heure et demie. Chris est sorti en courant et a sauté sur le siège du conducteur, puis a passé la marche arrière.

Je me suis détendue en pensant : « Bon, le pire est passé. » Que pouvait-il arriver d'autre ? À partir de maintenant, on allait voguer sur une mer d'huile.

Des eaux calmes, baignées par un clair de lune de rêve. Mais tous mes rêves étaient morts, vers la fin du CM2.

CHAPITRE 18

On a foncé sur l'autoroute jusqu'aux confins de l'Amérique du Nord. On a longé des quartiers, des lacs et des paysages dont j'avais toujours ignoré l'existence.

– Je crois que j'ai raté le tournant, a dit Chris en scrutant un bout de papier avec des hiéroglyphes griffonnés dessus.

Le temps qu'on arrive enfin à la rave, la soirée battait son plein. Nous avons roulé au pas devant une file de voitures arrêtées, pour jeter un coup d'œil à l'ambiance. Le bruit m'assaillait les oreilles : coups de klaxon, gens qui hurlaient, vagues de musique assourdissante chaque fois que quelqu'un ouvrait la porte. La rave n'était pas exactement dans une maison. Plutôt une grange. Assez loin en pleine campagne pour que les voisins ne pètent pas les plombs, tout simplement parce qu'il n'y avait pas de voisins.

Chris a repéré une place où se garer à environ cinq kilomètres. Tandis qu'il glissait la voiture entre deux 4 x 4, j'ai vu par ma fenêtre la porte de la grange s'ouvrir en grand. Cent mille corps frétillants étaient entassés à l'intérieur. Ça m'a fait totalement flipper. C'était quoi, une rave, de toute façon ? Une orgie, genre ? Personne n'était nu, d'après ce que je pouvais voir.

Mais moi, tout d'un coup, je me sentais nue. Exposée, petite et terrifiée. Je n'étais jamais allée ne serait-ce qu'à une soirée du lycée. On ne m'avait jamais invitée. J'avais renoncé à la danse ; très peu pour moi.

Chris semblait aussi paumé que moi, si c'était possible. On est restés assis dans la voiture, à regarder l'arène. Il a inspiré profondément et a dit :

– Qu'est-ce qu'on attend ?

J'ai haussé les épaules.

– Une invitation ?

– Ça, j'ai.

Il a agité le bout de papier en l'air.

Il est sorti et a fait le tour pour m'ouvrir. Chris m'a pris la main pour m'aider à descendre. Et ne l'a pas lâchée. Quand on s'est mis en route vers la grange, il a entremêlé ses doigts dans les miens comme si c'était un geste naturel. Si j'avais pu faire un arrêt sur image à ce moment-là, tout aurait été parfait. Sa main chaude qui m'envoyait des décharges électriques dans le bras ; le bonheur d'être avec quelqu'un ; quelqu'un qui voulait que je sois là avec lui. Moi – une silhouette, une forme, une personne qui comptait. Je m'abandonnais à ce sentiment (alerte !), mais j'étais prête à vivre dangereusement, juste pour un soir.

Quand nous nous sommes approchés du bâtiment, il est devenu évident qu'il y avait de la drogue partout. L'air empestait, et à la seconde où nous sommes entrés, un type a essayé de vendre sa came à Chris.

– Merci quand même, mec ! a hurlé Chris pardessus la musique. C'est pas mon truc.

Il a ajouté à mon oreille :

– Si je me fais prendre, je suis viré de l'équipe. Mais toi, si tu veux quelque chose…

J'ai secoué la tête. Non, non, non. Je voulais vivre chaque instant de cette soirée avec toute ma conscience.

Le DJ a monté le volume et les basses ont pratiquement fait voler mes os en éclats. Chris a crié de toutes ses forces :

– Allons voir ce qu'ils ont à boire.

Quelques personnes dansaient, mais la plupart traînaient là – ils fumaient, buvaient, s'éclataient la tête. Nous sommes arrivés au bar de fortune et Chris a hurlé à l'attention du barman :

– Qu'est-ce que vous avez ?

Un haut-parleur pendait des poutres juste au-dessus de nos têtes, alors je n'ai pas entendu la réponse. Chris a répété dans mon oreille :

– Coke ou bière.

– Un Coke, c'est bien.

J'espérais qu'il s'agissait bien de la variété avec bulles.

Yes. Chris m'a tendu un gobelet en plastique.

On s'est mêlés à la foule qui encerclait la piste de danse, écoutant le groupe et regardant les danseurs. C'était trop bruyant pour parler sans hurler. Chris a siroté son Coca. J'ai fait comme lui. Il s'est planté un index dans l'oreille, genre : « Ça rend sourd, hein ? » J'ai hoché la tête.

Une silhouette familière s'est matérialisée au bord de la piste de danse. Shannon Eiber. Elle portait un bustier qui tenait en place par je ne sais quel miracle. Ses jambes avaient été trempées dans du cuir liquide. Elle faisait vingt-cinq ans, au moins. Et m'a donné la sensation d'en avoir douze.

Elle a repéré Chris et a tortillé les doigts pour le saluer. Elle s'est approchée de nous en dansant, s'est faufilée tout près de lui et a articulé : « Tu veux danser ? » en lui donnant un coup de hanche. Mon bouclier d'invisibilité devait être réglé à sa puissance maximale.

Chris lui a dit quelque chose à l'oreille, puis a glissé un bras autour de ma taille.

Shannon a enfin croisé mon regard. Son visage a exprimé… quoi ? Incrédulité ? Choc ?

– Salut, Regan, a-t-elle hurlé.

– Salut, ai-je hurlé à mon tour.

Elle a fait volte-face et a quitté la scène en se trémoussant.

Notre scène. Chris et moi, côte à côte, avec son bras autour de moi. C'était la chanson la plus longue du monde et j'ai prié pour qu'elle ne se termine jamais.

Il s'est penché et m'a dit à l'oreille :

– Tu t'ennuies ? Tu veux danser ?

– Non. Je ne danse pas.

Sa tête est revenue sur son cou.

– Merci, mon Dieu ! a-t-il crié aux poutres. Merci, merci, merci.

Il m'a dit :

– Je déteste danser. Je suis tellement nul.

– Moi aussi.

Je n'avais pas essayé récemment, pas depuis la soirée pyjama.

Il faisait chaud. Nous avons fini nos Coca en un temps record. Chris a pris mon gobelet vide, l'a glissé sous le sien et les a posés sur un haut-parleur d'un mètre cinquante de haut, puis il a levé le menton et dit :

– Allons dehors.

On s'est faufilés à travers la masse de corps pour gagner la sortie de derrière. Un groupe de cinq ou six était blotti près de la porte, en train d'échanger des sachets contre de l'argent. Ils se sont dispersés quand on est passés au milieu.

Derrière la grange, il y avait un pré avec une grille en bois qui s'étendait tout autour. La dernière chute de neige avait rendu le sol boueux et nos pieds faisaient des bruits de succion en chœur. La nuit était très fraîche. J'étais contente d'avoir mis toutes ces couches. À côté de moi, Chris a frissonné.

– T'as froid ? Tu veux un de mes pulls ? lui ai-je demandé.

– D'accord. Je vais prendre celui du dessous.

– La ferme !

Je l'ai tapé.

Il a souri. On a piétiné jusqu'à la grille. Chris est monté sur la barre inférieure, a passé une jambe par-dessus la barre du haut et m'a tendu la main pour m'aider à grimper.

Mon sac pesait une tonne. C'était mon gigantesque sac Wal-Mart, que j'avais choisi spécialement pour pouvoir y entasser tous mes vêtements de trop après m'être changée. Je n'en étais pas là. Posé sur mes genoux, tandis qu'on se tenait en équilibre sur la barrière, mon sac me gênait comme une tumeur à l'estomac. Je l'ai accroché au poteau à côté de moi.

– Des vaches, a dit Chris.
– Pardon ?
– Il y a des vaches là-bas.
J'ai dû plisser les yeux pour voir aussi loin dans le noir.
– Ah ouais.
Chris s'est passé une main dans les cheveux.
– Ma sœur et moi, on jouait à ce jeu quand on était petits : on décrit un objet chacun son tour. Chaque mot pour le décrire doit commencer par une lettre de l'objet, dans l'ordre. Tu veux jouer ?
Oh là là.
– D'accord, ai-je dit.
Il s'est tourné face à moi.
– Vas-y en premier.
– C'est quoi l'objet ? ai-je demandé.
– Les vaches. Tu dois donner un mot qui commence par V et qui a un rapport avec les vaches.
Les vaches.
– OK. Vêler.
– Hein ?
– Les vachent vêlent.
– Ça veut dire quoi, vêler ?
Est-ce qu'il plaisantait ? Il n'en avait pas l'air.
– Mettre bas, pour une vache. Ça vient de « veau ».
Chris a froncé les sourcils et plissé la bouche.
– Tu l'as inventé.
– Non, je suis tout à fait sérieuse.
– Vêler. Bon. Faudra que je m'en souvienne, de celui-là. OK. A.
Il a réfléchi une minute.

– Je passe.

On peut passer ? Je me suis creusé la tête. A ? Anormale ? Affolée ? Adrénaline ? J'allais tomber dans les pommes s'il continuait à passer son bras autour de mes épaules et à se rapprocher. Il a continué.

– Je ne trouve rien avec A, moi non plus, ai-je dit.

Je n'arrivais plus à penser.

– C'est un jeu stupide.

Il m'a attirée vers lui.

– Aïe !

Il a desserré son étreinte.

– Quoi ?

– J'ai une écharde dans les fesses.

– Ah ouais ? Tu veux que je te l'enlève ?

Je lui ai planté mon coude dans les côtes. Une fois que j'ai retiré l'écharde, sans son aide, on a repris notre expérience avec son bras sur mes épaules. Même à travers mes épaisseurs, je sentais la chaleur de son corps. Il frissonnait toujours, malgré tout.

– Sérieusement, tu veux un pull ?

– Nan. Tu me réchauffes.

« D'accord », ai-je pensé.

J'ai laissé mes pieds se balancer dans le vide. Inspiré l'air. Mon souffle, le sien. J'étais bien avec lui, comme si tout ça devait arriver. Comme si c'était naturel.

– On rejoue ? ai-je proposé. On va choisir quelque chose de plus facile.

J'ai scruté le pré. Trop sombre. Le ciel ? Les étoiles. Il y en avait des milliards, et elles étaient toutes visibles ce soir. Avaient-elles toujours brillé autant ?

– Étoile, j'ai dit.

– OK, tu commences.
– E. Les étoiles sont dans l'espace.
– T. On les voit depuis la Terre.
– O.

J'ai fait une pause.

– Elles, euh…

Qu'est-ce qui commence par un O ? Orbite ?

– Je t'ai dit qu'on doit mettre un coup de poing à la personne qui sèche ?

Il m'a cognée sur la cuisse avec sa main libre.

– Aïe ! Tu aurais pu le dire plus tôt.

Je lui ai rendu le coup. Il avait des cuisses fermes, musclées.

– Attends, j'ai un mot en O. Occultées. Les étoiles sont occultées pendant la journée.

Chris m'a adressé un drôle de regard.

– Je crois qu'on va avoir besoin de l'avis du public pour trancher là-dessus.

Il a appelé par-dessus son épaule :

– Alors, qu'en pensez-vous ?

Il a enroulé une main autour de son oreille et il a fait :

– Acceptable ? Oh, zut.
– Oh, zut, ça ne compte pas comme mot en O, lui ai-je dit.
– Oh, zut.
– Ça ne compte toujours pas.
– Silence, femme. Laisse-moi réfléchir.

Il a pincé les lèvres.

– I.

J'ai fredonné la mélodie de *Qui veut gagner des millions ?*

Il a fait glisser un doigt sur sa gorge.

J'ai souri.

– Elles illuminent le ciel.

– Oh, joli ! ai-je dit. L… Elles ne font plus de lumière à la fin.

Il a baissé le bras.

– Ah bon ? Quand ça ?

J'ai croisé le regard de Chris.

– Quand elles meurent.

Il a élargi les yeux.

– Ça meurt, les étoiles ? Je ne le savais pas.

– Elles se consument et laissent des trous noirs à leur place, l'ai-je informé.

Il a cligné des yeux plusieurs fois. Il avait des cils super longs.

– Tes vœux meurent avec elles ? a-t-il demandé.

Était-il sérieux ? Il avait l'air totalement sérieux. Triste, plutôt. Comme un petit garçon qui vient de découvrir la vérité au sujet du père Noël.

– Non. Les vœux durent toujours.

Il a poussé un long soupir de soulagement.

Je ne savais jamais s'il plaisantait ou non. Je lui ai donné un coup de pied dans le mollet, pour le tester. Il a attrapé ma cheville entre ses pieds et a enroulé ses jambes autour. Ce qui a initié un match de lutte de jambes. On se poussait. On gloussait. On a failli tomber de la barrière. Il a fermé une main autour de mon bras pour me redresser et a dit :

– Tu as déjà fait un vœu en regardant une étoile, Regan ?

Mon prénom. Ça me faisait frissonner à chaque fois.

– Sans doute. Je ne me rappelle pas. Liam le faisait, lui. Un été, alors qu'on dormait dans le jardin, on a essayé de compter les étoiles. Liam est arrivé à mille. Je ne savais même pas compter jusque-là. Liam a dit : « Tu sais ce que j'ai fait comme vœu, Regan ? J'ai souhaité que Dieu corrige son erreur avec moi. »

Mon souffle s'est coupé. Est-ce que j'avais dit ça tout fort ?

– Qu'est-ce qu'il avait comme problème ? a demandé Chris.

– Rien, ai-je murmuré. Il était juste… Rien.

Je n'avais pas pensé à Liam de toute la soirée. Et voilà qu'il venait de ressurgir, de faire intrusion.

Chris m'a donné un coup d'épaule.

– Où es-tu ? Tu es très loin.

– Non. Je suis là.

Je lui ai souri.

– Tout va bien.

– Ouais, tout va bien.

Il m'a regardée dans les yeux. Un regard intense, profond.

Trop profond. J'ai dû détourner les yeux.

– Tu as d'autres frères et sœurs ? a-t-il demandé.

– Non, juste ce frère.

« Un, ça suffit, surtout le mien », me suis-je retenue d'ajouter.

Chris n'a pas parlé pendant un long moment. Quand je lui ai jeté un coup d'œil, il me regardait fixement.

– Je croyais que tu avais une sœur.

Comment savait-il… ? L'autre jour, dans le couloir, je lui avais dit que j'allais faire des courses avec ma sœur.

– C’est vrai, me suis-je reprise rapidement. Une demi-sœur.

À moitié frère, à moitié sœur.

– Et toi ? Je sais que tu as une sœur qui a un loft.

– Ouais, elle est cool. Pam. Quand j’ai besoin d’air, elle me laisse squatter chez elle. Et j’ai souvent besoin d’air avec Denny, le taré.

– Qu’est-ce qu’il est devenu, ton père ? Tes parents sont divorcés ?

– Non.

Chris a exhalé un soupir visible.

– Mon père est mort quand j’avais deux ans. Je ne me souviens pas de lui. Maman n’a même pas de photo. C’est comme s’il n’avait jamais existé. Parfois je pense à la vie que j’aurais eue si j’avais grandi avec un père, au lieu de cette interminable succession de jules foireux de ma mère. Ç’aurait été drôlement différent.

Il a secoué la tête en regardant le sol.

– Je n’arrive pas à croire qu’elle épouse Denny. Bon sang. Faut que je me barre. Tes parents sont divorcés ?

Il s’est tourné face à moi.

– Non. J’ai encore le lot d’origine.

– Veinarde.

– Oh ouais.

Chris a noté le sarcasme.

– Quoi, c’est des cons ?

– Non. Oui.

Mon regard s’est perdu dans le vide.

– Je ne sais pas. Ils n’ont pas l’air si heureux que ça. Parfois je me demande comment ils se sont retrouvés ensemble. Je me demande s'ils n'auraient pas dû divorcer. Ils l'auraient peut-être fait si...

Je me suis arrêtée et j'ai avalé avec peine.

– Si quoi ? Tu penses qu'ils sont restés ensemble pour vous, pour les enfants ?

– Non.

J'ai essayé de me concentrer sur les vaches, sur quelque chose de solide.

– Je crois qu'ils se sont sentis piégés dans leur couple. Et après ils se sont retrouvés piégés par nous. Ils ont gâché leur vie, l'un comme l'autre.

J'ai jeté un bref regard à Chris, puis détourné les yeux. La majeure partie de la vie de Maman, apparemment, ne comptait pas, et celle de Papa se désintégrait à toute vitesse.

– Je ne pense pas que le rêve américain ait été tellement à la hauteur de leurs attentes.

Encore ce mot : attentes.

– Je ne sais pas, ai-je poursuivi. Ils ont l'air désillusionnés. Comme s'ils se contentaient de faire les choses machinalement, en gardant la tête ailleurs, tu vois.

J'ai relevé les yeux vers lui.

– Je vois trop bien ce que tu veux dire, a dit Chris. Ma mère a toujours voulu être mannequin, ou comédienne. Elle aurait pu, en plus. Je ne veux pas que ça m'arrive à moi, jamais. Regarder ma vie passée, disons dix ou vingt ans après, et penser : « J'aurais pu être quelqu'un. Si seulement je n'avais pas abandonné mes rêves. »

– Exactement.

Il avait mis le doigt dessus. J'avais un rêve, autrefois. Je ne me rappelais même plus ce que c'était.

– C'est quoi, ton rêve à toi ? l'ai-je questionné.

Il hésitait.

– Tu veux vraiment le savoir ?

– Ouais. À moins que ce ne soit privé. Ou personnel.

– Non. Non, c'est juste que personne ne me l'avait jamais demandé. Personne ne s'en est jamais soucié.

Il m'a regardée dans les yeux. Son regard était tellement intense qu'il faisait presque mal. Il a passé une jambe par-dessus la barrière pour se mettre à califourchon dessus, comme à dos de cheval, et il a saisi la barre avec les deux mains.

– OK, voilà. Je veux être commentateur sportif. Genre sur CNN, pas la chaîne locale pourrie. Pour la télévision nationale.

Il a levé un poing devant sa bouche pour imiter un micro.

– Ici Chris Garazzo, en direct *live* du terrain de Coors, où les Rockies ont provoqué un véritable tremblement de terre avec leur victoire inattendue aux championnats du monde. Ils ont écrasé les Red Sox par 4-0 lors d'un match sans précédent. Nous allons suivre toute l'action dans les vestiaires avec Regan O'Neill. Mais tout d'abord, retour au studio avec vous, Al.

J'ai souri.

– Tu es bon. Tu devrais aller étudier la communication en fac ou un truc comme ça.

– Tu parles !

Il a levé les yeux au ciel.

– Genre, je vais tenir au lycée jusqu'au bout.

– Oui, tu vas tenir.

– Pas si je ne réussis pas en chimie.

Chris a fait une grimace. Puis il s'est penché en avant, son visage s'est rapproché du mien. Plus près, toujours plus près... Il s'est humecté les lèvres. Mon cœur a cessé de battre. Je fais quoi, là ?

Soudain, des sirènes ont déchiré l'air. Des gyrophares rouges ont illuminé la nuit : une escadre de voitures de flics encerclait la grange. D'où sortaient-ils ?

– Merde.

Chris a sauté de la barrière.

– Si je me fais prendre, je serai viré de l'équipe.

– Merde ! ai-je crié en attrapant Chris par le poignet. Regarde quelle heure il est.

Sa montre indiquait 22 : 50. Le temps qu'on retourne chez les Matera, il serait bien plus de onze heures.

Il m'a agrippé la main et nous avons traversé la propriété comme des fusées pour rejoindre la voiture. Mes pieds glissaient et se coinçaient dans la boue, comme les siens. On a heurté un caniveau et on s'est enfoncés dans la bouillasse jusqu'aux chevilles. Je ne me suis rendu compte qu'en bondissant sur le siège passager que j'avais perdu ma chaussure.

– Elle a dû rester dans la boue, a dit Chris. Je vais y retourner.

– Laisse tomber.

Deux flics s'apprêtaient à faire une descente dans la rave, tandis que deux autres érigeaient une barricade dans la rue.

– Allons-y.

– Tu es sûre ?

Des filles ont hurlé en chœur quand les flics ont débarqué à l'intérieur.

– Je suis sûre. Démarre.

On est partis en trombe. L'horloge, sur l'autoradio de Chris, indiquait 11 : 02 en chiffres clignotants. La panique montait dans ma poitrine.

– Roule vite, l'ai-je adjuré.

Dérègle le compteur. Brise le mur du son.

« Oh, pitié, mon Dieu, s'il vous plaît, ai-je prié. Faites qu'ils ne rentrent pas trop tôt. » J'ai tendu la main vers mon sac pour sortir le portable d'Aly et appeler Liam afin de vérifier…

– Mon sac ! ai-je hurlé. Je l'ai laissé sur la barrière.

Chris a grommelé un juron.

– Je vais prendre la prochaine sortie et repartir dans l'autre sens.

– Non. Il faut que je retourne chez les Matera. J'étais censée être de retour à onze heures.

– Merde ! a pesté Chris. Pourquoi tu ne me l'as pas dit ?

Je ne l'avais pas dit ? Je croyais l'avoir mentionné. Avant qu'on tombe du perron. Ou après. En allant à la rave. À l'intérieur. Sur la barrière où il m'avait presque, presque embrassée.

– Dépêche-toi, c'est tout !

Nous avons atteint Mach 1. Le monde défilait, tache floue autour de nous. La nuit aussi était floue, jusqu'à ce qu'un gyrophare rouge illumine le rétroviseur de Chris.

– Merde ! avons-nous juré en chœur.

Chris a obliqué sur la bande d'arrêt d'urgence et coupé le moteur.

La patrouille fédérale a mis vingt minutes à rédiger un PV pour Chris. Bien sûr, il a fallu que l'officier l'interroge sur l'endroit d'où on venait, est-ce qu'on avait bu, est-ce qu'on avait pris de la drogue. Il a fait passer un alcootest à Chris. Il lui a fait la morale sur les excès de vitesse. On était tous les deux dégoûtants après notre cavalcade dans la boue, alors je pouvais imaginer ce qu'il pensait.

Enfin, il nous a laissés partir.

Quand on a pilé devant chez les Matera, j'essayais de décider si on avait passé une bonne soirée ou non.

– Eh bien, c'était l'horreur, a dit Chris, répondant à ma question. Je suis désolé pour ta chaussure. Ton sac, aussi. Ton pantalon. Je suis désolé pour tout.

J'ai ravalé un sanglot.

– Je suis désolée pour le PV.

Et pour ton pantalon trempé – tes DEUX pantalons, et ta course-poursuite avec Denny, et toute cette soirée pourrie. Pardon, pardon, pardon.

À l'intérieur, toutes les lumières étaient allumées. Je ne pouvais pas voir, à travers les fenêtres noires du garage, si la Jeep Cherokee était là. Pitié, faites qu'elle ne soit pas là.

– Il faut que j'y aille.

J'ai ouvert ma portière.

Chris a sauté de son côté.

Je lui ai carrément crié dessus.

– Il faut que j'y aille !

Il s'est arrêté net.

– OK.

J'ai remonté l'allée au pas de course. En atteignant la porte, j'ai jeté un coup d'œil par-dessus mon épaule.

Chris était avachi sur le capot de la voiture, la tête dans les mains. Était-il en colère ? En larmes ?

Oh là là.

J'ai réprimé ma propre hystérie. La porte d'entrée était entrouverte. Bizarre. Peut-être que Liam nous avait entendus arriver. Peut-être que les Matera avaient décidé de ne pas rentrer tout de suite après la pièce. Peut-être que leur voiture était tombée en panne. S'il vous plaît, s'il vous plaît, s'il vous plaît.

CHAPITRE 19

La voix de Liam a filtré dans le couloir des Matera.

– S'il vous plaît, a-t-il supplié. Ne me faites pas de mal.

– Enlevez-la.

La voix de David.

Au bout du couloir, Elise est sortie de sa chambre à reculons, chancelante, le visage paralysé de frayeur.

– S'il vous plaît, ai-je entendu Liam répéter. Je faisais l'imbécile, c'est tout.

Mon cerveau a tilté. Elise s'est tournée et m'a vue courir vers elle, mais son regard perdu a de nouveau dérivé vers la chambre. Vers ce qui l'avait horrifiée, quoi que ce fût.

J'ai contourné la porte et pilé devant Elise. Liam était debout devant son miroir en pied, en train d'ôter un déshabillé blanc. Luna, devrais-je dire. Elle a croisé mon regard et l'a soutenu pendant un long moment, avant de se détourner vers David.

David, qui était figé devant la table de chevet, un couteau de boucher à la main.

– Non !

J'ai déboulé dans la chambre et je me suis jetée devant Luna. Elle a reculé en tremblant.

– C’est mon frère. S’il te plaît. Elle voulait juste s’amuser.

Les yeux de David m’ont écorché la peau.

– Ton… *frère* ?

– S’il te plaît, ai-je répété. Ne lui fais pas de mal.

David a redit :

– Ton frère ?

Incrédule. Il le détaillait. *La* détaillait. Lentement, David a baissé la main.

Je me suis tournée vivement vers Luna, les yeux plissés, lui hurlant dessus en silence : « Comment t’as pu faire ça ? »

Elle n’a pas réagi, elle n’était pas réceptive aux menaces muettes. Probablement parce qu’elle s’efforçait péniblement de faire passer le déshabillé pardessus sa tête. Il s’était coincé dans le soutien-gorge noir d’Elise. Luna a tiré une dernière fois et déchiré la bordure de dentelle sur le devant de la chemise de nuit.

– Désolée, a-t-elle dit. Je la rembourserai.

Elle a plié la chemise de nuit et l’a posée sur le lit, puis a dégrafé le soutien-gorge dans son dos. J’ai essayé de la dissimuler, mais je sentais les yeux de David sur elle. Sur lui. Sur nous. Liam a passé la tête dans son sweat-shirt et s’est faufilé dans son jean.

En enfonçant ses pieds dans ses chaussures, il est passé devant moi, vacillant, et il est sorti. Enfin, il a essayé. David a bloqué sa fuite.

– Les boucles d’oreilles.

Il a tendu une main raide. Liam a arraché les boucles d’oreilles en perle d’Elise et, avec des doigts tremblants, les a déposées dans la paume de David. David a refermé le poing en crucifiant Liam d'un regard.

Liam a foncé vers la porte. Elise s'est écartée d'un bond de son chemin, comme s'il n'était qu'une immense blessure ouverte.

– Il faisait l'imbécile, c'est tout, ai-je dit en rebouchant le tube de rouge à lèvres d'Elise. J'ai eu un problème urgent et j'ai dû m'absenter un petit moment.

Le mensonge sonnait faux, même à mes propres oreilles.

– J'ai appelé Liam pour lui demander de venir. Je ne suis pas partie si longtemps que ça.

Elise n'a pas répondu. David m'a jeté un regard noir dans le miroir. Ses mâchoires contractées me faisaient peur.

– Je suis dé… désolée, ai-je bafouillé en m'éloignant de la penderie.

J'ai fait le tour du lit, sans quitter David des yeux, pour reculer vers la porte.

– Ça n'arrivera plus.

– Ça, c'est sûr, a dit David.

Il a posé le couteau sur sa table de nuit et sorti son portefeuille. Il en a tiré un billet de dix dollars et me l'a jeté en ajoutant :

– Tu n'es plus la bienvenue chez nous, Regan.

Un couteau m'a retourné les entrailles. Sensation des plus réalistes. J'ai regardé l'argent tomber par terre en voletant, puis, aveuglée, j'ai fait demi-tour et je suis partie en courant.

La rage me donnait des ailes. J'ai dévalé l'escalier du sous-sol. La porte de Liam était fermée. J'ai déboulé dans sa chambre. Cette stupide Dana International chantait dans le lecteur CD. J'ai coupé l'ampli. J'ai ouvert le couvercle, j'ai retiré le disque et je l'ai jeté contre le mur vérolé.

– Merci beaucoup ! ai-je hurlé. Tu viens de me faire perdre mon boulot !

En position fœtale sur le lit, il a cligné des yeux, les mains croisées à plat sous la joue. Il y avait encore des traces du rouge à lèvres cerise d'Elise sur sa bouche gercée.

– Tu penses qu'il va téléphoner ici ? a demandé calmement Liam.

– Comment veux-tu que je le sache ? C'est ça que tu aimerais qu'ils fassent ? Tu as de la chance qu'ils n'aient pas appelé les flics. Ils auraient pu te faire arrêter.

Et même condamner.

– David aurait pu te tuer. Je regrette qu'il ne l'ait pas fait.

J'ai foncé vers la porte.

– Moi aussi, a dit Liam.

La colère m'a retourné l'estomac. Il était tellement paumé. Tellement pitoyable. J'ai fait volte-face.

– Tu es pitoyable, ai-je craché. Je te déteste !

Je n'étais pas encore arrivée à ma chambre que Liam était sur moi. Il m'a touché l'épaule.

– Tu penses vraiment qu'ils vont appeler la police ?

Je me suis encore retournée d'un bond.

– Liam ! J'en ai rien à foutre. J'avais besoin de ce boulot. *J'adorais* ce boulot. C'était la seule chose qui était à moi.

Je me suis frappé la poitrine.
– À moi.
Ma voix s'est brisée.
– C'était le seul endroit où je pouvais être débarrassée de toi.
Des larmes me sont montées aux yeux. Il ne comprenait pas. Il ne comprenait jamais.
D'un mouvement brusque, je l'ai repoussé, mais Liam s'est cramponné à mon poignet.
– Tu es pleine de boue. Et il te manque une chaussure, a-t-il remarqué.
– Lâche-moi.
Au fond de moi, un plomb a sauté.
– Sors de ma vie. Je te déteste. Je déteste ce que tu es. Je voudrais que tu ne sois jamais venu au monde.
Liam a lâché mon bras comme s'il était en feu et reculé d'un pas, en chancelant. L'expression sur son visage…
Je lui ai claqué ma porte au nez. Je l'ai viré de ma vie.

Dimanche matin, je me sentais tellement mal que je ne suis même pas sortie du lit. Je suis restée allongée, les yeux dans le vague, à attendre le coup de téléphone. La porte du sous-sol s'ouvrirait brusquement et Maman et/ou Papa mettrait fin à cette mascarade. Ce jeu. Comment cela pouvait-il m'arriver ? Ce n'était pas la vraie vie. C'était une émission télévisée : *L'Île du désastre*. Il n'y a pas de joker. Je rate tous les défis. J'humilie Chris en le faisant tomber du perron. Je bousille la vitre de sa voiture. À cause de moi, il se fait surprendre chez lui par son futur beau-père. Je renverse et je détruis sa collection de CD. Je lui fais avoir un PV pour excès de vitesse. Je le blesse profondément. Chaque fois qu'on est ensemble, je ne fais que ça : le blesser.

Oh là là. J'ai fermé les yeux de toutes mes forces. Il me détestait forcément.

Tout comme je détestais mon frère. Il était toujours là, en train de m'envahir, de se mêler de tout, de ruiner mes chances de mener une existence ordinaire. C'était toujours lui, ses besoins, ses désirs. Et ce que moi je voulais, alors ? Une famille normale. Un groupe d'amis. Une meilleure amie. Un amoureux. Est-ce que c'était trop demander ?

Je voulais une enfance que je pourrais repasser dans ma tête et me remémorer avec… sinon de la tendresse, du moins du bonheur. De la joie. Je voulais des souvenirs à moi. Tout ce que je me rappelais était lié à Liam. Sa vie. Sa lutte. Où étaient mes souvenirs à moi ? Où était ma vie ?

Une fois, rien qu'une fois, je voulais être capable de mener une conversation avec quelqu'un sans avoir à surveiller chaque mot que je prononçais. Ni à m'inquiéter de trop en dire, de divulguer la vérité, de la trahir. Je voulais me libérer de ce secret, ce mensonge, ce frère qui n'était pas un garçon.

Je n'arrivais pas à croire que Liam m'ait fait perdre mon boulot. D'accord, je n'aurais pas dû sortir avec Chris ; j'aurais dû être plus responsable ; tout était ma faute…

Non, pas tout ! Je refusais de porter le chapeau. Liam était incontrôlable. Il avait abusé de moi. Il m'avait humiliée. Il avait risqué ma vie. Pour quoi ? Pour son plaisir, son stupide désir de s'habiller en fille.

– Je ne te le pardonnerai jamais ! ai-je juré tout haut, espérant qu'il m'entendait à travers la cloison. Jamais.

On a frappé doucement à ma porte.

– Regan ?

Je me suis retournée dans mon lit.

Il a frappé plus fort.

– Je sais que tu es là. Y a de la fumée qui sort par-dessous la porte.

J'ai attrapé ma télécommande et allumé ma chaîne. J'ai lancé *La Traviata*.

Je crois qu'il a compris le message.

Un peu plus tard, mes paupières ont cligné et je me suis réveillée en sursaut. Liam était debout au-dessus de moi et me regardait avec un sourire hésitant.

– Maman et Papa ont demandé où tu étais, au petit déjeuner. Je leur ai dit que tu avais eu un rencard un peu chaud hier soir. J'ai dit que tu étais rentrée à l'aube. Je regrette que tu n'aies pas vu leurs têtes.

Il s'est assis sur le rebord du matelas.

– Papa, surtout. Alors, comment c'était ?

Je l'ai abjuré mentalement de s'en aller. Très loin. Les Matera n'avaient-ils pas appelé ? Pourquoi Liam n'était-il pas derrière les barreaux, ou dans une camisole de force ?

Liam a dit :

– Écoute, Regan, je suis désolé.

Il a posé une main sur mon épaule.

Je l'ai dégagé d'un coup de coude.

– Les excuses, ça ne suffit pas, Liam. Tu détruis ma vie. Tu le sais ? Tu en as conscience ? Je ne veux pas de toi comme frère. Ou comme sœur, peu importe. Sors de ma vie.

Il n'a pas bougé. Il a juste lancé :

– À quelle heure tu veux aller faire les magasins aujourd'hui ?

Bon sang, ce qu'il était long à la détente ! J'ai rejeté les couvertures et je me suis traînée hors du lit.

– S'il te plaît, Regan. Il faut que je trouve quelque chose à porter demain soir. Pour rencontrer Teri Lynn.

– Prends ton maquillage et tout ton merdier et dégage d'ici, ai-je grincé. Je ne veux plus voir la moindre trace de toi quand je reviens.

J'ai attrapé ma robe de chambre par terre et je suis partie dans la salle de bains.

Quand j'ai émergé de la douche quelques minutes plus tard, Liam rôdait devant la porte.

Je lui ai pratiquement hurlé à la figure.

– Quoi ?

Il a penché la tête.

– Les magasins ?

– Je n'irai pas faire les magasins avec toi.

Je lui parlais délibérément à deux centimètres du visage, comme à un enfant.

– Tu comprends ? Est-ce. Que. Tu. Com. Prends ?

Liam a avalé avec peine.

– Alors j'irai tout seul.

– Sans blague !

Je l'ai écrasé contre le mur.

Quand je me suis réveillée la fois suivante, il faisait nuit. Nuit noire. J'ai regardé mon réveil en plissant les yeux. Une heure cinquante-trois. Du matin ? Si Luna était venue dans ma chambre, il n'y avait aucune indication, aucune trace de sa présence. Elle avait remballé sa trousse et son miroir lumineux, au moins. C'est à ce moment-là que je l'ai entendu. D'abord étouffé, puis plus fort, plus distinct. Ce bruit si familier. Si fréquent.

Liam en train de pleurer.

Des sanglots déchirants. Des hoquets. Des gémissements dans son oreiller. Il pleurait presque tous les soirs. Si Maman ou Papa l'ont entendu, ils ne l'ont jamais fait savoir. J'ai essayé de le consoler une fois, il y a des années, en le serrant dans mes bras et en l'apaisant, mais il voulait, ou avait besoin de souffrir tout seul.

Très bien. Qu'il le reste.

« Qu'est-ce qui a provoqué cette nouvelle crise de larmes ? » me suis-je demandé. Était-ce parce que je refusais d'aller faire les boutiques avec lui ? Comme s'il pouvait vraiment l'espérer. C'était probablement ce que je lui avais dit plus tôt. C'est-à-dire la vérité. Est-ce que Maman ou Papa avait eu une explication avec Liam à propos des Matera ? Si David ou Elise avait appelé, je suis sûre que je me serais fait engueuler aussi. Tout était ma faute. Tout était la faute de Liam. Sa vie entière n'était qu'une longue ligne de faute. Et alors ? Il avait foutu ma vie en l'air. Il s'en fichait.

Ses sanglots ont redoublé. Je me sentais faiblir. Ça me serrait le cœur de l'entendre pleurer. Mais ses larmes étaient éternelles ; elles ne s'arrêteraient jamais. Il l'avait dit lui-même : il était raté. Il n'avait pas sa place. Et je ne pouvais rien faire – personne ne pouvait rien faire – pour le remettre à l'endroit.

CHAPITRE 20

Lundi matin. Petit déjeuner. Un autre repas surréaliste chez la famille O'Neill. Maman papotait avec son Tom à tout faire au sujet du grossiste aux prix concurrentiels qu'elle avait trouvé, et qui ferait tous les bouquets du mariage des Sorensen pour moins de la moitié de ce que facturait son fleuriste habituel. Papa gloussait tout seul en lisant la rubrique histoires drôles dans le journal. Liam et moi, on avait dressé des boucliers pour ne pas voir le monde extérieur. Ni l'autre.

Le téléphone de la cuisine a sonné ; on a sursauté tous les deux. Papa a grommelé :

– Qui ça peut être, si tôt ?

Il a reculé sa chaise.

J'ai failli renverser la mienne pour arriver avant lui.

Maman nous a doublés tous les deux ; elle avait terminé sa conversation avec Tom et foncé dans la cuisine prendre ses affaires. Elle a décroché le téléphone à la troisième sonnerie.

– Allô ?

J'ai retenu mon souffle.

– Bonjour, Elise.

Maman m'a fait signe. Puis sa main s'est figée en l'air.

– Non, elle ne m'a rien dit, a fait Maman.

« Finalement, c'est pas la peine, ai-je pensé. Pas la peine de mettre fin à cette mascarade. » La façon dont ça se terminerait – le bain de sang, le drame, Maman et Papa découvrant tout de cette façon – était trop horrible à imaginer.

– Je vois, a dit Maman, platement, en nous tournant le dos.

Oh, mon Dieu. J'aurais dû lui dire. Mais par où commencer ?

– Oui, merci. Non.

Je n'arrivais pas à affronter le regard de Liam. Je le sentais, en face de moi, se recroqueviller dans sa peau.

– Eh bien, Elise, j'estime que ça ne vous regarde absolument pas. Si personne n'a été blessé…

Maman a écouté, en se raidissant. Sans avertissement, elle a raccroché brutalement.

Et voilà. Liam et moi, on s'est préparés à l'explosion. Maman a zippé la fermeture Éclair de sa serviette et saisi la poignée, jeté son portable dans son sac à main et l'a passé à l'épaule.

– C'était qui ? a demandé Papa en secouant son journal pour ouvrir la page des sports.

Maman n'a pas répondu, ou a fait semblant de ne pas entendre. Elle est passée devant nous en hâte pour gagner la porte.

« Sauvés, ai-je pensé. Merci, déesse. »

Je m'étais réjouie trop tôt. Depuis le salon, Maman a aboyé :

– Regan !

J'ai frémi et tourné la tête.

– Lance une lessive après le lycée.

Elle a ouvert la porte et elle est partie.

C'était tout ? Pas de retombées nucléaires ?

Papa a posé le journal.

– Monsieur et madame Fonfec ont une fille. Comment s'appelle-t-elle ?

Silence.

Papa a répété :

– Monsieur et madame Fonfec…

Automatiquement, Liam et moi avons répondu :

– Sophie.

Papa s'est renfrogné.

– Vous l'aviez déjà entendue, celle-là. OK… Qui les fêtards vont-ils consulter quand ils sont enrhubés ?

– Le Doc Tambule, a répondu Liam tout seul.

Dans ma barbe, j'ai ajouté :

– Quelqu'un devrait peut-être prendre rendez-vous. Lui demander s'il soigne les problèmes mentaux.

Papa a agité un doigt vers moi.

– Pas mal, Regan.

Mais ce n'est pas lui que je visais.

– Ta sœur tient de son père, question humour, hein, Liam ?

Liam a répondu en plongeant le nez plus avant dans son manuel de physique. Surréaliste. C'était invraisemblable. Que venait-il de se passer ici, à part rien ?

Papa a reculé sa chaise et s'est levé. Il est passé derrière Liam, lui a coincé la tête sous le bras et a frotté le crâne épais de son fils avec son poing fermé.

– Ah, détends-toi ! Ton vieux père a sacrifié une carrière d'auteur de comédies pour élever cette famille de bons petits Américains.

Liam semblait sur le point de fondre en larmes. Il avait encore les yeux gonflés, à force d'avoir pleuré sur son sort toute la nuit.

Papa lui a serré la tête une dernière fois et l'a relâché. Les mains étalées sur les épaules osseuses de Liam, il m'a dit :

– Alors, parle-moi un peu de ce rencard d'hier, ma belle.

J'ai attrapé mon sac à dos et je me suis levée.

– Oh, allez ! a insisté Papa.

Il m'a suivie jusqu'à la porte.

– Je ne vais pas te pendre par les pieds parce que tu as fait le mur. Mais quand même, une nuit blanche ! À ton âge ?

Si Papa savait ce que font les gens, à mon âge… Les gens normaux. Ordinaires. Les gens qui ont une vie. Les gens qui ont carrément des amis avec qui sortir. En plus du feu d'artifice qui n'avait pas éclaté ce matin, j'étais un peu étonnée que les flics ne soient pas encore passés chez nous. Ils avaient dû trouver mon sac à main, maintenant, avec mon portefeuille et mon permis de conduire. Et le portable d'Aly.

Merde. Le portable d'Aly. Je l'avais oublié. Elle m'en voudrait à mort d'avoir perdu son téléphone.

Papa a appuyé une main sur la porte pour empêcher ma fuite.

– En fait, c'est plutôt encourageant de voir que l'un de vous deux a un comportement un peu prévisible.

Un comportement prévisible, *nous* ?

Papa a fouillé mon regard.

– Je veux juste que tu me parles, chérie. Je suis ton cher vieux papa, tu te rappelles ? Ça remonte à très loin, nous deux. La petite fille-tourniquet ?

Ma gorge s'est contractée.

– Faut que j'y aille.

Je me suis glissée sous son bras et j'ai foncé dehors. Une journée de brume et de bruine, ce qui convenait parfaitement à mon humeur.

À mi-chemin du pâté de maisons, une voiture a ralenti à côté de moi et la vitre s'est baissée.

– Je ne te parle pas.

J'ai resserré ma parka et continué mon chemin.

Cent mètres plus loin, Liam s'est encore arrêté à ma hauteur.

– Je ne t'en veux pas de me détester.

« Ta gueule », ai-je pensé.

– Je veux juste t'emmener en voiture. On n'est pas obligés de parler.

J'ai pris une profonde inspiration et j'ai étudié mes options. Il était toujours mon frère, il le serait toujours. On ne pouvait rien y changer. C'était l'horreur dehors. J'avais froid. Il me devait bien ça. Oh là là, il avait une sacrée dette envers moi, maintenant.

J'ai fait le tour de la Spyder et je suis montée.

– Éteins cette saloperie de techno, ai-je ordonné. Je déteste ta musique.

Il a éjecté le CD.

– Donne-moi ta clé de la maison. Tu as perdu la mienne.

Il a eu l'air perplexe, mais s'est garé le long du trottoir et a coupé le moteur. Il a détaché la clé de son trousseau.

Je la lui ai arrachée des mains.

– Et dis à Aly que tu as perdu son téléphone. T'as un boulot, toi. Tu peux lui en racheter un nouveau.

– J'ai aussi perdu ta chaussure ? a demandé Liam.

Je me suis détournée. J'ai soupiré bruyamment.

– Écoute, Regan. À propos de ce qui s'est passé…

– Je t'ai dit que je ne voulais pas en parler.

J'avais dit tout ce que j'avais à dire.

Liam a redémarré la voiture et on a fait le reste du chemin jusqu'au lycée en silence. La distance entre nous semblait s'élargir. Ou se rétrécir. Je ne suis pas sûre. Nous étions des planètes situées à deux extrémités opposées de l'univers, en orbite autour d'un soleil mourant. Quand on a tourné dans le parking, je me suis soudain rappelé…

– Oh non !

– Quoi ?

Liam a sursauté, comme s'il s'était perdu au fond de lui-même. Au fond de l'espace.

– J'ai oublié de réviser pour le contrôle de chimie d'aujourd'hui ! Je n'ai même pas relu les chapitres ni les exercices.

Je me suis donné une claque sur le front.

– Merde. Si je rate ce contrôle, je n'ai aucune chance d'avoir la moyenne dans cette matière. Bruchac est tellement salaud. Il se sert de moi comme exemple. À cause de toi, ai-je accusé Liam. Depuis que je me suis renversé de l'acide sulfurique sur le bras…

– Quoi ? m'a interrompue Liam. C'est arrivé quand, ça ?

« Il y a un siècle, ai-je pensé. À l'époque où ma vie avait un sens. Enfin, ça n'a duré qu'une journée, et c'était la vie de quelqu'un d'autre. »

– C'était rien de terrible. Il est juste décidé à prouver que les filles n'ont rien dans la tête. Il a joué ce numéro avec vous ?

– Oh ouais. C'est un abruti.

Liam a levé les yeux au ciel.

– Tu as sans doute quand même eu 18, non ?

Il n'a pas répondu.

C'était une façon de répondre.

– Je suppose qu'il y a un avantage à ne pas être une FG, ai-je marmonné.

– Je suis désolé pour ton boulot, Regan. Je n'ai juste pas pu m'en empêcher. Je n'avais pas prévu de…

– Ta gueule. Je ne veux pas savoir. C'est pas seulement le boulot. C'est… tout.

« C'est toi », n'ai-je pas dit.

– Je sais.

Il s'est détourné.

– Tu ne penses pas que je le sais ?

Ah bon, il savait ? Il se rendait compte de tout ce que j'avais sacrifié pour lui ? Et depuis tellement de temps ? De ce que ça m'avait coûté ?

Un jour, quand j'étais petite, Papa m'a laissée essayer sa veste de chasse. Elle était immense ; elle traînait par terre, et elle puait. Mais ce qui m'a le plus marquée, c'est son poids. Comme si ce manteau allait me briser les genoux et m'enfoncer, m'enfermer et m'étouffer. C'est ce que j'éprouvais avec Liam. Je me sentais piégée. En train de suffoquer.

Est-ce que c'était juste ? Non. La vie est injuste. Liam le prouvait.

Un car de majorettes et de sportifs s'est vidé devant la grille et ils sont entrés en manœuvrant et en jouant des coudes pour se faire de la place au centre de l'allée.

– Je ne veux pas y aller aujourd'hui, ai-je pensé à haute voix. Je hais cet endroit.

– On pourrait faire un tour au centre commercial, a suggéré Liam.

Je lui ai jeté un regard assassin.

– Je plaisante, a-t-il dit en dérobant l'épaule droite, comme si j'allais le frapper.

J'aurais pu.

Il a ajouté :

– J'ai suivi ton conseil et j'y suis allé tout seul, hier.

Je n'en revenais pas.

– Comment ça s'est passé ?

Ne me demandez pas pourquoi je m'en souciais.

Il n'a pas répondu. Enfin si. Son visage m'a raconté toute l'histoire.

– Oh là là. Qu'est-ce qui s'est passé ?

Il a poussé un long soupir.

– Tu ne veux pas le savoir.

– T'as raison. Je ne veux pas.

Vas-y, t'as qu'à m'exclure. J'ai attrapé la poignée de la portière.

– Je voulais seulement essayer une robe.

Sa voix est devenue plate.

– Ils n'avaient pas besoin d'appeler la sécurité.

J'ai fermé les yeux.

– Hé !
Il s'est animé.
– Tu veux venir ce soir ? Rencontrer Teri Lynn ? Elle m'invite à dîner au Palmer House.
Je me suis redressée et j'ai secoué la tête. Chicos, comme endroit.
– Je suis sûr que ça ne la gênera pas si tu viens. Tu pourrais piquer dans mon assiette tout ce que je ne voudrai pas.
J'ai grimacé.
– Je suis sûre que vous avez besoin de parler, toutes les deux. Comparer la taille de vos pommes d'Adam ou je ne sais quoi, tout ce que font les trans quand ils se retrouvent.
Liam a ri. Carrément ri. Je l'avais fait rire.
C'était plus agréable que de le faire pleurer. Mais à peine.

Je marchais dans le couloir, tellement déprimée que j'avais l'impression d'être shootée, quand j'ai repéré Chris. C'était la dernière personne que j'avais envie de voir aujourd'hui. J'ai ralenti l'allure. Il était appuyé contre la rangée de casiers en face de la mienne, en train de parler à Shannon et à deux de ses copines sans cervelle. Elles riaient d'une de ses blagues. Chris a levé la tête et fixé les yeux sur moi.
Il a poussé le mur pour se redresser et s'est dirigé vers moi. J'ai paniqué. Je ne pouvais pas gérer ça. La soirée de samedi était encore trop à vif, trop pourrie. J'ai filé en sens inverse dans le couloir, vers les toilettes pour filles les plus proches.

– Regan !

Je me suis mise à courir. Je suis arrivée à temps. Je me suis enfermée dans une cabine et j'ai attendu. Attendu que le sol arrête de tourner. Que le grondement dans ma tête s'apaise. Attendu de pouvoir arrêter de respirer, arrêter de trembler, arrêter de vouloir une chose que je ne pourrais jamais avoir.

La dernière sonnerie, à la fin de mon cours de cuisine, m'a réveillée en sursaut. Ou plutôt ranimée. Je ne me rappelais pas la journée qui venait de s'écouler. Je me rappelais que mon gâteau au yaourt était tombé. Gâchis collant que j'avais pelleté dans la poubelle, avant de rincer le plat en forme de couronne et de raccrocher mon tablier. Mme Torres avait souri avec compassion en inscrivant ma note du jour. Je pense qu'on savait toutes les deux que l'art culinaire ne ferait pas partie de mon avenir. Si du moins j'avais un avenir.

Une surprise m'attendait à la maison. Une boîte sur mon lit. Elle était emballée dans du papier à fleurs et surmontée d'un nœud rose brillant. Ma chambre sentait la rose. Des fards à paupières, des tubes de mascara et du rouge à lèvres jonchaient tout mon bureau.

Quelle emmerdeuse. Fichue Luna. J'étais sérieuse quand je lui avais dit d'arrêter de se servir de moi.

Elle avait dû s'habiller dans ma chambre et partir tôt pour son dîner avec Teri Lynn. Elle voulait probablement filer avant que Papa rentre à la maison. Elle pouvait quand même s'habiller dans sa chambre à elle. Acheter un miroir.

J'ai arraché le papier cadeau et ouvert la boîte. À l'intérieur se trouvait une pile de feuilles agrafées. Une page de couverture avec mon nom écrit à l'encre rose était posée sur le dessus. Sous mon nom, ça disait : *Ça te rappelle quelque chose ?*

J'ai parcouru la première page. Le TP sur les températures. Deuxième page : le TP sur le peroxyde d'hydrogène. La feuille d'exercices sur l'hydratation. J'ai feuilleté la pile et je me suis arrêtée sur le contrôle qu'on avait eu aujourd'hui. Et que j'avais totalement foiré. Ma présence en cours n'était qu'un vague souvenir. Liam n'avait pas raté le contrôle, lui. Il avait eu 20 sur 20. Plus 5 points supplémentaires pour avoir répondu correctement à la question bonus.

Quelle surprise.

En tournant les pages, j'ai vu qu'il avait eu des 18 et des 20 partout.

Une inscription plus petite se trouvait en bas de la page de couverture. Liam avait écrit : *J'espère que ça compensera ce que j'ai fait.* Il avait dessiné un petit cœur. À côté, il avait calligraphié *Bisous – Luna* avec toutes sortes de fioritures. Une flèche indiquait qu'il y avait autre chose au dos. J'ai retourné la feuille.

P.-S. Ça vaut sans doute une petite fortune. Efface mon nom avant de les vendre aux enchères sur eBay.

Ma mâchoire s'est décrochée. Il avait raison. Tout le monde vendrait son âme pour avoir les corrigés des devoirs de chimie de seconde. Chris comme les autres. *Arrête de penser à lui. C'est du passé.*

Bruchac était bel et bien un imbécile. Il ne préparait même pas de nouveaux contrôles chaque année ; il se contentait d'en modifier l'ordre. Pensait-il que les élèves ne pigeraient pas le truc ?

La plus grosse question était : allais-je tromper Bruchac ? Allais-je tricher pour sauver mon âme ?

Non.

Mais pour sauver ma moyenne ?

Oui.

Ça ne réparait pas ce que Liam avait fait, si c'est ce qu'il pensait. Rien de ce qu'il pourrait me donner ne compenserait ce qu'il m'avait pris.

Elle a descendu l'escalier, sur la pointe des pieds, vers onze heures. J'étais encore en train d'effacer le nom de Liam de tout le « dossier Bruchac », pendant qu'en arrière-plan une rediffusion de *Menteur, menteur* passait sur une chaîne de cinéma. Luna ne s'était pas changée. Elle portait une jupe en daim rouge avec un chemisier en soie, un foulard à rayures drapé autour du cou. Le foulard était fixé sur le devant avec une broche en camée. Un peu trop Mme Doubtfire à mon goût.

– Comment ça s'est passé ? ai-je demandé distraitement.

Elle s'est affalée à côté de moi sur le canapé et s'est appuyée contre le dossier, les yeux fermés. Des larmes ont brillé entre ses cils.

– Mal ?

J'ai posé le dossier Bruchac sur la table basse. J'avais beau le souhaiter de tout mon cœur, je n'étais pas immunisée contre sa douleur.

– Qu'est-ce qui s'est passé ?

Elle a reniflé, a ouvert les yeux et m'a fait un clin d'œil.

– C'était incroyable, Regan, a-t-elle soufflé.

Incroyable. Genre inimaginable ? Horrible ?

Luna a expiré fortement.

– C'était juste…

Elle a encore cligné des yeux et une larme a glissé le long de sa joue.

– Teri Lynn est en train de vivre mon rêve.

Mon cœur s'est serré.

– Je suis désolée.

Il a tendu la main pour saisir la mienne.

– Non. Je veux dire, c'est tellement fantastique. De savoir que ça peut arriver, que c'est possible. Que *je* suis possible.

Ses poumons se sont emplis avidement, comme s'ils goûtaient la vie pour la première fois. Elle s'est levée et a posé un baiser sur le dessus de ma tête.

– Merci, Regan, a-t-elle dit, un peu tristement.

Elle a volé vers son lit ; elle planait.

« Merci pour quoi ? me suis-je demandé. Pour avoir souhaité qu'elle disparaisse ? »

– Merci, lui ai-je lancé. Pour le cadeau.

Depuis le seuil, elle m'a envoyé un baiser.

– Oh, et Aly a téléphoné tout à l'heure. Elle m'a demandé de te rappeler le petit déjeuner des terminales demain. Elle passe te chercher à sept heures.

La porte de Luna s'est refermée avec un clic. Je n'étais pas sûre qu'elle ait entendu, tout là-haut, sur son petit nuage.

Le lendemain matin, au petit déjeuner, Liam était de retour. Dans son rôle de garçon. Mais quelque chose avait changé chez lui. Il n'avait plus ce regard mort, égaré. Ses yeux conservaient une petite lueur d'hier soir. Il semblait plus relâché, plus détendu, presque à l'aise dans son corps.

J'étais soulagée, contente pour lui, mais inquiète. Quand je m'étais enfin assoupie, vers minuit, j'avais fait un rêve. Un rêve prémonitoire : Liam allait encore faire quelque chose de dangereux. D'impulsif. D'imprudent. Le rêve était confus et je ne n'arrivais pas à me le rappeler clairement ce matin ; je n'arrivais pas à faire ressurgir ce que Liam avait fait ou dit. Seul ce mauvais pressentiment subsistait.

Dehors, une voiture a klaxonné.

– Ça, c'est Aly.

Liam s'est levé d'un bond et a vidé le fond de son verre de lait. En passant devant Maman, il a posé un bras sur ses épaules.

– Tu es ravissante aujourd'hui. Comme toujours.

Il l'a embrassée sur la joue.

Il a fait signe à Papa.

– Passe une bonne journée, Papounet.

Papa s'est étranglé sur ses Cheerios et l'a regardé bouche bée. Quand la porte d'entrée s'est refermée, il a dit à Maman :

– Il carbure à quoi ? Tes cachets euphorisants ?

– Qu'est-ce que tu sous-entends ? s'est énervée Maman.

Hou là. Je me suis préparée à quitter la scène côté cour.

Maman a dit :

– Vous savez, Liam aura dix-huit ans samedi prochain. Il vous a parlé de ce qu'il veut, à l'un ou à l'autre ?

Papa a soupiré.

– À moi, ça ne risque pas.

Ils se sont tous les deux tournés vers moi, sourcils haussés. « Ouais, ai-je envisagé de leur dire, Liam veut être une fille. Vous pouvez organiser une petite réception, histoire de fêter son opération pour changer de sexe ? Peut-être une petite sauterie post-op' signée Patricia ? Et Papa, tu pourrais refaire la déco du sous-sol. Il est très fan de rose. »

– Il ne m'a rien dit, ai-je marmonné.

Maman a soupiré.

– Je suppose qu'on pourrait lui donner de l'argent... une fois de plus.

Papa a soulevé sa tasse de café.

– J'imagine que tu devras rédiger le chèque, puisqu'il viendra de ton compte à toi.

Le regard furibond de Maman a cramé la nappe sur toute sa longueur.

Risque d'incendie.

– J'me tire, ai-je dit, et j'ai filé par la sortie de secours.

Liam m'a interceptée sur le chemin de mon cours d'anglais, en première heure.

– Tu rentres directement après le lycée, aujourd'hui ?

– Ouais, je pense. Sauf si je dois m'arrêter à la banque pour déposer une assez coquette somme.

J'ai exagéré un sourire.

– Je vais tout dire à Aly.

Mon sac à dos est tombé par terre. Quand je me suis accroupie pour le ramasser, mon visage s'est vidé de tout son sang.

– Liam, non, ai-je soufflé en me relevant.

J'avais parlé dans le vide.

Il était déjà loin dans le couloir.

J'ai couru pour le rattraper. En tournant au coin, à toute allure, je suis entrée en collision avec un corps. Celui de Chris Garazzo, pour être précise.

– Regan, salut.

Il s'est cramponné à mon bras pour retrouver son équilibre. J'ai dû sursauter parce qu'il m'a lâchée très vite.

– Désolé. Je, euh… je voulais te parler.

Du coin de l'œil, j'ai vu Liam plonger dans le CDI.

– Pas maintenant.

J'ai contourné Chris.

– J'ai quelque chose à faire.

« Plus important que toi », voilà comment il a dû l'interpréter. Je me suis élancée dans le couloir, sans me retourner. Pour sauver mon frère – une fois de plus.

Il était en train de s'installer à une table isolée. Je me suis accroupie à côté de lui, à bout de souffle.

– Liam. Tu ne peux pas le dire à Aly.

Il m'a regardée d'un air effaré.

– Pourquoi pas ?

– Si tu ne le sais pas…

Il a sorti son manuel de physique.

– Elle pense déjà que je suis homo.

Ma mâchoire s'est décrochée.

– Elle t'a dit ça ?

Il m'a jeté un regard noir.

– Elle n'est pas stupide, Regan.

En ouvrant un classeur, il s'est léché un doigt et a tourné les pages jusqu'à une page vierge, puis a marqué son nom en haut, la date en dessous.

« Non, mais toi si », ai-je pensé.

– Ne fais pas ça, Liam.

La première sonnerie a retenti et je me suis redressée pour me lever.

– Ne lui fais pas ça.

Son critérium s'est figé au-dessus de la page. Il a dit en secouant la tête :

– C'est pour elle que tu t'inquiètes ? Tu ne piges pas, hein ?

Il avait l'air en colère.

En colère, lui ?

– Liam…

Son regard glacial m'a congelée sur place.

Me libérant de leur emprise frigorifique, ses yeux ont parcouru la page de son manuel de physique et il a ajouté :

– J'aimerais vraiment que tu sois là. Pour le soutien moral, au cas où j'en aurais besoin. Mais si tu ne veux pas, je comprendrai.

J'ai lâché un long souffle entre mes dents. J'avais envie de hurler : « C'est pas que je ne veux pas ! » Mais c'était exactement ça. Quand il révélerait son secret à Aly, je voulais être sur une autre planète, n'importe laquelle.

CHAPITRE 21

Elle était au sous-sol avec Liam, en train de pousser des jurons et des cris :

– Espèce de porc ! Lâche-moi la grappe.

Alyson lui a frappé le bras.

Quand mon pied a fait grincer la dernière marche, je l'ai vu s'écarter d'elle, l'air content de lui, avec un sourire sardonique.

– J'ai décidé d'appeler ce jeu « Hou là Aly », lui a-t-il annoncé.

Elle l'a cogné sur le bras, fort.

« S'il vous plaît, mon Dieu, ai-je prié, dites-moi que son mégacerveau a adopté une vitesse de Pentium pendant la journée, qu'il a exécuté le programme "Compréhension et logique". »

– Regan, te voilà.

Liam a lâché sa manette de jeu et s'est levé. Mes pieds se sont englués sur la dernière marche.

– Salut Regan.

Aly m'a fait un signe par-dessus son épaule. Le hurlement à la mort de Liam a retenti dans les haut-parleurs, au-dessus de nos têtes.

– Yes ! s'est réjouie Aly. Je t'ai dégommé !

Elle a continué à agiter sa manette pendant un moment avant de se rendre compte que Liam ne jouait plus.

– La partie n'est pas encore finie, si ?

Elle a levé la tête.

– On est seulement en quatrième.

Les yeux de Liam se sont plongés dans les miens. « S'il te plaît, ai-je articulé en silence. Ne fais pas ça. »

– J'ai quelque chose à te dire, Aly.

Liam la regardait en clignant des yeux.

J'avais mal au ventre. J'ai filé vers le canapé et je me suis laissée tomber dessus comme un cadavre. Je me suis pliée en deux et j'ai essayé de ravaler la bile qui me montait dans la gorge.

Aly a dit :

– D'accord.

Elle a posé sa manette et tourné la tête. J'ai senti ses yeux interrogateurs sur moi. Tout ce que je pouvais faire, c'était brûler deux trous dans la moquette et retenir mon souffle. Garder l'espoir qu'il n'irait pas jusqu'au bout.

Aly a pivoté sur les fesses et serré ses genoux contre elle.

– Alors, quoi ?

Liam a dit :

– J'aime bien tes cheveux coiffés comme ça. J'ai toujours aimé.

Aly a levé la main pour tâter sa queue-de-cheval.

– Merci. Je les coiffe comme ça genre huit jours par semaine.

– Je sais. J'adore.

J'ai levé les yeux ; Liam touchait le sommet du crâne d'Aly. « S'il vous plaît, mon Dieu, non », ai-je prié.

– Ce que je voulais te dire…

Liam a dégluti avec peine. Il a croisé les bras autour de sa poitrine et lâché un petit souffle d'air.

– Ce que je voulais te dire depuis longtemps, Aly, c'est que… hum…

Sa voix s'est éteinte et il s'est tourné vers moi.

Non. Pas question.

– Alors, accouche ! a dit Aly. Bon sang. Tu as une tumeur au cerveau ou je ne sais… Oh, mon Dieu !

Elle a plaqué les mains sur sa bouche.

– Tu n'as pas…

Sa voix étouffée.

– Liam…

– Non.

Liam a posé une main sur son épaule.

– Non, ce n'est rien de ce genre. Je ne suis pas malade. Je suis… une fille.

Dans la pièce, l'air s'est immobilisé. Stagnant. Les murs se resserraient sur nous.

Aly a fait :

– Hein ?

Liam a répété :

– Voilà. Je suis une fille.

C'était tout ? Il n'avait pas plus réfléchi sur la manière dont il révélerait son secret ? Aly ne comprendrait pas « Je suis une fille ». J'en étais sûre.

Liam a lâché un petit rire. Il s'est approché de la télé pour boire une gorgée de son soda. Il a reposé la canette et a dit :

– Ce que tu vois à l'extérieur ? Ça…

Il a balayé son corps d'un geste de la main, de haut en bas.

– C'est pas moi. Le vrai moi est à l'intérieur.

– Ben ouais.

Aly a penché la tête.

– C'est drôlement profond, Liam. C'est vrai pour nous tous, non ?

Elle m'a regardée en levant les yeux au ciel.

Franchement. Il foirait complètement son coup. Il était tellement inepte.

Liam a croisé mon regard, l'air suppliant.

Non, Liam. Non.

Je le sentais m'implorer. « S'il te plaît, Regan. Aide-moi. »

Bon sang. Pourquoi moi ?

– Ce qu'il veut dire, c'est qu'il n'est pas vraiment un mec.

J'ai débité les mots si vite qu'ils sont tous sortis en même temps.

– C'est une fille. Il est trans. Tu piges ?

Aly a légèrement froncé les sourcils.

– Trans ?

Bien. Elle ne connaissait pas le jargon.

– Transgenre, ai-je précisé. C'est une fille dans le corps d'un garçon.

Son expression n'a pas changé, mais la hauteur du plafond, si. Le poids du monde s'est écrasé sur nous. Mon cœur s'est mis à tambouriner dans ma poitrine.

– Je ne comprends pas.

Aly a levé des yeux clignotants vers Liam.

– C'est une blague, c'est ça ?

Elle s'est remise sur ses pieds. En passant, elle a donné un coup de poing dans le ventre de Liam et elle a dit :

– Ah là là, vous alors !

Elle a repris son Sprite sur la table basse et s'est laissée tomber sur le canapé à côté de moi.

– C'est pas une blague, a dit Liam. Je suis une fille transsexuelle. Une TS. De même que toi tu es une fille génétique, une FG.

– FG, TS. Mais bon sang, qu'est-ce que tu racontes ?

Aly a avalé une gorgée de Sprite.

Liam a soutenu mon regard.

– Je devrais peut-être juste lui montrer.

– Non…

– Me montrer quoi ? m'a interrompue Aly. Tes seins ? Tes transseins ?

Elle a ricané et bu une autre gorgée.

Sa main tremblait. Liam aussi l'a remarqué. Il s'est perché sur la table basse, en face d'Alyson, et a pris sa main entre les siennes.

– Je m'appelle Luna, a-t-il dit doucement. Je veux que tu me connaisses. Que tu connaisses la vraie moi.

Du pouce, il a caressé l'index mince d'Aly sur toute la longueur. Puis il lui a placé la main sur les genoux, s'est levé, et s'est dirigé vers sa chambre. Il a fermé la porte derrière lui.

Aly a demandé :

– Qu'est-ce qu'il va faire ?

J'ai écrasé mes lèvres l'une contre l'autre. J'aurais tout donné pour ne pas avoir à lui dire. Pour que rien de tout ça ne soit en train de se produire, que ce soit un rêve, un cauchemar, et pour me réveiller dans ma vie réelle. Ma vraie vie.

Aly a dit, d'une voix incertaine :

– Je croyais qu'il allait m'annoncer qu'il était homo. Ou qu'il avait le sida.

Je me suis tournée face à elle.

– Oh là là, Aly. Non. C'est rien de ce genre.

Elle était tellement pâle.

– Mais c'est pas grave s'il est homo. Les homos se marient, parfois non ? Ils ont des enfants ? Il pourrait changer.

C'était ça, l'espoir auquel elle s'était raccrochée ? Toutes ces années ? Elle se berçait d'illusions. Même s'il avait été homo…

– Il n'est pas homo, ai-je dit. Il est trans. Il est deux personnes en une. Il va te montrer. Il va se changer pour jouer son rôle de fille. Sauf que ce n'est pas vraiment un rôle. C'est la personne qu'il est vraiment. Luna. Qu'elle est vraiment.

Aly paraissait tellement ahurie, tellement paumée.

Je m'en sortais aussi mal que Liam. J'ai replié une jambe sous moi et pris une profonde inspiration.

– Je sais que c'est dur à comprendre. C'est encore plus dur à expliquer ; Liam a le sentiment d'être une fille. Il *est* une fille, réellement. Le problème, c'est qu'il est une fille née dans le corps d'un garçon. Je ne sais pas comment ça peut se produire, ni pourquoi. Luna dit que c'est gravé dans son cerveau, qu'elle est programmée pour être une femelle. C'est ce qu'elle est, elle le sait, comme toi et moi on le sait. C'est instinctif. Naturel.

Aly me regardait fixement, comme si je venais de lui annoncer que son meilleur ami était mort. Ce qui était le cas, je suppose, pour elle. Cet air d'incrédulité-avant-que-la-réalité-te-cogne-en-pleine-figure. Le déni. La peur d'affronter la vérité.

J'ai continué.

– C'est horrible parce que tu veux être cette personne que tu es ici (j'ai appuyé sur mon cœur) et ici (j'ai touché ma tempe). Mais tu ne peux pas, parce que tu n'as pas l'apparence que tu devrais avoir. Tu as une apparence de mec. Et les gens exigent que tu sois un mec. Chaque jour, tu dois jouer la comédie, tenir un rôle, et le seul moment où tu peux être libre, c'est quand tu es seul, quand personne ne regarde et que tu peux te laisser aller. Dans ton univers, ton univers privé, tu peux te présenter de la manière dont tu veux que le monde te voie et te traite. C'est comme ça que Liam me l'a expliqué. Tu comprends ?

Réaction différée. Ça rentre lentement. Pas envie de comprendre. Aly a secoué la tête.

– Ce que tu es en train de me dire, c'est qu'il est là-dedans (elle a pointé le pouce par-dessus son épaule) en train d'enfiler des vêtements de fille ?

Elle avait haussé la voix.

– C'est plus que ça. Il se transforme. Elle se transforme. Tu vas voir.

– C'est un… un travesti ?

– Non ! Oh là là. Ne le traite pas de ça.

Mon visage brûlait.

– C'est pas pareil. Liam s'habille parce qu'il veut que tu voies ce que lui, il voit de l'intérieur. Sa véritable identité. À elle. Luna. Il y a tout un obscur jargon psychologique et toutes sortes de noms pour ce truc. Dysphorie, trouble de l'identité de genre, tout ça. Elle te l'expliquera mieux que moi.

– Elle ?

Aly a affiché un sourire sardonique. Elle a porté son Sprite à sa bouche et penché la canette. Elle était vide, alors elle l'a reposée.

– Il y a ça aussi. Quand elle est habillée, elle veut qu'on s'adresse à elle en employant le nom qu'elle s'est choisi : Luna. Et qu'on dise « elle ». Ce ne sera pas dur. C'est vraiment une fille.

Le sourire d'Alyson restait figé sur sa figure.

– Tu ne te rappelles pas sa fête d'anniversaire, pour ses neuf ans, quand elle a demandé un soutien-gorge ?

– Non, a dit Aly.

– Ou cette autre fois, pendant ma soirée pyjama, où elle a tellement adoré se faire vernir les ongles ?

– Non, a dit Aly, plus vite.

Elle s'en souvenait ; je sais qu'elle s'en souvenait.

– Il y a tout le temps du vernis autour de ses ongles, Aly.

Elle a secoué la tête.

Il y avait forcément d'autres preuves, d'autres exemples. Tout ce temps qu'elle et Liam passaient ensemble… Luna n'avait pas pu se cacher entièrement d'Aly.

Aly s'est penchée en avant et s'est mise à racler sa canette de Sprite avec un ongle.

– Si c'est une sorte de jeu auquel vous jouez, tous les deux…

– Ce n'est pas un jeu.

Elle m'a regardée d'un air dur.

– Aly, tu l'avais forcément remarqué.

Sa bouche s'est ouverte et les mots ont jailli, mais j'ai été distraite par Luna, qui venait d'émerger. Elle a posé un doigt sur ses lèvres et s'est glissée dans ma chambre, avec deux paires de chaussures à essayer à la main.

Je me suis rebranchée sur Aly.

– Excuse-moi, qu'est-ce que tu disais ?

– Quand est-ce que tu l'as su ? Depuis combien de temps tu le sais ? Il te l'a dit quand ?

Me le dire ? Est-ce qu'il me l'avait dit ?

– Dépêchez-vous, les gars. Tous les meilleurs lots seront partis.

Papa sort du couloir, en attachant le bracelet de sa montre. Je suis assise sur un tabouret de la cuisine et Maman me tresse les cheveux. Liam est accoudé au comptoir, en train de lire une BD. Ou de faire semblant. Je sens ses yeux sur moi. Il est tout le temps en train d'observer, observer.

– Pat, allez !

– Oh, du calme, dit Maman. Je ne vois pas pourquoi tu es si pressé. On ne gagne jamais rien, de toute façon.

– Tu vas voir ce que tu vas voir !

Papa se bourre les côtes de coups de poing. Il me fait un clin d'œil et je souris. Il gagne tout le temps des parties. C'est juste qu'il me donne toujours les lots à moi.

On est en route pour le carnaval de l'école, on va bien s'amuser. Papa et moi. Liam est en sixième et il trouve ça bébé. Maman y va parce que toutes les mamans y vont. C'est leur rôle. Papa passe environ quatre heures au chamboule-tout avec moi, puis traîne Liam jusqu'au stand de base-ball. L'année dernière, Liam a renversé la pile de bouteilles de lait du premier coup et gagné un énorme panda en peluche. Je l'ai imploré et supplié pour l'avoir. Mais il est tellement radin. Il ne me donne jamais rien.

La seule chose que Papa ait jamais gagnée au stand de base-ball, c'est le lot qu'ils distribuent gratuitement à tout le monde : un crayon HB avec École primaire Eagle gravé dessus. Il doit en avoir un tiroir plein.

Papa pointe le doigt vers Liam.

– Cette année, mon petit pote, c'est le match de revanche chez les O'Neill. Le gagnant rafle tout.

– Si jamais tu perds ton boulot, un jour, tu pourras toujours revendre les crayons au coin de la rue, ricane Liam.

– Oh, toi...

Papa le menace du poing, mais il sourit.

– Venez, les filles.

Papa lève les mains.

– Allons-yyyy !

Maman attache ma natte et pousse un soupir de lassitude. Liam nous suit dans le vestibule, puis se fige, les mains dans les poches, tandis qu'on passe la porte.

– Je vous retrouverai là-bas, lance-t-il. J'ai dit à Aly et à Jessica que j'irais avec elles.

– Non ! aboie Maman. Tu viens avec nous. Je ne te laisserai pas ici tout seul. On y va tous les quatre.

Ça me surprend. C'est Papa, d'habitude, qui ronchonne tout le temps parce qu'on ne fait jamais rien tous ensemble, en famille. Que tout le monde est tellement occupé par sa propre vie, ses propres activités. C'est lui qui insiste pour qu'on prenne le petit déjeuner ensemble, assis autour d'une table, tous les matins. Il appelle ça notre petit moment familial.

Liam trace un cercle avec sa chaussure sur le carrelage.

– J'ai promis à Aly d'y aller avec elle.

Maman dit :

– Ça m'est égal. Même si tu avais promis la lune à Aly…

– Pat, interrompt Papa. Laisse-le y aller avec sa petite amie.

Il glisse un bras autour de la taille de Maman pour l'entraîner vers la porte. Dans la véranda, je vois Maman se retourner et regarder Liam à travers la baie vitrée, les yeux plissés.

Liam fait un pas pour sortir de son champ de vision. Je l'entends murmurer :

– C'est pas ma petite amie.

Papa lui lance :

– Une heure, mon petit pote. Sois au stand de baseball à une heure. J'ai parié de l'argent là-dessus. Et n'oublie pas de fermer à clé en partant de la maison.

On va à l'école, dix pâtés de maisons plus loin, en voiture. Quand on se gare sur le parking, je me rappelle :

– Maman, on a oublié les gâteaux !

– Oh, flûte ! Jack… ?

Papa grogne.

– On est obligés ?

Maman me jette un coup d'œil par-dessus le dossier de son siège.

– C'est toi qui t'es inscrite pour les gâteaux, je lui rappelle.

Maman soupire lourdement.

– On ferait mieux d'y retourner.

Papa grommelle dans sa barbe, mais fait demi-tour. Quand on monte dans l'allée, Maman me dit de courir chercher les gâteaux. Elle me tend les clés de la maison.

Les deux cheesecakes attendent sur la table du salon, là où on les a laissés. Ils sont superbes, parfaits. J'en pose un dans chaque main, en équilibre, et je me dirige vers la sortie. À l'instant où j'arrive à la porte, un bruit m'arrête, attirant mon attention. Je sens une présence dans la maison.

J'entends de nouveau le bruit – quelqu'un chante. Ça vient du fond du couloir, de la chambre de Papa et Maman.

Je pose les gâteaux sur le buffet. Je devrais avoir peur. Et s'il y avait un cambrioleur dans la maison ? Pour une raison que j'ignore, je n'ai pas peur. Je suis juste… curieuse.

La porte est entrouverte. Je la pousse pour l'ouvrir entièrement. Mes yeux se fixent sur la fille qui est assise devant la coiffeuse de Maman, en train d'étaler du rouge à lèvres sur sa bouche étirée. Elle a de longs cheveux blonds et elle porte un pull exactement comme celui de Maman. C'est *celui de Maman. Le nouveau pull en cachemire que Papa lui a offert pour son anniversaire, la semaine dernière. Des vieux tubes passent à la radio, posée sur le bureau, et la fille arrête un moment de se mettre du rouge à lèvres pour chanter en même temps.*

– « First time ever I saw your face… »

Je suis fascinée. Cette fille, qui que ce soit, est dans son petit monde à elle. Elle rebouche le tube de rouge et, soudain, se met à rire. Elle se regarde dans le miroir illuminé :

– Je sais. C'est incroyaaable qu'il lui ait dit ça !

Elle claque la langue et passe une mèche de cheveux par-dessus son épaule.

Je dis :

– Bonjour ?

La fille se retourne d'un bond. Elle se lève et renverse le fauteuil de la coiffeuse.

Il me faut un moment pour réaliser qui elle est, et quand je comprends, ma mâchoire se déboîte.

– Regan.

Mon nom s'échappe de ses lèvres peintes, comme un murmure dans les bois.

J'ai envie de rire. Je réprime cette impulsion. Quelque chose me dit que ce n'est pas une blague. Cet air de terreur absolue sur son visage, peut-être.

On se regarde fixement pendant un long moment. Aucun d'entre nous ne sait quoi faire, je suppose. Je recule d'un pas.

Liam bondit en avant. Non seulement il porte le pull de Maman, mais il arbore aussi ses perles, mon pantalon moulant noir et une paire de sandales d'été de Maman. Je ne sais pas où il a trouvé la perruque.

– Regan, s'il te plaît.

Il attrape mon bras alors que je faisais volte-face pour m'enfuir.

– Ne dis pas à Maman que je suis venu ici. Ne le dis pas à Papa. S'il te plaît. S'il te plaaaaaîîît.

Il me cramponne le bras.

Aussitôt, je me détends et me retourne.

– Je ne dirai rien.

Il sourit, incertain.

– Tu es la seule qui puisse le savoir. Jamais.

Je plonge mes yeux dans les siens, profondément, et je demande :

– Qui es-tu ?

Il imite ce geste de Maman, quand elle se passe la main dans les cheveux, à l'arrière du crâne, et s'arrête sur la nuque. Il penche la tête vers la gauche et pose sa joue sur son bras, avec son coude sur sa poitrine. Sa… poitrine ?

Il porte un soutien-gorge.

– Je suis Lia.

Il sourit timidement, en baissant les yeux vers le plancher.

– Lia Marie.

– D'accooord… dis-je lentement.

Elle lève les yeux et ajoute :

– Je suis une fille.

CHAPITRE 22

La porte de ma chambre s'est ouverte d'un coup. Aly et moi avons tourné la tête alors que Luna en sortait.

– Me voilà.

Ce n'était pas un choc pour moi, bien sûr. J'ai regardé Aly et je l'ai vue passer Luna en revue des pieds à la tête. Que voyait-elle ? Une fille, vêtue d'un jean et d'un haut en velours. Une fille aux joues toutes rouges, en partie à cause du fard et en partie parce qu'elle était gênée. Ombre à paupières bleu ciel. Brillant à lèvres rose pâle. Rien de criard ou d'extravagant. Elle avait coiffé la perruque blonde en queue-de-cheval pour qu'elle soit assortie à celle d'Aly.

– On n'a qu'à terminer notre partie.

Luna est allée devant l'ordinateur. Elle s'est assise en tailleur sur le tapis en ajoutant :

– Je crois que j'étais en train de te tabasser à mort. Ah ouais. Cent mille points contre dix.

Le moniteur s'est ranimé en faisant bip bip.

Aly s'est levée pour traverser la pièce, puis s'est assise lentement par terre. Elle a pris sa manette de jeu et l'a installée sur ses genoux.

Luna a dit :

– Si tu crois que je vais te laisser gagner juste parce que je suis une fille, tu te mets le doigt dans l'œil jusqu'à la clavicule. S'il y a bien quelqu'un qui défend l'égalité des sexes, c'est moi.

Aly a fait :

– Ha, ha.

Mon cœur s'est gonflé. Elle allait encaisser. Tout allait bien se…

– Oh mince. Tu sais quoi ?

Aly a bondi sur ses pieds.

– J'ai dit à ma mère que je prendrais du lait sur le chemin du retour. Elle est probablement en train de m'attendre. D'attendre le lait.

Aly a saisi son sac à dos et son porte-monnaie sur le plancher et foncé en haut de l'escalier.

Luna l'a appelée :

– Tu m'envoies un mail tout à l'heure ?

Les lumières ont clignoté et la porte a claqué.

Luna n'a pas croisé mon regard. Avec un sourire bizarre, elle a manœuvré les personnages du jeu pour les mettre en position, et tiré avec son bazooka. Le cri d'Aly a déchiré l'air. Encore. Et encore. Et encore.

Le temps que j'atteigne le perron en courant, la voiture d'Aly reculait dans l'allée. Je lui ai fait signe d'attendre, frénétiquement, mais ses yeux sont restés concentrés sur le rétroviseur.

– Aly, arrête ! ai-je hurlé.

J'ai plaqué la main sur son pare-brise.

Son 4 x 4 s'est arrêté net. J'ai fait signe à Aly de baisser sa vitre. Il lui a fallu une minute.

– Ne lui fais pas ça, Aly. Elle a besoin de toi.

Aly m'a regardée fixement. Son regard passait à travers moi.

– *Elle* a besoin de moi ?

– Écoute, je sais que c'est bizarre. Pas bizarre, juste différent. Mais tu t'y habitueras.

– Pourquoi tu ne me l'as pas *dit* ?

Sa voix dégoulinait de rage.

– Je croyais que tu étais mon *amie*.

– Je *suis* ton amie. Aly…

Son regard tranchant m'a transpercée jusqu'à la moelle. Des larmes m'ont piqué les yeux.

Aly a écrasé l'accélérateur et foncé en trombe dans la rue. Du sable et du sel ont jailli de ses pneus alors qu'elle s'éloignait dans un grondement, me laissant manger sa poussière.

Je me demandais toujours si j'avais trahi Aly quand je suis arrivée au lycée le lendemain. Était-ce moi qui aurais dû le lui dire ? Avais-je trahi notre amitié ? Était-ce ma faute si elle ne supportait pas la vérité ? Déchirée par ces questions, je n'avais pratiquement pas dormi de la nuit. Cette expression sur le visage de Luna, hier, quand Aly l'avait désertée…

J'avais prévenu Liam, non ? Je lui avais dit qu'Aly ne pourrait pas le supporter. Elle n'était pas encore prête. Ne le serait jamais.

Après la fuite d'Aly, Liam s'était enfermé dans sa chambre, pour faire quoi, je ne sais pas. À sa place, j'aurais enterré ce coffre à trésors. Je me serais enterrée moi-même. Il ne pleurait pas. Aucun bruit ne traversait la cloison qui nous séparait. Tout ce que j'arrivais à visualiser, c'était Liam prostré sur ce matelas nu, les yeux fixés au plafond, rêvant de disparaître.

J'aurais peut-être pu faciliter les choses – atténuer le choc ou préparer Aly. J'aurais pu lâcher quelques allusions, lui donner le temps de digérer la nouvelle. Elle aurait pu être capable de…

– De quoi ? ai-je terminé tout haut. D'accepter le fait que le mec dont elle a été amoureuse toute sa vie est en fait une fille ?

Comment peut-on accepter ça ?

Pourquoi Aly ne l'avait-elle pas remarqué toute seule ? Pourquoi Liam n'avait-il pas remarqué qu'Aly était plus qu'une amie ? Ou souhaitait l'être ? Peut-être qu'il l'avait remarqué. Il l'avait remarqué, mais ne voyait pas ce qu'il pouvait faire.

Lui dire, voilà ce qu'il devait faire. Pas me laisser prendre les choses en main. Comme toujours.

Le lycée. Encore. Je n'arrivais pas à décider si je détestais plus le lycée ou la maison. Je n'avais plus aucun endroit où m'échapper, maintenant. Pas de boulot. Pas d'amis. J'ai ouvert brutalement mon casier et un objet a voleté par terre. Je l'ai ramassé. Une enveloppe, à mon nom, de la taille d'une carte postale. Quelqu'un avait dû la glisser par la grille d'aération.

Aly ? Mon estomac s'est noué. Et si c'était un mot d'insultes ? Elle en avait écrit un, un jour, à cette fille qui l'avait accusée de voler de l'argent dans son portemonnaie. Aly n'aurait jamais fait une chose pareille, bien sûr. Elle avait traité cette fille de menteuse pathologique. Était-ce cela qu'Aly pensait de moi ? Liam et moi, nous avions menti tous les deux.

Je ne pouvais pas gérer ça. Pas aujourd'hui. Je voulais juste m'inscrire aux abonnés absents – de façon permanente. J'ai glissé la carte dans mon manuel de chimie, sur l'étagère du haut, et rassemblé les livres et les classeurs pour mes cours du matin.

L'expérience de travaux pratiques, aujourd'hui, s'appelait « stœchiométrie ». Génial. Je n'arrivais même pas à prononcer l'intitulé. J'ai parcouru les instructions, qui se réduisaient à mélanger des liquides et des solides et à déterminer la composition de chaque produit en pourcentage. La feuille d'exercices comportait un seul problème : trouver le pourcentage de chaque composant d'un Big Mac. Oh là là. C'était un calcul que j'aurais besoin de connaître plus tard dans la vie, quand je commencerais ma carrière de ratée qui n'est pas allée jusqu'au bac.

Je n'arrivais pas à extrapoler l'équation. Ça me mettait en colère, me frustrait. Bruchac concoctait exprès ces problèmes impossibles pour me piéger. Tandis qu'il se promenait dans la salle pour tourmenter les élèves, j'ai jeté un coup d'œil furtif alentour pour voir si quelqu'un m'observait. Rêve, ma fille. J'ai sorti de mon sac à dos le TP et la feuille d'exercices de stœchiométrie de Liam et je les ai glissés dans mon classeur. S'il ne me gâchait pas la vie, Liam serait le frère le plus cool du monde. Ou la sœur. Peu importe.

J'ai ouvert le classeur pour examiner le TP. Puis je l'ai refermé. Je ne pouvais pas le faire ; je ne pouvais pas tricher. Quelle gratification y aurait-il à gagner un 18 pour du travail que je n'aurais pas fait ?

Je me dégoûtais. J'étais une vraie nonne.

Il restait cinq minutes avant la fin de l'heure quand Bruchac a annoncé :

– J'ai noté vos contrôles. Si le suspense vous tue, vous pouvez les récupérer en sortant. Sinon, nous verrons les réponses ensemble demain.

Était-ce intentionnellement qu'il m'avait regardée en particulier ? Avait-il secoué la tête ?

Les masochistes de la classe, y compris moi, ont foncé en troupeau vers son bureau. J'ai attendu d'être sortie dans le couloir pour regarder mon contrôle. Dans la marge de gauche, de haut en bas, à côté de chaque problème, Bruchac avait griffonné à l'encre rouge : *Non. Non. Non*. En haut, il m'avait donné 5 sur 20. *Pour l'effort*, avait-il écrit. Et en dessous : *Pourquoi ne demandez-vous pas à votre frère de vous aider ?*

Au bûcher, mes habitudes de nonne. Le dossier Bruchac va prendre du service.

Quand j'ai fourré le contrôle dans mon livre de chimie, la carte d'Aly a volé par terre. Je l'ai ramassée et j'ai étudié l'enveloppe. Relu mon nom sur le dessus : *Régate*. Je n'avais pas imprimé, la première fois. Papa était le seul à m'avoir jamais appelée comme ça. Son petit surnom pour moi. Comment Aly aurait-elle pu le savoir ?

Ben tiens. On avait pratiquement grandi ensemble. Elle avait dû l'entendre un million de fois. Elle se rappelait ça, mais avait refoulé le souvenir du soutien-gorge de Liam ? Le déni est bien ancré.

Je ne voulais vraiment pas savoir ce qu'Aly pensait de moi.

Mais quand même… Qu'est-ce qu'elle pensait de moi ? Le masochisme est peut-être ancré plus profondément encore que le déni. J'ai déchiré l'enveloppe et sorti la carte. Sur le devant se trouvait une photo de la Terre vue de l'espace. La légende disait : *L'amour fait tourner le monde…*

Ça continuait à l'intérieur.

J'ai ouvert la carte. Pas de mots. Juste la Terre, à nouveau, totalement effacée. Qu'est-ce que ça voulait dire ? Il n'y avait pas de signature. Attendez une minute… Au dos, un long message était griffonné. Il commençait par *Chère Regan.*

Je sais que tu ne veux plus jamais m'adresser la parole et je ne peux pas te le reprocher. Je suis un naze intégral et je le sais. Je ne te mérite pas…

De qui ça venait ? J'ai examiné le bas de la carte. *Chris.*

Chris ? Il ne me méritait pas, moi ? L'écriture était toute serrée, des caractères d'imprimerie rikiki. J'ai lu le reste. *Tu n'en as probablement rien à foutre, mais j'aimerais au moins te présenter mes excuses en personne. Tu veux bien me retrouver avant la sixième heure dans le gymnase ? C'est pas grave si tu rates ton cours de cuisine parce que les filles ont ça dans les gènes.*

J'ai ricané.

Si tu ne viens pas, je comprendrai. Je confierai ton sac à Bruchac.

Mon sac ? Il était retourné chercher mon sac ? Tout là-bas ? C'était tellement adorable. Attentionné. S'excuser. Il voulait s'excuser ? Pour quoi ? J'ai étudié le message, l'ai relu, absorbant chaque mot. J'adorais son écriture. La sixième heure.

La sixième heure ? C'était maintenant, ça.

Le gymnase était coupé en deux par une cloison coulissante. La partie dans laquelle je suis entrée était encore divisée par un filet de volleyball. Pas de Chris en vue. Je l'avais raté. La panique est montée dans ma poitrine. Il avait laissé tomber. Quand j'ai fait demi-tour pour essayer l'autre côté, un bruit a attiré mon attention. Râpement. Cliquetis. Du métal sur le parquet. Je me suis retournée. Ce… cette créature mécanique me fonçait dessus. Une armure complète : jambières, plastron, heaume orné de plumes.

« Mon prince charmant dans son armure rutilante », ai-je pensé. Stupide pensée. L'armure n'avait rien de rutilant. Elle était ternie, tordue, et les jointures étaient en miettes.

La visière s'est levée et les yeux de Chris m'ont regardée en pétillant.

– Cool, hein ?

Soudain, j'ai compris pourquoi il portait une armure – pour se protéger de moi. Il y avait intérêt. J'étais dangereuse.

– Il doit faire chaud là-dedans, ai-je dit.

– Oui. Si je transpire encore, je vais rouiller et je ne pourrai plus sortir.

Il a soulevé le heaume et aplati ses cheveux. On est restés pendant un moment dans un silence gênant. Puis on a lâché en chœur :

– Je suis désolé.

– Je suis désolée.

Chris a froncé les sourcils.

– Toi ? Pourquoi tu es désolée ? C'est moi qui ai merdé. Je suppose que tu as eu des ennuis pour être revenue si tard et que c'est pour ça que tu me fais la gueule. Parmi toutes les autres raisons.

– C'est toi qui as eu des ennuis à cause de moi. J'ai cassé la vitre de ta voiture. J'ai rayé tes CD et je t'ai fait avoir un PV pour excès de vitesse.

Je n'ai pas dit : « Je t'ai blessé. »

– Tu n'as rien fait de mal, Regan. Me voilà avec cette fille super sexy dont j'essaie d'obtenir un rencard depuis des semaines. Elle dit enfin oui et ma bagnole pourrie tombe en morceaux, ensuite ma conduite délicate manque de lui fracturer le crâne. Denny le taré te fout la trouille de ta vie. Je te mets en danger de mort en conduisant comme un furieux. Je bousille tes vêtements. Je t'attire des ennuis. Stupide. Je suis tellement stupide. Je suis un crétin.

– Non, pas du tout. C'est ma faute.

– Mais non.

– Mais si.

On s'est regardés pendant une longue minute, puis on a éclaté de rire.

D'accord, c'était drôle, dans le genre sadique. Mais ça faisait du bien de rigoler. Avec le recul, tout ce film d'horreur se redéroulait comme une scène de comédie. Laurel et Hardy. Deux crétins.

On a cessé de rire, mais on ne pouvait pas arrêter de se sourire. Ça me réchauffait. J'ai interrompu la poussée de fièvre.

– Tu as mon sac ?

– Ah ouais. Par ici.

Il a pivoté dans un fracas métallique.

Je l'ai suivi au fond du gymnase.

– Tu savais que la salle des accessoires de théâtre était là, derrière ? a-t-il dit par-dessus son épaule. Je viens de la trouver, pendant que je t'attendais.

Tandis qu'il soulevait le plastron et se penchait pour dénouer les lacets de cuir derrière les jambières, je suis allée explorer la salle des costumes. Elle était plus grande que je ne l'aurais imaginée. J'en avais entendu parler. L'année dernière, le club de théâtre avait organisé un festival Shakespeare et Liam, Aly et moi avions acheté des places pour *Roméo et Juliette*. À l'entracte, ils étaient partis tous les deux chercher à manger ; pendant ce temps, j'avais suivi deux acteurs dans le couloir puis derrière la scène. Ils avaient disparu à l'intérieur de cette salle.

Elle était moins éclairée. Mes yeux se sont habitués à la pénombre. Il y avait des portants de costumes, des coiffes, des chapeaux, des perruques, une longue table avec des miroirs pour le maquillage.

– Luna se croirait au paradis ici.

– Hein ?

Chris s'était matérialisé à côté de moi.

Mon visage s'est embrasé.

– Rien.

Ta gueule, Regan.

– C'est dément, non ?

Il a attrapé un chapeau haut-de-forme sur l'étagère et l'a posé sur sa tête. Il s'est admiré dans le miroir.

Les garçons et les miroirs.

J'ai déambulé entre les rangées de costumes, en passant les doigts sur les tissus : satin, brocart, mousseline. Ma main s'est arrêtée sur une robe du soir en velours. Vert émeraude, sans bretelles, avec une cape garnie d'une capuche. Pendant un moment, je me suis vue dans cette robe sublime, au milieu d'un bal, en train de danser jusqu'à minuit. Non, pas en train de danser. Assise sur le trône, à regarder les autres danser. Je danserais peut-être, si quelqu'un me le proposait. Ou bien je serais sur une scène, dans le rôle de Violetta, et je chanterais : « Toujours mon cœur doit être libre. »

Et moi qui trouvais que Luna se prenait pour une diva…

Un froissement, derrière moi, m'a ramenée au présent.

– Ne regarde pas, a dit Chris en jetant un coup d'œil par-dessus un paravent japonais.

Sa tête a disparu.

– Oh là là. C'est fait pour moi.

Un sourire m'a réchauffée de l'intérieur. Je me sentais tellement bien avec lui. Détendue, et même pleine d'espoir. Peut-être que cette fois-ci je ne me ridiculiserais pas. Au bout des rayonnages de costumes, il y avait un porte-parapluies et, à l'intérieur, un casier pour ranger les armes : épées, fusils, lances. Rien que des accessoires, bien sûr. J'ai tiré une épée de chevalier de son fourreau. Waouh, elle était lourde. Ce n'était pas une imitation en plastique.

J'ai fendu l'air. Wish ! Encore. Swish !

– En garde ! ai-je dit en faisant un bond en avant. Prends ça.

J'ai fait volte-face et fouetté l'air. À cet instant, Chris est sorti de derrière le paravent et mon épée l'a frappé sur l'épaule.

Il a reculé en chancelant dans un portant de costumes, qui s'est renversé et lui est tombé dessus.

– Oh, mon Dieu.

J'ai jeté l'épée par terre.

– Ça va ?

J'ai fouillé dans les robes, affolée.

– Écarte-toi, a-t-il dit. Lentement. É-car-te-toi.

J'ai obéi. J'ai reculé en flageolant, les bras ballants, et j'ai pensé : « Ça y est, tu l'as fait, Regan. Tu as infligé le coup fatal. »

Comme animé, le portant de robes s'est redressé tout seul. Le visage de Chris est apparu entre la robe de velours et un tutu. Il a dit :

– On devrait partir en tournée avec ce numéro.

Au moins il souriait.

– Ta da !

Les costumes se sont écartés et il est sorti en bondissant.

– Qu'est-ce que t'en penses ? Ça me va bien ?

Mon cœur s'est serré.

Chris a passé une mèche blonde de sa perruque pardessus son épaule et s'est déhanché.

– Viens donc me voirrr un de ces jourrrs.

Il s'est trémoussé. La frange de sa robe années vingt a ondulé.

J'avais le tournis. La nausée. Fallait que je sorte de là.

– Regan, attends ! a lancé Chris à mon dos qui s'éloignait. Où tu vas ? Qu'est-ce que j'ai encore fait ?

Ça m'a arrêtée net. Je me suis retournée lentement.

– Rien. Tu n'as rien fait. C'est moi. Je suis…

Que pouvais-je dire ? « Je suis prisonnière d'un monde parallèle » ? « Ma vie me retient en otage » ? Liam est partout où je vais, à chaque tournant. Il est mon cauchemar éternel. Impossible de se réveiller.

Chris a poussé un long soupir.

– J'ai une question stupide : est-ce que tu m'apprécies un tout petit peu, au moins ?

Est-ce que je t'apprécie ? Non. Je ne pense pas à toi chaque minute de chaque jour. Je ne revis jamais ce que j'ai ressenti quand tu me tenais la main, quand j'étais si proche de toi que je pouvais te renifler, sentir ta chaleur, respirer l'air que tu respires. Je ne me rappelle pas ton bras sur mes épaules, qui me donnait la sensation d'être en sécurité, d'être spéciale, désirée.

Mes yeux ont trouvé les siens. Il a scruté mon visage, cherchant une réponse. Je ne pouvais pas le dire, je n'osais pas.

– Juste une fois, a-t-il dit, j'aimerais être dans ta tête.

J'ai lâché un rire bref.

– Oh non, tu ne veux *pas* aller là-dedans !

Il a ri. Et puis j'ai ri. Nos rires m'ont remonté le moral. Cette légèreté, cette libération. Comme un rayon de soleil qui passerait à travers une fenêtre restée longtemps dans le noir.

Chris a croisé les bras mollement, puis les a décroisés, l'air mal à l'aise dans la robe.

– On pourrait recommencer à zéro ? a-t-il demandé. Juste effacer tout ce qui s'est passé depuis le début ? Faire semblant qu'on se rencontre pour la première fois ? On se remarque à l'autre bout d'une salle bondée…

– Un labo de chimie, ai-je dit.

– D'accord.

Il a haussé les sourcils.

Pourquoi avais-je dit ça ?

– On sent des vibrations, a-t-il dit.

– C'est chimique.

Je devrais me taire.

– Exactement, a-t-il acquiescé. C'est chimique. Je dis : « Bonjour. »

– Et moi je dis : « Comment vas-tu Yau-de-Poêle ? »

Oh là là. Est-ce possible d'être encore plus débile ?

– Oublie ça. Je réponds juste : « Bonjour. »

– Tu accepterais un rencard avec moi ? Je te promets qu'on ira dans un endroit sans risques. Pas de rave stupide. Je te ramènerai à l'heure. Livraison porte à porte garantie.

Il a fait une pause, il attendait.

Quoi ? Était-il en train de me proposer qu'on sorte ensemble ? Pour de vrai ? Le jeu était-il terminé ? Il y avait vraiment une affinité chimique entre nous. Je sais qu'on le sentait tous les deux, et qu'on sentait qu'autre chose pourrait se développer. J'en avais envie. Je n'avais jamais rien voulu autant de toute ma vie. Mais est-ce que je pouvais ? Est-ce que je devais ?

– Je dis… « D'accord. »

J'ai eu l'impression de sauter d'une falaise, de plonger la tête la première dans une mer sans fond. Crainte de l'inconnu, de l'inexploré. J'étais nerveuse, anxieuse. J'avais surtout peur de merder.

La sonnerie a retenti, nous arrachant tous deux à ce conte de fées. Tonnerre de pas dans le gymnase. Chris s'est exclamé :

– Aïe ! Faut que je sorte de ces fringues.

Il a arraché la perruque de sa tête.

– J'ai entraînement dans cinq minutes.

Il a foncé derrière le paravent japonais et passé la tête au-dessus.

– Vendredi, ça te va ?

– Euh… ouais.

Pour faire quoi ? Peu importe.

– Vendredi, c'est parfait.

Il s'est baissé et a ajouté d'une voix étouffée :

– Je t'appelle.

Je suis sortie nonchalamment, puis j'ai filé en courant. J'avais ce désir pressant de hurler à pleins poumons : « Il tient à moi ! Chris Garazzo tient à moi. »

En passant comme une fusée devant la cafétéria – le monde était flou, un rêve, un tour de tapis volant –, j'ai aperçu deux silhouettes à côté de l'escalier sud.

Une voix a résonné dans le couloir :

– Putain de pervers.

Je me suis arrêtée en dérapant. Je connaissais cette voix. Hoyt Doucet.

– Putain de pédale perverse.

Je me suis retournée et j'ai vu Hoyt cogner Luna à l'épaule. Il l'a plaquée contre la rampe.

Luna ?

Qu'est-ce qu'elle faisait ici ?

Hoyt a sifflé :

– Putain de pervers !

Très fort. Ça a attiré l'attention de deux filles qui descendaient l'escalier. Hoyt a encore frappé l'épaule de Luna et hurlé :

– Pervers ! T'es un pervers. Je l'ai toujours su.

Luna a parlé calmement.

– Aïe. Arrête.

– Arrête ? Arrête quoi ? Arrête ça ?

Hoyt a levé la main et arraché la perruque de Luna. Des poignées de cheveux de Liam sont parties avec les épingles à cheveux.

Les filles au-dessus d'eux se sont regardées en gloussant. Elles ont dévalé l'escalier et filé comme des souris. Leur rire résonnait à mes oreilles.

Les salles de classe se sont vidées et le couloir s'est rempli de monde. Il y avait soudain du renfort à l'endroit où Hoyt et Luna s'affrontaient.

Par-dessus les têtes, les yeux de Luna ont trouvé les miens. Elle a ouvert la bouche pour dire…

– Regan, hé ! Tu as oublié ton sac.

J'ai fait volte-face. Chris venait d'arriver à mes côtés. Il souriait, mais son regard a quitté mon visage et dérivé vers la foule à côté de l'escalier, et sa mâchoire s'est ouverte.

– Merci.

J'ai attrapé mon sac qu'il cachait sous son pull, naturellement. Il ne voudrait pas être vu avec un sac à main.

– Moi aussi, il y a un truc que j'ai oublié de te donner, ai-je dit.

En lui prenant le bras, je l'ai fait pivoter. Mon champ de vision s'est réduit, mise au point, et j'ai repéré le panneau. *Sortie*.

– Dehors.

J'ai tiré sur le pull de Chris, manquant de le déchirer.

La porte a claqué derrière nous. Je me suis aplatie contre la brique, haletante, pour reprendre mon souffle et réprimer l'éruption imminente de mon estomac.

Chris avait le souffle court, lui aussi. Je l'avais fait courir jusqu'au bout du couloir. Pas assez loin. Jamais assez loin. J'ai ouvert le rabat de mon sac et sorti l'épais dossier. Je le lui ai tendu.

– Tiens. Tu pourras t'en servir l'année prochaine.

J'ai poussé le mur pour m'en détacher et je me suis élancée dans la direction opposée.

– Attends ! a-t-il appelé. Regan ! J'ai oublié de te dire qu'il y a une surprise dans ton sac.

Il fallait que je sorte d'ici. Que je mette autant de distance que possible entre le lycée et moi, entre Chris et moi, entre Luna et moi…

Il l'avait vue.

La voix de Chris s'est mêlée au rugissement dans mes oreilles, au grondement dans mon estomac.

– C'est quoi la bonne heure pour t'appeler ?

Jamais. Ce n'est jamais la bonne heure.

CHAPITRE 23

– Comment tu as *pu* ? ai-je hurlé tout fort. Comment tu as pu me faire ça ?

Les mots ont résonné dans ma chambre, dans mes oreilles. *Comment tu as pu ?*

Comment Luna avait-elle pu se montrer au lycée ? Les gens savaient qu'on était frère et sœur. Chris le savait. Liam et moi serions toujours mis dans le même sac, à présent. Luna et moi. Ils ne verraient plus que Regan-la-fille-qui-a-un-frère-transsexuel. Je ne pourrais jamais me séparer de lui. Jamais avoir ma propre identité.

Pire encore : les gens penseraient que j'étais comme lui. Comme elle. Différente. Je ne voulais pas être différente. Je voulais être pareille. Je voulais être acceptée, aimée, appréciée pour celle que j'étais.

Qui étais-je ? Je ne le savais même pas.

Je connaissais Luna mieux que moi-même. Je savais ce qu'elle voulait : être acceptée, aimée. Exactement la même chose que moi.

Elle devait être consciente, malgré tout, que cette transition n'affectait pas qu'elle. Il y avait des conséquences pour tout le monde dans sa vie. Pour moi. Ça me faisait souffrir de voir des gens la dévisager, la montrer du doigt, se moquer d'elle. Et s'ils se moquaient de moi ? Ou faisaient des blagues ? Ils allaient inventer des blagues sur elle. Sur moi aussi. Et si Chris se moquait de moi ? Et s'il me regardait différemment, maintenant ?

Je ne pourrais pas le supporter. Ça m'embarrassait, ce qu'était mon frère. Il m'avait humiliée. Il m'avait trahie. Comment avait-il pu ?

Il m'avait trahie.

Une voix dans ma tête a dit :

Vraiment ? Qui a trahi qui ?

La ferme ! Qu'est-ce que ça voulait dire ? C'était Liam qui ne pensait jamais à quelqu'un d'autre que lui-même.

Qu'elle-même.

La voix a demandé :

En quoi la transition de Liam a-t-elle à voir avec toi ?

En tout. Ça m'embarrasse. Il m'a embarrassée. Elle.

Ça t'embarrasse, a répété la voix. *Waow. Elle est là, dehors, elle se met en première ligne, et toi ça t'embarrasse ? Elle était en danger, et toi tu l'as laissée là. Tu l'as laissée avec Hoyt.*

Je suis restée un moment debout devant le miroir en pied, à m'examiner. En longueur, en largeur, en profondeur. Je n'avais pas de profondeur. Ce que j'étais creuse ! Embarrassée ? J'avais laissé Luna entre les sales pattes de Hoyt Doucet. Je l'avais laissée alors qu'elle était en danger. Comment pouvais-je faire ça à mon frère – à ma sœur ? Je l'avais désertée au moment où elle avait le plus besoin de moi. Je l'avais abandonnée.

Un voile sombre est descendu devant mes yeux.

– Espèce de traître, ai-je dit tout fort. Hypocrite.

Sans prévenir, mes genoux ont lâché et je me suis écroulée par terre.

– Espèce de lâche.

J'étais une traîtresse. J'étais lâche. J'avais abandonné Luna dans un moment difficile. Je l'avais trahie de la même manière qu'Aly. Luna me faisait confiance. Elle croyait en moi. Elle comptait sur moi pour *vivre*.

Quel genre de personne fait ça à quelqu'un ? Quelqu'un qu'elle aime ? Quel genre de sœur étais-je ? D'amie ? D'être humain ? Je lui avais promis – je m'étais promis à moi-même – de toujours veiller à sa sécurité. Ensuite, au moment où elle était le plus vulnérable, je l'avais laissée tomber.

Je m'étais laissée tomber moi-même.

C'était vraiment petit de ma part. J'avais honte. J'étais faible. J'avais cédé à la peur. Ma réputation comptait plus que défendre mon frère contre une agression. Quelle réputation ? Je n'en avais même pas.

Ça m'effrayait, toute cette histoire de transition. Chaque fois qu'elle sortait en public, j'étais terrifiée par ce que les gens pourraient dire ou faire. Hoyt. D'autres comme lui. Et si la violence s'étendait à moi ? Le fanatisme ? Et la haine. Je ne pouvais pas gérer ça. Comment peut-on gérer ça ? Je n'avais pas la force, pas assez de caractère, de force de caractère.

Non, a dit la voix.

Puis, plus fort :

Non ! Ta crainte est justifiée. N'importe qui aurait peur. Tu es une personne. Tu es humaine. Oui, tu as pensé à toi en premier. Tu t'es enfuie. Mais si tu étais venue à sa rescousse cette fois-ci, tu te serais engagée à le faire pour toujours. Rien n'aurait jamais pu changer.

Est-ce que c'était vrai ? Oui. Rien ne changerait si je venais toujours à sa rescousse. Et il fallait que les choses changent. On ne pouvait pas continuer comme ça. On se faisait souffrir l'une l'autre.

Ma dernière image de Luna s'est cristallisée encore une fois clairement dans mon esprit. « Aide-moi, Regan », avait-elle imploré avec les yeux.

Non. Voilà ce que j'avais répondu.

Et à cet instant, quand elle s'était rendu compte que je n'étais pas là pour elle, elle avait regardé au fond de moi et avait compris la vérité. Elle avait vu quelle lâche j'étais.

Et elle avait compris, elle avait compris qu'elle était absolument seule au monde.

Les larmes ont commencé à couler lentement, puis se sont accrues pour jaillir de mes yeux comme un torrent. Elles ne s'arrêteraient jamais. Jamais.

J'ai pleuré pour elle.

J'ai pleuré pour moi.

J'ai pleuré pour ce monde qui ne la laissait pas exister.

Je ne me rappelle pas être allée me coucher, avoir fermé les yeux, m'être endormie, mais soudain Luna était là, elle sautait sur mon matelas. « Écrase-moi, ai-je pensé. Enterre mes os réduits en miettes. Une tombe anonyme où personne ne viendra jamais se recueillir. »

Ses cheveux ont balayé mon visage.

– Merci, a-t-elle soufflé à mon oreille.

Elle était cruelle. J'ai ravalé un sanglot audible.

– Qu'est-ce qui ne va pas ?

Luna a enjambé ma carcasse morte et elle est descendue du lit. Elle s'est agenouillée sur le plancher à côté de moi, le visage à la hauteur du mien.

– Regan ? a-t-elle dit doucement.

– Je suis désolée.

Ma voix était rauque. C'est tout ce que je pouvais dire, je suis désolée. Ça sonnait aussi creux que je me sentais creuse. J'étais tellement perdue ; je n'arrivais pas à réconcilier mes sentiments. J'aimais mon frère, mais je détestais ce que cette transition me faisait subir, et nous faisait subir.

– Tu as fait ce que tu avais à faire, a-t-elle dit.

Non, je n'étais pas obligée. C'était mon choix.

– Je ne voulais pas te laisser là avec Hoyt. Pas délibérément.

– Je sais. Je suis désolée de t'avoir mise dans cette situation. Je n'ai pas pensé que tu serais là après les cours. Je n'ai pas réfléchi. C'était égoïste. J'en attendais trop de ta part…

– Non.

– Si, a-t-elle insisté, en me serrant le bras. Si, Regan. Je suis tout le temps ici en train de pleurer sur ton épaule, de te demander conseil, de te prendre tout ton temps. J'abuse de toi. Toutes ces années, j'ai abusé de toi.

Elle s'est raccroupie.

– J'ai été tellement égocentrique, tellement absorbée par moi-même. Je n'ai pas pris tes sentiments en compte. Je me suis reposée trop lourdement sur toi. Je dépendais trop de toi.

« Non, voulais-je protester. Je suis ta sœur. Tu peux dépendre de moi. Tu devrais. » Mais les mots ne voulaient pas venir. Je ne pouvais pas les forcer à sortir.

– Pourquoi tu t'es habillée au lycée ? lui ai-je demandé. Pourquoi a-t-il fallu que tu fasses ça ?

Elle a baissé les yeux.

– Tu l'as dit : il le fallait. Je devais me tester moi-même. Pour voir si je pouvais aller jusqu'au bout. J'avais besoin de savoir que j'avais assez d'assurance, assez de volonté, que je pouvais le faire tous les jours.

Elle allait le faire tous les jours ? Je n'aurais jamais de vie. Elle ne comprenait pas ; mes sentiments ne signifiaient rien pour elle.

Luna a tendu la main et lissé mes cheveux en pagaille pour me dégager le visage. J'ai tressailli à son contact.

– Je suis désolée si je t'ai fait souffrir, a-t-elle dit tranquillement, ou humiliée devant Chris. Je faisais juste ce que je dois faire. C'est une question de vie ou de mort pour moi, Regan. Si je ne fais pas ma transition, je ne veux plus vivre.

Tout le sang a reflué de mon visage. Comment pouvait-elle dire ça ? Elle ne pouvait pas le penser vraiment.

Nos regards se sont croisés et un courant est passé entre nous. La compréhension totale.

La vie ou la mort.

Et j'ai compris. J'ai enfin compris. Le changement, c'est en moi qu'il devait se produire. Je devais accepter Luna, la soutenir dans sa transition, la reconnaître en tant que personne.

– Est-ce que Hoyt t'a fait du mal ? ai-je demandé.

– Ce demeuré…

Luna a poussé un soupir énervé.

– Non, j'ai survécu.

Elle m'a serré le bras.

– C'est ce que j'essaie de te dire, Regan. J'ai survécu. Je suis vivante. J'ai fait mes preuves aujourd'hui. Je veux vivre. Je peux. Tu as fait ça pour moi. Tu m'as forcée à tenir sur mes propres jambes. Tu m'as donné l'impulsion dont j'avais besoin ; tu m'as obligée à affronter ça toute seule, chose que j'aurai à faire au bout du compte.

Mes larmes ont redoublé. Je ne supportais pas qu'elle estime devoir faire ça toute seule. Je ne supportais pas sa lutte, sa bataille, sa guerre contre elle-même, contre moi, contre tout le monde sur cette Terre. Et ce n'était que le début.

Luna s'est levée et a rejoint le miroir en pied, à l'autre bout de ma chambre. Elle a ôté son T-shirt en résille et examiné son épaule gauche sous la bretelle de son soutien-gorge.

– Oh, c'est charmant ! a-t-elle sifflé. Je vais avoir un horrible bleu. Tu penses que je pourrai couvrir ça avec du fond de teint ?

Elle s'est retournée pour me montrer.

Elle avait une énorme zébrure, grosse comme le poing. « Bravo, Hoyt, ai-je pensé. J'espère que tu es fier de toi, fier d'avoir frappé une fille. » La transition de Luna serait sans doute très dure à vivre, mais elle n'était pas seule au monde. J'ai rejeté mes couvertures :

– Va chercher ton maquillage. Rapporte tes affaires ici. On va arranger ça et personne ne le saura jamais.

Le miroir de l'armoire à pharmacie était fendu au milieu, alors je devais bouger la tête pour me voir en entier tandis que je me nattais les cheveux. Ils n'étaient pas aussi longs qu'autrefois, et je n'avais pas porté de natte depuis des années. J'avais oublié comment on fait les tresses…

Les mains de Liam ont couvert les miennes.

– Laisse-moi faire.

Je lui ai abandonné le chantier.

Il m'a souri dans le miroir. Un côté de son visage était plus haut que l'autre, coupé en deux. J'ai remarqué qu'il avait posé un sac matelot derrière lui, à côté de la porte. Une vague de panique m'a submergée.

Comme s'il lisait dans mes pensées, Liam a dit :

– Je ne te ferai plus subir ça. Je ne vais plus m'habiller au lycée. Savoir que je peux le faire me suffit. L'idée de me faire réduire en bouillie tous les jours ne m'enchante pas spécialement. Je te déposerai, si tu veux.

Le soulagement a afflué dans mes veines. Je ne voulais pas me sentir soulagée. Je ne voulais pas me soucier autant de moi-même.

Liam a attaché le bout de ma natte et ajouté :

– Je vais au centre commercial m'acheter un cadeau d'anniversaire. Tu veux quelque chose ? Hé, tu as retrouvé ta deuxième chaussure !

J'ai suivi son regard jusqu'à mes pieds.

– Ouais.

Je n'ai pas pu réprimer mon sourire.
– C'est Chris qui l'a retrouvée.
Il l'avait lavée et enfouie au fond de mon sac. À l'intérieur de la chaussure, il avait fourré une minuscule boîte à musique qui jouait *Twinkle, Twinkle Little Star*. Adorable, non ?
Liam a agité les sourcils.
– Oh, oh, j'entends les premières notes de *La Marche nuptiale*… !
– La ferme !
Je l'ai poussé hors de la salle de bains et j'ai refermé la porte sur son visage goguenard.

Je me dirigeais vers la cafétéria pour le déjeuner quand Alyson s'est matérialisée à mes côtés.
– Tu voudrais bien donner ça à Liam ?
Elle m'a tendu un cadeau en ajoutant :
– Ou Luna, selon qui il est aujourd'hui.
Avait-elle eu vent de ce qui s'était passé la veille ? Ce genre de nouvelles se répand comme un virus dans une messagerie électronique. Je me préparais à en subir les retombées aujourd'hui, mais jusqu'ici, rien. Si les gens m'évitaient, il me serait difficile de le remarquer.
Le cadeau était emballé dans du papier Razmoket. J'ai levé les yeux vers Aly. Elle avait mauvaise mine. Elle avait les yeux rouges et injectés.
– C'est du parfum pour homme, a-t-elle annoncé platement. Dis-lui que je lui aurais choisi une eau de toilette pour femme si j'avais su. Il peut le changer.
Elle a plaqué le ticket de caisse sur le cadeau et elle a filé.

– Aly ! ai-je appelé.

Elle s'éloignait en hâte ; le temps que je la rattrape, elle était déjà au milieu du hall. J'ai saisi son bras.

– J'ai une seule chose à dire.

Elle s'est retournée, et m'a foudroyée d'un regard qui m'a mis un pied dans la tombe.

L'équipe de majorettes au grand complet a déboulé à côté de nous. Rires, bousculade. On a attendu qu'elles soient passées. J'ai baissé la voix :

– Il est toujours la même personne, celle que tu as toujours connue. Il est juste plus heureux dans la peau d'une fille.

Elle a ouvert la bouche, et l'a refermée. Elle a regardé le toit vitré en secouant la tête :

– Mais moi je ne suis plus la même. Ça veut dire que je suis quoi, moi ? Une lesbienne ? Je ne pense pas.

Elle s'est détachée de moi et elle est partie à grandes enjambées.

J'ai crié dans son dos :

– Si tu l'aimais vraiment, ça n'aurait pas d'importance.

Elle a baissé la tête et plongé dans les toilettes les plus proches. « C'était cruel, ça, Regan, me suis-je réprimandée. Comment tu te sentirais, à sa place ? Tu crois que tu vaux mieux ? »

Je voulais rejoindre Aly, mais ne savais pas quoi lui dire d'autre. Et je n'aurais pas supporté de la voir pleurer.

Mon regard est tombé sur la boîte que j'avais à la main. Le reçu. Waow. Elle avait dépensé 65 dollars pour ce cadeau. Ah, voilà un autre petit détail microscopique que je n'avais jamais dévoilé à Aly : chaque flacon de parfum que Liam recevait finissait dans la chasse d'eau.

Soixante-cinq dollars. Son anniversaire, c'était samedi, et je ne lui avais rien acheté.

Hmm. Je pourrais échanger ce flacon contre une bouteille de Passion, ai-je pensé, le parfum préféré de Luna. Je dirais à Liam que c'était de la part d'Aly, qu'elle commençait à se faire à l'idée.

Non, ça le ferait juste souffrir encore davantage quand il découvrirait la vérité. Et il n'avait pas besoin de plus de souffrance dans sa vie. Fini, les mensonges. Je lui offrirais son parfum préféré moi-même, et tant pis si Luna en avait déjà dix litres stockés dans son coffre à trésors.

Chris a appelé ce soir-là. Le choc ! Il a dit qu'il m'avait cherchée toute la journée, qu'il avait attendu devant mon casier avant et après les cours et que je n'étais jamais apparue. Un frisson d'excitation m'a parcourue. Il m'avait attendue !

– Tu as recommencé à m'éviter ? a-t-il fredonné.

– Non, bien sûr que non.

Si ? Peut-être. Probablement. Oui. Il avait vu Luna. Comment réagirait-il ? Il me regarderait différemment maintenant. Il verrait Liam comme un monstre. Pourquoi cela avait-il autant d'importance ?

– Tu étais absente ? a demandé Chris. Tu n'es pas malade au moins ?

Il avait l'air inquiet.

Inquiet pour moi.

– Non.

J'ai souri.

– Je ne suis pas allée à mon casier ce matin. Ni après les cours.

Je ne m'y étais pas arrêtée de la journée, de crainte de ce que j'y trouverais. Des messages. Des clones de Hoyt.

– Je suis partie directement après les cours pour acheter un cadeau d'anniversaire à mon frère.

Chris n'a pas répondu.

Allait-il poser la question ? Faire une plaisanterie ? Il ne disait rien. Était-il toujours au bout du fil ?

– Allô ?

– Alors, euh…

Chris s'est raclé la gorge.

– … où as-tu trouvé ces devoirs de chimie ?

J'ai expulsé le souffle que j'avais retenu.

– C'est un secret.

– Tu ne les veux pas ? Ou tu en as déjà fait une copie ?

– Non. J'ai décidé que si je foire, Bruchac peut aller se faire foutre. Je repasserai la chimie l'an prochain, c'est tout. Ou je prendrai une autre option. Peut-être la génétique. Il paraît que les filles sont bonnes en reproduction.

Chris a rigolé. Carrément rigolé. Ça m'a fait rire. Ça a rompu la tension. Il a dit :

– Il y a un problème pour vendredi soir.

Mon cœur a cessé de battre. Je le savais. C'était fini. Il ne pouvait pas le gérer.

– Ma mère organise un dîner de répétition et elle veut que Pam et moi soyons là.

Bonne excuse. Combien de temps avait-il passé à la préparer ?

– Regan ?

– Ouais. Pas de problème, ai-je dit rapidement.

C'est l'heure de l'éclipse. Raccroche le téléphone. Besoin de pleurer maintenant.

– Alors est-ce qu'on peut reporter à samedi ? a-t-il demandé. Je sais que je te préviens tard et tu as sans doute des projets…

La tête me tournait. Des projets ? Quels projets ?

– Pas de problème, l'ai-je interrompu.

– Ouais ? OK, cool.

Il avait l'air heureux. Il ne pouvait pas être aussi heureux que moi.

– À quelle heure je passe te chercher ? a-t-il continué. J'ai pensé qu'on pourrait aller au cinéma. Peut-être manger d'abord.

Manger ? Le truc où on manie des couverts ?

– Tu ne devrais pas me mettre à proximité d'un couteau, lui ai-je dit. Ou d'un objet tranchant quelconque.

– Je prends le risque, a-t-il répliqué avec un sourire dans la voix. Je n'ai pas peur de toi. Rappelle-toi, j'ai une armure.

– Elle ne t'a pas tellement aidé la dernière fois. Tu devrais avoir peur. Très peur.

Il a encore rigolé. Moi aussi. Ça a duré comme ça pendant deux heures. Rien que des bêtises. Des blagues. Des rires. Chris n'a pas mentionné Liam. Moi non plus. Le sujet n'est pas venu sur le tapis. Ce n'était pas le bon moment.

Quand viendrait-il, le bon moment ?

Facile de répondre à cette question. Je suppose que je voulais juste faire semblant, le plus longtemps possible, que ça n'aurait jamais d'importance.

CHAPITRE 24

Liam était toujours sous la douche quand j'ai jeté un coup d'œil dehors par la porte de ma chambre, samedi matin. Tant mieux. Je pouvais me faufiler dans sa chambre et déposer mon cadeau pour son anniversaire sur son matelas.

Ou pas. J'avais changé d'avis pour son cadeau. La nouvelle boîte était tellement minuscule qu'il risquait de s'asseoir dessus. Finalement, j'ai laissé le paquet sur son coffre à trésors, avec la carte que j'avais adressée à « Luna-tique ». Là, il ne pouvait pas le rater.

Maman était en pleine crise quand je suis arrivée en haut. Vite, le Samu…

– Comment ça, ils ont pris deux réservations ? Ils ne peuvent pas faire ça ! criait-elle dans son portable.

Ça m'a retourné les oreilles. Même Papa a reposé son journal et l'a regardée en fronçant les sourcils.

– Eh bien, c'est le premier arrivé, le premier servi. Quoi ?

Elle a écouté ; sa poitrine se soulevait.

– Bon sang, Tom ! Où allons-nous trouver un endroit *maintenant* pour une réception de mariage dans *deux semaines* ?

« Oh là là, reprends un Valium », ai-je pensé.

Une boîte de beignets Krispy Kreme trônait ouverte sur le comptoir ; je me suis servie. Le petit déjeuner d'anniversaire traditionnel chez les O'Neill, depuis que Maman avait arrêté de faire des gâteaux.

– *Qui* a attrapé une intoxication alimentaire avec les produits de notre traiteur ?

Maman ne pouvait plus respirer.

– ... Oh, mon Dieu !

Intoxication alimentaire ? J'ai reposé le beignet dans la boîte. Mon estomac s'était transformé en élevage de papillons, de toute façon. Plus que huit heures avant mon rendez-vous avec Chris, sept heures cinquante-neuf... Qu'est-ce que j'allais mettre ? J'avais déjà retourné mon placard deux fois et étalé toutes mes fringues par terre trois fois. Rien n'affichait *Rencard explosif* en lettres d'or. J'avais besoin de l'expertise de Luna.

Maman pestait toujours, à cause de son traiteur fermé par les services sanitaires, quand la porte du sous-sol s'est ouverte et que mon frère a émergé. Ou plutôt... ma sœur.

– Bonjour.

Luna a traversé la cuisine tranquillement. Papa lui tournait le dos, mais Maman a écarquillé les yeux devant cette apparition. Elle a hurlé :

– Tom, on ne peut pas servir des haricots et des saucisses !

Elle a fait un demi-tour sur sa chaise pour se détourner de nous.

Luna a choisi un beignet fourré au citron et l'a apporté à table. Sa tenue était nouvelle – une jupe courte en jean, avec un pull et un gilet jaunes, assortis. Elle avait choisi la perruque brune bouclée. En se glissant sur sa chaise, elle s'est mise à chanter doucement :

– Joyeux anniversaire, joyeux anniversaire Liam !

Surréaliste. J'ai ravalé ma panique, par égard pour elle. Bien sûr que ce serait ça, la prochaine étape de sa transition. Elle devait le faire un jour. Malgré tout…

Elle a croisé mon regard et cligné de l'œil. Son visage exprimait un mélange d'émotions : force, défi, peur. Ou plutôt terreur.

– Bon anniversaire, Luna, ai-je dit en levant mon verre de jus d'o pour lui porter un toast.

– Merci, a-t-elle répondu en trinquant avec moi avec son verre de lait.

Papa a dû atterrir parce qu'il a tourné la tête et crachoté :

– Mais qu'est-ce que…

– Trouve Ellen Rosenberg et dis-lui que nous avons un problème. Explique-lui la situation. Non, ça, il vaut mieux que tu me laisses m'en charger. Toi, commence à appeler partout, tous les hôtels, salles municipales et propriétés qu'on a utilisés jusqu'à présent et vois ce qui est disponible. Rappelle-moi.

Maman a appuyé sur le bouton « off ». Elle s'est renfrognée et retournée vers nous. Son attention est tombée sur Luna et elle l'a regardée, elle a regardé à travers elle, comme quand vos yeux se posent sur un objet que vous ne voyez pas vraiment. Votre esprit est ailleurs, n'importe où ailleurs. Luna lui a souri. C'était presque imperceptible, mais Maman a secoué la tête de droite à gauche. Elle a baissé les yeux et ouvert son agenda sur la table.

Papa a dit :

– C'est quoi, ça ? Une farce des terminales ? Vous montez un canular ce week-end ?

Luna s'est humecté les lèvres. Ses lèvres couleur d'airelle. Elle a croisé les mains sur ses genoux.

– Papa, je suis une transsexuelle.

Mon souffle s'est coupé. Je ne l'avais jamais entendue prononcer ce mot. C'était toujours « transgenre ». TG ou trans. Transsexuel, ça portait les choses à un autre niveau. Plus comme une déclaration officielle.

Elle a ajouté :

– J'aimerais changer de nom et m'appeler Luna, avec ta bénédiction. Et la tienne, Maman.

Luna s'adressait à cet être absent, à l'autre bout de la table. Qu'est-ce qui lui prenait, à Maman ? Retour à Papa.

– C'est le nom que j'ai choisi pour représenter la personne que je suis vraiment.

Pour toute réponse, Maman a murmuré pour elle-même :

– Intoxication alimentaire ? Est-ce que je suis responsable de ça ?

Papa a rejeté la tête en arrière et éclaté de rire.

Luna a croisé mon regard. Elle était à l'agonie.

Papa a haleté :

– Elle est bonne, celle-là.

Il a tendu la main et donné une claque sur l'épaule de Luna.

– Tu m'as bien eu.

– Non.

Le regard de Luna l'a transpercé.

– C'est ce que je suis. Ce que j'ai toujours été.

Silence. L'air de la pièce a changé. Le visage de Papa a changé avec lui. Dégrisé. Endurci. Maman feuilletait son agenda.

Papa a tourné la tête vers moi.

– Tu m'as menti ! Tu m'as dit qu'il n'était pas homo.

Il a pointé sur moi un doigt accusateur.

– Je t'ai posé la question sans détours et tu m'as menti.

– Pourquoi c'est toujours sur moi que ça retombe ? ai-je hurlé. D'abord Aly, maintenant toi…

– Aly ? Qu'est-ce qu'elle a dit ? m'a interrompue Luna, pleine d'espoir.

J'ai blêmi.

– Rien. Oublie.

Luna a cligné des yeux plusieurs fois et poussé un soupir.

– Laisse Regan en dehors de ça, a-t-elle dit à Papa. Ça n'a rien à voir avec elle.

En pressant une main contre sa poitrine, elle a ajouté :

– C'est de moi qu'il s'agit, Papa. Moi.

Le visage de Papa a affiché… quoi ? Déni ? Dégoût ?

– Tu. Es. Quoi ? !

Au ton de sa voix, je me suis recroquevillée de terreur.

Luna a dégluti péniblement.

– Comme je l'ai dit, je suis transsexuelle. TS, si tu préfères. J'étais censée être une fille, et j'en suis une, mais je suis née dans le mauvais corps. Considère ça comme une malformation de naissance.

– Une quoi ? a sifflé Papa.

– Peu importe, a marmonné Luna.

Elle a repris son beignet et l'a porté à sa bouche. Ses mains tremblaient quand elle a mordu dedans. Elle a mastiqué, mastiqué, mastiqué. Une minuscule goutte de citron était collée sur sa lèvre supérieure.

Papa s'est métamorphosé. En quoi, je ne sais pas. Son visage, son corps ont semblé s'élargir, se tordre. Le portable de Maman a sonné. Elle s'est jetée dessus.

– Non, Tom, ça ne collera pas. Il n'y a pas d'accès handicapés au Burnham-Grant.

Elle s'est levée et elle est partie à grands pas vers sa chambre.

Elle est carrément partie. Était-elle aveugle ? Sourde ? Indifférente à ce point ?

– Maman ! ai-je appelé.

Luna m'a dit :

– Passe-moi les serviettes, s'il te plaît.

J'ai soulevé le distributeur de serviettes et je le lui ai passé à l'autre bout de la table. Elle s'est forcée à afficher un faible sourire.

– Merci.

Papa a plissé les lèvres au-dessus de ses dents, comme un chien qui gronde.

– Tu es malade, a-t-il sifflé. Tu es malade.

Luna a posé son beignet et s'est essuyé les doigts. Elle a reculé sa chaise et répondu calmement :

– Je sors, maintenant. J'ai un rendez-vous pour une manucure.

J'ai dit rapidement :

– Tu veux que je vienne ?

Luna a croisé mon regard. La réponse : « À ton avis ? »

J'ai agrippé la table pour me lever, mais Papa m'a bombardée d'un :

– Où crois-tu aller comme ça, toi ? Assieds-toi !

Il a bondi sur ses pieds et foncé devant Luna, qui s'éloignait vers le vestibule en sortant ses clés de voiture de son sac à main. Papa s'est jeté contre la porte d'entrée.

– Tu ne quitteras pas cette maison habillé comme ça. Tu as l'air d'un... d'un clown. Descends te changer.

Luna s'est raidie.

– Non. C'est moi, ça. C'est comme ça que je choisis de vivre le reste de ma vie.

– Pas chez moi, certainement pas. Pas tant que je serai là.

Papa a replié les doigts pour serrer le poing et reculé le bras.

J'ai renversé ma chaise précipitamment pour me jeter entre eux. Je me suis entendue hurler :

– Non, Papa, fais pas ça ! Arrête.

La main gauche de Papa a fusé vers moi. Il ne m'a pas touchée, mais j'ai eu l'impression de me prendre un mur de brique en pleine poitrine. J'avais le souffle coupé.

– Reste où tu es, Regan. C'est entre Liam et moi.

– Je m'appelle Luna, a-t-elle dit.

Papa a encore resserré son poing. Dur, les jointures blanches. Son coude s'est étiré plus loin vers l'arrière, son bras frémissait.

Je ne pouvais pas bouger ; pas parler. J'étais figée dans le temps et dans l'espace. J'ai imaginé le coup fracassant atterrir dans la figure de Luna, un coup fatal dans son intention, dans son exécution. Papa était grand, fort. Et furieux – de toute ma vie, je ne l'avais jamais vu plus furieux.

Luna se tenait la tête haute, elle attendait. Le mettait presque au défi de le faire. Les secondes ont défilé. Des années.

Puis, lentement, Papa a desserré le poing.

Mes poumons ont éclaté.

Luna l'a contourné pour atteindre la poignée de la porte.

– Excuse-moi, a-t-elle dit.

Papa lui a lâché directement dans l'oreille :

– Si tu passes cette porte, pas la peine de revenir.

– Papa !

J'avais la voix rauque.

Luna s'est immobilisée un long moment, la main sur la poignée. Elle regardait droit devant elle, le bois solide, le vide.

« S'il vous plaît, mon Dieu, ai-je prié. Faites que rien de tout ça ne soit en train d'arriver. »

Papa a dit :

– Je suis sérieux, Liam.

Le bras de Luna est retombé sur son flanc. Chaque os de son corps a semblé se désintégrer quand ses épaules se sont affaissées. Elle a dit :

– Je me rends compte que j'ai été une grosse déception pour toi, Papa. Je suis désolée de ne pas avoir pu être le fils que tu voulais. Je suis désolée.

En croisant les bras autour d'elle, comme pour se protéger, elle a traversé le salon à pas lourds et gagné l'escalier du sous-sol. La défaite flottait dans l'air comme des déchets nucléaires.

– Je te déteste, ai-je craché à Papa. Je te déteste !

J'ai pivoté et je me suis élancée dans le couloir en direction de la grande chambre, où Maman était encore au téléphone. Encore !

– Raccroche ! lui ai-je ordonné.

Ses yeux se sont posés un instant sur moi.

– RACCROCHE !

Le venin, dans ma voix, m'a effarée moi aussi.

– Tom, il faut que j'y aille, a pépié Maman. Je te rappelle tout de suite. Essaie ce centre de conférences à The Springs, d'accord ?

Elle a raccroché. Avec un soupir las, elle a demandé :

– Quoi ?

– Quoi ? ai-je répété. Maman. Reviens parmi nous, là. Tu sais ce qui est en train de se passer ici ?

Ses yeux sont tombés sur le téléphone dans sa main.

– Je n'ai pas de temps pour ça. Pas aujourd'hui.

Elle a collé le portable à son oreille.

Je l'ai rejointe et je le lui ai arraché des mains. Je l'ai jeté à l'autre bout de la pièce, il a laissé une marque dans le mur.

– Regan !

– Maman ! lui ai-je pratiquement hurlé en pleine figure. Pourquoi tu es partie ? Liam est en pleine transition. Tu comprends ce que ça veut dire ?

Bien sûr qu'elle ne comprenait pas. J'ai ajouté :

– Elle change de sexe.

Maman a cligné des yeux une dizaine de fois, très vite.

– Pourquoi faut-il qu'il fasse ça maintenant ? Je ne peux pas gérer ça aujourd'hui. J'ai un mariage sans salle de réception et un traiteur en pleine inspection des services sanitaires…

– Ta gueule.

La mâchoire de Maman est devenue béante.

– Qu'est-ce que tu as dit ?

– J'ai dit ta gueule. Écoute-moi, pour une fois. Liam a besoin de toi. *Luna* a besoin de toi.

Je n'ai pas dit : « On a tous besoin de toi. Depuis toujours. »

Maman a claqué la langue.

– Luna. Où est-il allé chercher un nom pareil ?

Ce qu'elle a fait ensuite, je n'en reviens toujours pas. Elle a traversé la pièce et ramassé le téléphone par terre. Elle s'est mise à composer un numéro.

– Maman, bon sang…

– Je ne peux pas gérer ça, Regan ! a-t-elle crié. Je ne peux pas gérer ça aujourd'hui.

Elle semblait à la limite de l'hystérie.

– Je ne pourrais pas gérer ça, dit Maman. Pauvre Carol. Je ne sais pas ce que je ferais si Jack me quittait. Je ne serais jamais capable de suivre mes cours à la fac tout en faisant marcher une maison et en élevant deux gosses toute seule. Et elle, elle en a quatre. Pauvre Carol.

Maman secoue la tête.

Elle parle à notre voisine d'à côté, Mme Camacho. Elles sont assises sur des chaises longues dans le jardin, et elles nous surveillent, nous les gamins : Katie, Liam et moi, qui pataugeons dans la petite piscine gonflable. Katie lance :

– Regarde, Maman !

Elle enjambe le rebord de plastique. Elle se met en position, fait des moulinets avec les bras et saute en nous éclaboussant.

– C'est bien, ma chérie, dit Mme Camacho.

Elle poursuit sa conversation avec Maman.

– Il a aussi vidé leur compte d'épargne commun.

Maman plisse les yeux.

– Non ! Quel salaud !

Liam appelle :

– Maman, regarde !

Il imite Katie, mais il éclabousse encore plus, et manque de me faire couler. Mais ça ne me gêne pas ; c'est rigolo. On se met tous à rire.

Maman dit :

– Il aurait pu prendre les enfants, au moins.

Mme Camacho rigole. Elles rigolent toutes les deux.

Katie se lève et tire pour la énième fois sur l'arrière de son maillot de bain. Elle lève les pieds bien haut pour sortir de la piscine et traverse la pelouse en courant.

– Ça gratte trop, Maman.

Elle tripote le cordon élastique autour de sa jambe, tire dessus.

– Oh, viens là… Je savais que cet élastique était trop serré et la gênerait, dit Mme Camacho à Maman. Mais elle voulait absolument ce maillot Hello Kitty.

Liam me demande :

– Tu sais faire ça ?

Il fait tout le tour de la piscine en rasant le fond comme une salamandre. Je l'imite. Après un tour complet, on voit Katie revenir en sautillant.

Elle est toute nue.

Je me lève.

– Moi aussi je peux enlever le mien, Maman ?

Maman agite un poignet amorphe.

– Vas-y.

Je me déshabille tandis que Katie saute dans l'eau.

Liam fait semblant de flotter, mais je sais qu'en fait ses fesses touchent le fond. Il ne sait pas encore nager. Il regarde Katie, puis moi. Je montre à Katie comment faire la salamandre et on fait des tours dans la piscine. Un mouvement me fait lever la tête. Liam a son caleçon sur les chevilles, il est en train de l'enlever. Pendant une minute, il reste planté comme ça dans l'eau, à se regarder.

Katie pointe le doigt vers lui en gloussant. Je glousse aussi.

Liam empoigne son pénis et se met à tirer dessus.

– Enlevez-le, dit-il.

C'est presque un murmure.

Il titube vers Katie et répète :

– Enlevez-le.

– D'accord.

Elle se lève.

J'entends Mme Camacho demander :

– Qu'est-ce qu'il fait ?

– Liam ! crie Maman. Sors de là.

Sa voix aiguë nous fait tous frémir de peur. Maman traverse la pelouse au pas de course. Elle attrape la main de Liam et le sort brutalement de la piscine.

– Enlève-le, lui dit Liam.

– Enlève quoi ? Ton caleçon ?

– Maman, enlève-le.

Liam recommence à se tirer dessus.

– Arrête ça.

Maman repousse sa main d'une tape.

– C'est vilain.

Elle ramasse son caleçon de bain sur la pelouse et le secoue. Liam recule loin d'elle.

– Non, gémit-il. Je veux l'enlever. Enlève-le, enlève-le, enlève-le.

Il commence à taper sur son pénis et à trépigner. Il pique une crise.

Katie et moi, on se blottit l'une contre l'autre à l'autre bout de la piscine.

– Arrête ça, jeune homme. Arrête ça tout de suite ! ordonne Maman.

– Non ! hurle Liam. Non, je ne suis pas un jeune homme.

Il se comporte comme un bébé. Ça nous fait ricaner derrière nos mains, Katie et moi.

Maman agrippe le bras de Liam et le tire vers la baie vitrée.

– Va dans ta chambre. Ne ressors pas avant d'être prêt à te tenir correctement.

Elle le traîne à l'intérieur de la maison.

– Ça va, les filles ?

Mme Camacho s'accroupit à côté de nous. On fait toutes les deux signe que oui.

– Ce n'est pas bien de toucher les autres à cet endroit-là, dit-elle doucement. Vous comprenez ?

Je hoche la tête énergiquement.

Katie dit :

– C'est lui qui m'a forcée.

Je fronce les sourcils.

– Non, c'est pas vrai.

Maman ressort. Elle pousse un gros soupir et dit à Mme Camacho :

– Je pensais bien que ça allait me tomber dessus. Il a été un enfant si facile, tellement plus facile que Regan. Jack n'arrêtait pas de dire : « D'un jour à l'autre, maintenant, il va envoyer la testostérone. »

Elle lève les yeux au ciel.

– Apparemment, il a choisi aujourd'hui.

Mme Camacho sourit.

– Ah, les garçons. Je suis contente de ne pas en avoir.

Elles reprennent leurs sièges ; et leur conversation.

Katie dit :

– Viens, on va jouer avec nos poupons.

– Non.

Je m'éloigne en faisant la salamandre. Je boude Katie, maintenant. C'est une menteuse.

Le téléphone sonne dans la maison ; Maman s'extirpe de sa chaise longue. J'entends la baie vitrée s'ouvrir et se refermer. Une seconde plus tard, le hurlement de Maman déchire l'air.

– Qu'est-ce que tu as fait ? Oh, mon Dieu ! Repose ce couteau.

Elle apparaît derrière la vitre, serrant Liam dans ses bras.

– Connie, je dois emmener Liam aux urgences.

Mme Camacho traverse le jardin en courant.

– Que s'est-il passé ?

– Il s'est coupé le... la jambe. Tu veux bien surveiller Regan ?

– Bien sûr. Veux-tu que j'appelle Jack ?

– Non, répond vivement Maman. Non, je peux me débrouiller. Il n'a pas besoin d'être informé.

Maman dit autre chose, mais tout ce que je vois, c'est le sang qui coule le long de sa jambe.

Elle savait. J'étais debout sur le seuil de sa chambre, les yeux fixés sur son dos tandis qu'elle faisait les cent pas, son portable vissé à l'oreille. Elle avait toujours su.

Pourquoi ne l'avait-elle pas aidé ? Pourquoi n'avait-elle pas été là pour lui ? Pourquoi n'avait-elle pas admis sa différence ? Elle aurait pu lui rendre la vie tellement plus facile. Elle aurait pu l'élever comme une fille. Pourquoi ne l'avait-elle pas fait ?

Papa, bien sûr.

Lui ne savait pas. Elle aurait dû le dire à Papa. Toutes ces années, il avait torturé Liam avec le sport et encore le sport. Ses attentes si peu réalistes. Il avait donné à Liam l'impression d'être un raté, un mauvais fils.

Ce qui avait donné à Papa l'impression d'être un mauvais père.

Maman aurait pu donner à Papa le temps de s'y faire, d'accepter Liam tel qu'il était.

Un autre souvenir a refait surface, accompagné d'une question. Après ce jour où Liam avait volé les cachets de Maman pour se suicider, où je les avais jetés dans les toilettes, pourquoi Maman ne nous avait-elle pas interrogés ? Pourquoi n'avait-elle pas piqué une crise ? Demandé où étaient passés ses cachets ?

À moins qu'elle n'ait su.

À moins qu'elle ne les ait laissés traîner exprès. Elle avait un but bien précis. Elle avait permis à Liam d'y accéder facilement. « Tiens, Liam, l'entendais-je penser. Sers-toi. Voilà quelque chose pour t'aider à soulager ta souffrance. »

Je suis sortie de sa chambre à reculons. Lentement, sous le choc.

Mon Dieu. Ma mère était un monstre.

CHAPITRE 25

Je ne l'ai pas dit à Luna. Je ne voulais pas en parler. Je ne voulais pas y croire. Luna avait assez souffert comme ça, aujourd'hui. C'était son anniversaire. Elle avait ôté la perruque, mais portait toujours la jupe et le pull, et pianotait sur son ordinateur portable pour programmer son jeu, ou je ne sais quoi. Elle était retournée dans son élément. Retournée dans son monde d'illusion.

Je ne voulais pas la laisser seule – pas aujourd'hui. Pas comme ça. Je n'aurais pas pu. En m'installant sur le canapé, j'ai attrapé la télécommande et j'ai commencé à zapper, prête à passer toute la nuit devant la télé.

– Tu n'as pas un rencard ce soir ?

Sa voix m'a fait sursauter. Je croyais qu'elle était totalement ailleurs.

– Tu devrais peut-être commencer à te préparer. T'en as pour un moment si tu veux arranger ta coiffure.

Je lui ai fait la grimace.

– Je crois que je vais rester à la maison et te casser les pieds.

Luna a fait un demi-tour complet sur sa chaise de bureau.

– Tu n'es pas obligée de me baby-sitter, Regan.

Mon visage s'est enflammé.

– C'est pas mon intention.

– Si. Tu es encore en train de me punir pour t'avoir fait perdre ton boulot ?

Je lui ai jeté la télécommande à la figure. Elle l'a attrapée au vol.

– Waow, ai-je dit. Tu devrais te mettre au base-ball.

Elle n'a pas lâché un sourire.

– Tu recommences. Tu es très douée pour ça, tu sais.

– Quoi ?

– Pousser les gens à se sentir coupable.

J'ai levé le nez, indignée. Elle pouvait parler.

– Je vais bien, a-t-elle dit en me renvoyant la télécommande. Arrête de te faire du souci pour moi. Tu n'as pas intérêt à annuler ton rencard avec Chris à cause de moi. Je t'en voudrai à mort si tu fais ça.

Elle a fait la moue, en gonflant ses lèvres.

Les lumières ont clignoté. Luna et moi, on a tourné nos têtes à l'unisson. Les craquements dans l'escalier annonçaient la dernière personne que j'aurais jamais imaginé revoir ici.

– Salut.

Aly restait sur le palier. Elle avait un air de défi. Un air déterminé.

Luna a bondi sur ses pieds.

– Salut. Salut, Aly.

Les yeux d'Aly ont furtivement passé en revue le corps de Luna, de haut en bas.

– Bon anniversaire, a-t-elle dit d'une voix tremblante qui trahissait son manque d'assurance. Salut, Regan.

Elle a lancé un sourire dans ma direction.

– Salut.

Aly ne nous a pas laissé le temps de réagir, à Luna ou à moi (même si nous ne savions pas comment réagir, de toute façon !) : elle a filé vers les PC et ramassé une manette de jeu.

– On a une partie à finir, a-t-elle dit. J'ai besoin de piger comment sortir de cette fichue ruelle.

Elle s'est affalée par terre aux pieds de Luna.

Luna m'a regardée en écarquillant les yeux. Était-ce de l'espoir, ce qui m'inondait soudain les veines ? Ça remplissait également Luna. Elle a semblé s'allonger ; sa peau était moins cireuse, son regard plus posé.

Aly se cramponnait des deux mains à la manette posée sur ses genoux ; elle a expiré longuement.

– Je ne sais pas combien de temps ça va me prendre, de me faire à cette idée, a-t-elle dit à l'espace vide entre nous. C'est dur. Vous comprenez ?

Luna s'est assise lentement sur le plancher à côté d'Aly.

– Je sais, a-t-elle dit tranquillement. Prends tout le temps qu'il te faut.

Aly a poussé un énorme soupir.

– On peut finir cette partie, s'il te plaît ?

Elle a flanqué sa manette dans le ventre de Luna et en a saisi une autre pour elle.

– Ça me donne des cauchemars.

Luna a cliqué sur « play », puis s'est installée plus confortablement sur le tapis. Elle a lissé sa jupe sur ses jambes croisées. Aly a dit :

– Commence quand on a neuf ans. Je veux rejouer cet anniversaire.

Elle a tourné la tête pour regarder Luna, pour la première fois, un contact direct droit dans les yeux.

– Dis-moi que c'est une blague, cette tenue, a-t-elle dit.

Luna s'est raidie.

– Quoi ? Qu'est-ce qu'elle a de mal ?

– Pull et gilet assortis ? Pitié !

Aly s'est remise face à l'écran. Elle a pressé un bouton et le cri de son clone a déchiré l'air. En écho, Aly a ajouté :

– J'espère que tu ne demandes pas conseil à Regan, pour les questions de mode.

– Hé ! ai-je protesté.

Aly n'a pas réagi, elle a juste continué à pianoter. Mon cœur a explosé et s'est mis à chanter. Ce que j'aimais Aly ! Je l'aimais plus que jamais. Aujourd'hui, je l'aimais comme une sœur.

Nous étions assis dans la salle de cinéma, le bras de Chris serpentait sur mes épaules, quand la dernière conversation que j'avais eue avec Luna s'est rejouée dans ma mémoire. Aly était partie après avoir enfin gagné une partie d'« Hou là Aly ». Je crois que Luna l'a laissée gagner. Luna, le dos rond, était agenouillée par terre, en train de visser la coque d'une unité centrale ; je lui ai demandé si elle pouvait m'aider à choisir une tenue.

– Je ne peux pas, Regan, a-t-elle répondu. Je dois finir ça. Il n'y a plus beaucoup de temps.

Que voulait-elle dire par « Il n'y a plus beaucoup de temps » ? Plus beaucoup de temps pour qui ? Pour quoi ?

– Où es-tu, Regan ?

Chris me tapotait l'épaule.

Je suis revenue au moment présent, dans un sursaut.

– Quoi ?

– Tu pars vraiment très loin, parfois. Tu t'en rends compte ?

Sa voix était un murmure à mon oreille. Le film avait commencé. Quand avait-il commencé ?

– Il y a un problème ? a demandé Chris. Tu n'as pas l'air vraiment contente d'être ici ce soir.

Bien vu. Tout ce qui s'était passé aujourd'hui avec Papa et Maman, puis avec Aly, m'encombrait l'esprit. Me rongeait. Je n'arrivais pas à me sortir Luna de la tête, de la peau. Je ne pourrais jamais. Elle n'était pas aussi heureuse d'être acceptée par Aly que j'aurais pu le penser. Je m'attendais à la voir danser au plafond en chantant Dana International. Mais elle était sombre, renfermée, distante.

– Regan ?

Quoi ? Oh là là.

– Je suis désolée, ai-je dit à Chris, en baissant la tête. Ce... ce n'est pas toi. Je suis vraiment contente d'être ici avec toi.

Le couple derrière a fait « Chut ! » et Chris a enlevé son bras de mes épaules. Il s'est levé, a fourré notre cornet de pop-corn dans le creux de son bras et m'a pris la main.

– Allons-nous-en.

Je n'ai pas protesté.

Dehors, dans la voiture, Chris a dit :

– Tu veux en parler ?

Oui, plus que tout au monde, je voulais en parler. Je voulais lui dire ce qui se passait, lui révéler la vérité au sujet de Liam. Je voulais que ça sorte à l'air libre, que ça sorte de moi, je voulais faire face et voir comment il ferait face.

Mon cerveau m'ordonnait de parler, mais ma bouche refusait de fonctionner. Je ne pouvais pas. Ce secret était resté en moi si longtemps qu'il faisait partie de moi, à présent. Si je le laissais sortir, ce serait comme m'ouvrir moi-même. À la souffrance, au ridicule, à la perte.

Chris a dit :

– J'ai un oncle qui est homo.

J'ai fait volte-face.

– Et alors ?

Je voulais hurler. « Liam n'est pas homo ! J'aimerais bien qu'il le soit. Ce serait plus facile, plus acceptable. Mieux compris, tout au moins. »

– Je dis juste que je n'ai pas de problème avec... tu sais.

Il ne savait pas. Comment aurait-il pu savoir ? Je ne pouvais pas lui dire. Je ne pouvais pas former les mots.

C'était trop nouveau pour moi. De faire confiance à quelqu'un. De m'ouvrir. Je n'étais pas prête. J'avais peur. Si je lui disais la vérité, je risquais de le perdre. Je venais seulement de le trouver.

Chris me regardait, attendait.

Je me suis demandé combien de temps il attendrait. En lâchant un long soupir, j'ai articulé les seuls mots que j'arrivais à sortir :

– Je... Je ne peux pas... Trop tôt.

– OK, a-t-il dit rapidement. Pas de problème. Je suis cool avec ça.

C'était vrai. Il était tellement cool. Je ne pouvais pas rester ici une minute de plus…

– On peut y aller ? ai-je demandé.

– Tout ce que tu voudras, Regan.

Il a démarré la voiture et m'a reconduite à la maison.

Quand on s'est garés à côté de la Spyder, dans l'allée, Chris a coupé le contact et s'est tourné pour me faire face.

– Je suis désolée, ai-je dit avant qu'il puisse me foudroyer.

Avant qu'il puisse me dire qu'il regrettait tellement de m'avoir rencontrée. Qu'il avait décidé que je ne valais pas la peine d'attendre.

– Je suis désolée.

Pourquoi est-ce que je m'excusais tout le temps ? Pour moi, pour Luna, pour tout ce qui était de travers dans le monde.

Je ne voyais pas de lumière par les fenêtres du sous-sol, ce qui m'a fait flipper. Impossible que Liam soit déjà couché ! Chris s'est rapproché et m'a pris la main.

– C'est juste des trucs de famille, ai-je marmonné. C'est pas toi.

– Hé ! Les emmerdes familiales, ça peut vraiment être lourd.

C'était peu dire. J'étais en colère, tout d'un coup. Voilà, j'étais là avec ce mec incroyable qui me donnait le sentiment d'être spéciale et m'invitait à dîner et m'emmenait au cinéma et voulait passer du temps avec moi, et tout ce qui m'occupait l'esprit, c'était mon frère : je me demandais ce qu'il fabriquait, ce qu'il pensait et ressentait. Je me disais que je n'aurais pas dû le laisser tout seul le jour de son anniversaire, pas ce soir. Pas avec la façon dont il se comportait. « Il ne reste plus beaucoup de temps », avait-il dit.

– Je suis un public attentif.

Chris a penché la tête de côté et essayé d'accrocher mon regard.

– Raconte-moi tes emmerdes et je te raconterai les miennes. Ma famille est tellement dysfonctionnelle, je parie qu'elle bat la tienne fastoche.

J'ai ricané.

– T'es prêt à parier combien ?

Il a haussé les sourcils. Il ne faisait pas pression sur moi, mais je me sentais bousculée quand même. Je n'étais pas prête.

– Il faut que j'y aille.

Il fallait que je sorte – maintenant.

Chris s'est dépêché d'ouvrir sa portière et de me rattraper alors que je filais vers le perron, vers Liam. Mes yeux ont dérivé vers le ciel à la recherche de la lune, des étoiles. Rien. Aucune lumière ne brillait. Une éternité de ténèbres. Chris a touché ma main. « S'il essaie de m'embrasser maintenant, ai-je pensé, je vais éclater en sanglots. »

Il n'a pas essayé. Juste emmêlé ses doigts dans les miens et serré doucement.

– Je t'appelle demain pour parler du week-end prochain ?

Il voulait toujours me voir ? « Il est vraiment maso », ai-je pensé. J'ai hoché la tête, mais c'était juste parce que ma tête me paraissait si lourde que je ne pouvais plus la tenir droite.

La première chose qui m'a frappée, c'est le démontage, l'expansion de l'espace. Des objets avaient été déplacés, redisposés. Les PC de Liam étaient allumés tous les quatre, leurs économiseurs d'écran clignotaient. Pas de gratte-ciel cette fois. Des nombres. Toute une série de nombres, qui défilaient en travers des moniteurs. La table basse où il laissait généralement son ordinateur portable avait été débarrassée ; en fait, toute la pièce donnait l'impression que Supermaman y avait fait la tornade ménagère. La supermaman de quelqu'un d'autre.

Liam – Luna – avait dû passer toute la soirée à ranger. Ranger. Pour faire place nette ? Quitter ce monde ?

J'ai foncé dans sa chambre. Il était roulé en boule sur son matelas, et il ronflait. Il portait toujours la jupe et le twin-set. L'horloge digitale, sur sa commode, indiquait 21 : 02 en chiffres lumineux. J'ai refermé délicatement la porte, en poussant un soupir de soulagement.

Malheureusement, son virus du ménage ne s'était pas propagé dans ma chambre. C'était une porcherie, comme d'habitude.

Je suis tombée dans un gouffre. Profond et sombre, aux rebords déchiquetés. J'avais la sensation que mon corps avait été poussé du haut d'une falaise et avait heurté chaque pointe de rocher au cours de sa chute.

Contusionnée, éreintée, tellement à bout. Je me suis allongée sur mon lit et j'ai fermé les yeux.

CHAPITRE 26

Clic !

Mes paupières se sont ouvertes et j'ai protégé mes yeux contre la lumière aveuglante.

– Réveille-toi, Regan. J'ai besoin que tu me rendes un service.

Une main me touchait l'épaule.

J'ai scruté en plissant les yeux la silhouette floue qui se penchait au-dessus de moi. Luna.

– Quelle heure il est ?

Elle a regardé sa montre.

– Quatre heures et demie.

– Du matin ?

Je me suis péniblement redressée en position assise. La nuit morne s'infiltrait par ma fenêtre. Toujours pas de clair de lune. Seulement l'éclat violent de mon plafonnier.

– J'ai besoin que tu viennes avec moi.

Luna m'a tendu une pile de fringues soigneusement pliées. Des fringues à moi. Pour que je les mette, apparemment.

Elle, côté fringues, elle était impeccable. Veste de tailleur, jupe assortie, talons. J'ai bâillé.

– Le centre commercial n'ouvre pas avant plusieurs heures, ai-je grommelé.

Elle a arraché ma couette.

– Dépêche. Il faut qu'on parte dans dix minutes.

Elle m'a laissée seule le temps que je m'habille. Quand j'ai émergé de ma chambre, elle m'attendait au pied de l'escalier.

– On va devoir sortir en cachette. Papa a veillé toute la nuit devant la télé.

– Je sais.

On s'était fusillés du regard, lui et moi, quand j'étais rentrée de ma soirée en amoureux. La soirée en amoureux la plus courte de l'histoire. Papa et moi n'étions pas exactement disposés à nous adresser la parole. Il ne regardait pas vraiment la télé non plus. Il était juste allongé sur le canapé, les bras croisés, raide comme un macchabée.

– Il a fini par s'endormir, a dit Luna. Je ne veux pas qu'il se réveille et nous surprenne.

Elle a passé son sac à main à l'épaule.

– Ou nous empêche de sortir.

– On va où ?

Je l'ai suivie sur la pointe des pieds dans l'escalier. Pas de craquement. Elle avait dû désactiver les effets sonores.

On s'est faufilées derrière Papa sans problème. Il était carrément dans le coma, une bière vide sur la table.

Luna a tapé le code de sécurité de la Spyder et nous sommes montées dedans, avant de refermer les portières en douceur. Quand le moteur a rugi, nous avons grimacé toutes les deux, mais il ne s'est rien passé. Pas de lumière qui s'allume. Pas de porte qui s'ouvre brutalement. Luna a reculé vers la rue.

J'ai attendu qu'on soit sur la nationale pour parler.

– Où qu'on aille, tu vas forcément te faire remarquer dans cette tenue. Waouh.

Elle a souri, radieuse. C'était vrai. Elle était superbe. Elle portait un tailleur très chic, bien coupé, en laine blanche, avec un chemisier bleu marine et des chaussures assorties. Elle avait une nouvelle perruque blonde, aux épaules, avec une frange, qui lui donnait une allure carrément glamour. C'est ça qu'elle avait dû s'offrir pour son anniversaire.

Concentrés sur la route, ses yeux réfléchissaient les lampadaires le long de la voie express. Mais l'étincelle semblait venir de l'intérieur.

Quelque chose d'autre étincelait.

– Hé, elles te plaisent ?

J'ai indiqué mon oreille. J'avais oublié mon cadeau d'anniversaire pour elle.

Elle a touché son lobe droit.

– Je les adore.

Elle s'est tournée en souriant.

– Merci. Elles sont parfaites.

J'avais choisi une paire de boucles d'oreilles en or, des demi-lunes. Des moitiés opposées qui formaient un tout quand on les rassemblait.

À la sortie de la ville, nous avons pris de la vitesse. Il y avait peu de circulation à cette heure matinale. En plus, c'était dimanche. Non ? La soirée d'hier semblait dater d'un siècle plus tôt. Je voulais parler à Luna de Maman et Papa, mais je ne savais pas trop comment lancer le sujet. Ni quoi dire. Ils avaient passé un test de vrais parents et ils avaient échoué. Zéro sur vingt.

Nous l'avons dépassé si vite que j'ai failli le rater. Le panneau.

– On va à l'aéroport ?

J'ai tourné la tête à 180 degrés pour vérifier.

L'expression de Luna n'a pas changé.

Mon cœur s'est emballé. Il martelait ma poitrine.

On a monté la rampe pour les passagers au départ et Luna a repéré une place de stationnement dans le parking courte durée. Elle a ouvert sa portière, a passé les deux jambes dehors et s'est levée.

– Qu'est-ce qu'on fait là ? ai-je demandé en sortant à mon tour.

Elle a ouvert le coffre et en a extrait une valise bourrée à craquer et un sac à bandoulière, puis son ordinateur portable dans une mallette en cuir que je n'avais jamais vue avant. Elle m'a tendu le sac et le portable.

Mon cœur me brisait les côtes.

– Mets-moi au parfum. Qu'est-ce qui se passe ?

Ses talons hauts ont claqué sur le trottoir tandis qu'elle se dirigeait vers les ascenseurs.

– Luna…

– Oh, flûte.

Elle a fait demi-tour.

– J'ai oublié mon manteau. Tu veux bien courir le prendre ?

Elle m'a tendu ses clés.

– Le code de la portière, c'est 6940128. Tu peux le retenir ?

« Non, ai-je pensé. Je n'arrive plus à réfléchir. »

– Regan ?

– Répète-le-moi.

– 6940128.

Repasser les chiffres dans ma tête leur donnait un rythme : 694, 0128. 694, 01, 28. Le manteau était sur la banquette arrière et couvrait une enveloppe. Sur le dessus de l'enveloppe, Luna avait écrit *Maman et Papa* avec son encre rose. Ma gorge s'est serrée. À côté de l'enveloppe, il y avait une boîte de chez Nordstrom, et une carte avec mon nom attachée dessus.

J'ai claqué la portière. Non, impossible qu'on en soit là.

Elle était au comptoir d'enregistrement, sur le côté, elle se faisait interroger par un agent de sécurité. Oh là là. Elle lui adressait des hochements de tête, l'air paniquée. Tandis que je me dépêchais de la rejoindre, le garde a fait signe à un autre agent de venir et lui a parlé un moment. Ils se sont tous les deux détournés de Luna pour ricaner dans leurs poitrines. Une flèche m'a transpercé le cœur.

Quand je suis arrivée au comptoir, le premier agent a rendu son permis de conduire à Luna en disant :

– Je suis désolé. Je ne peux pas vous laisser embarquer.

Luna a saisi son ordinateur et ses bagages et s'est précipitée vers moi.

– Quelle barbe ! a-t-elle marmonné. Je dois me rechanger.

Elle a parcouru la zone du regard, puis filé dans le couloir vers les toilettes. J'ai trottiné derrière elle et, finalement, j'ai agrippé sa veste de tailleur.

– Bon sang, tu ne voudrais pas me dire ce que tu fabriques, s'il te plaît ?

– C'est évident, non ? a-t-elle dit, me regardant à peine. Tu veux bien garder mes affaires jusqu'à mon retour ?

Elle a posé sa mallette et son sac à mes pieds, puis baissé la tête et disparu dans les toilettes des femmes avec la valise. J'ai décidé de la tuer quand elle reviendrait. Une dame du contrôle s'est approchée ; j'ai dit :

– Un des WC vient de déborder là-dedans.

Elle a fait la grimace et s'est enfuie.

Quelques minutes plus tard, Luna est sortie vêtue d'un pantalon et d'un chemisier, sans le soutien-gorge, sans la perruque. Elle avait enlevé le rouge à lèvres, mais gardé le maquillage de ses yeux. En se baissant pour reprendre sa mallette au bout de mon bras inerte, elle a dit :

– Ça m'a pris quarante-cinq minutes pour mettre cet eyeliner bien droit, alors je ne l'enlèverai pas.

Elle est retournée en trombe au comptoir d'enregistrement et a donné son billet. Cette fois, ils l'ont laissée passer.

En me rejoignant une fois de plus, elle a jeté un coup d'œil à son manteau qui traînait par terre et me l'a ôté des mains, en l'époussetant. Elle a fourré sa carte d'embarquement dans la poche de sa mallette et regardé sa montre.

– Il me reste encore une heure avant le décollage. Tu veux aller manger quelque chose ? Je meurs de faim.

– Non, ai-je sifflé. Je veux que tu me dises ce que tu fabriques, là.

En examinant les alentours au-dessus de ma tête, elle a répondu :

– Je vais à Seattle. Teri Lynn a une chambre d'amis où je peux habiter jusqu'à ce que je sois prête à m'installer quelque part. Elle va parler à son psy lundi, pour voir s'il peut me prendre tout de suite.

– Pour quoi faire ? ai-je pratiquement hurlé.

Luna m'a enfin regardée.

– Une évaluation. Pour débuter ma transition. Pour commencer à suivre les règles de Harry Benjamin. Ça dépend du médecin, selon qu'il adhère strictement aux règles ou non, mais je devrai peut-être vivre comme une femme pendant un an pour compléter mon expérience dans la vie réelle. Ensuite, j'aurai besoin de deux lettres de psychothérapeutes qui me recommandent pour la SRS. Ce qui ne devrait pas être un problème.

Elle a de nouveau jeté un coup d'œil autour d'elle.

– Viens. Allons prendre un croissant.

Elle est partie en hâte dans le couloir.

Je me suis efforcée de rester à sa hauteur, mais mon cerveau était à la traîne. Il essayait d'analyser tout ce qu'elle avait dit. Elle partait à Seattle. Pour son opération. Elle s'en allait.

Elle a obliqué dans un café et pilé devant le comptoir pour étudier le menu sur le tableau noir. Elle a commandé un café au lait et un pain au chocolat, puis m'a demandé ce que je voulais.

Je ne suis parvenue qu'à secouer la tête. Non, non, non.

Luna a dit à la serveuse :

– Pardon, deux pains au chocolat. Et un jus d'orange.

Luna a payé et je l'ai suivie à une table. Il n'y avait pas grand monde ici à cinq heures et demie un dimanche. Des agents du service de nettoyage. Un ou deux uniformes de compagnies aériennes. J'ai laissé mon regard errer par la fenêtre ; un petit avion roulait sur la piste. En face de moi, Luna a englouti son pain au chocolat, mais moi je ne pouvais pas manger. Je pouvais à peine respirer.

Comme si elle pensait tout haut, elle a dit :

– J'ai aussi besoin d'obtenir une ordonnance à mon nom pour des œstrogènes.

– Quoi ?

C'était ça, l'hormone qu'elle prenait ?

Luna s'est mise à déblatérer au sujet des antiandrogènes, de l'épilation au laser, des implants mammaires si elle en avait encore besoin d'ici là.

Si ?

J'ai jeté un œil à sa poitrine. Avait-elle les seins qui poussaient ?

Œstrogènes. Ça se bloquait dans ma tête. Maman ne prenait-elle pas des œstrogènes ? Elle avait dit quelque chose à propos d'une ordonnance.

– Tu voles des hormones dans l'armoire à pharmacie de Maman ?

Ou bien est-ce que Maman faisait semblant de ne rien remarquer ? Elle avait un vrai talent pour ça. Est-ce qu'elle s'arrangeait pour qu'il puisse se servir ?

– Elle essaie encore de te tuer ?

– Quoi ?

Liam a fait la grimace.

– De quoi tu parles ?
Je me suis détournée.
– Maman ne me ferait jamais de mal. Elle ne voudrait pas…
Je me suis retournée d'un bond vers elle.
– Elle sait tout sur toi. Elle a toujours su, n'est-ce pas ?
Luna a souri d'un air sombre et baissé les yeux. Elle a porté le café au lait à ses lèvres.
– Je ne t'ai jamais parlé de la fois où elle m'a surprise dans sa chambre ? a demandé Luna en sirotant.
– Non. Quand ?
– Ce n'était pas la première fois. Je me croyais toujours tellement prudente, mais tu me connais. Je m'oublie dans le miroir et les heures filent à toute vitesse.
Luna a reposé sa tasse.
– La dernière fois, il me semble, c'est quand j'avais dix ou onze ans. Je ne sais pas où vous étiez tous, mais je me rappelle ce que je portais. Le déshabillé et le soutien-gorge de Maman, avec ses talons et cette perruque que j'avais achetée dans un vide-grenier. J'étais en train de me maquiller quand Maman a surgi, comme un diable de sa boîte. J'ai failli m'éborgner avec la brosse à mascara. Ouh, elle était furax. Pas exactement furax. Dégoûtée.
Luna a cligné des yeux en se le remémorant, le regard perdu dans le lointain.
– Elle m'a dit d'arrêter. Elle m'a dit : « Je te conseille d'arrêter tout de suite. »
Luna imitait Maman à la perfection.

– Comme si je pouvais. Maman ne comprenait pas vraiment. Que c'est un besoin, tu sais ? Elle a dit : « Et si ton père te voyait comme ça ? Tu sais ce que ça lui ferait ? Tu sais comment il réagirait avec toi ? »

Les lèvres de Luna se sont décollées et elle a recraché une bouffée d'air.

Pas étonnant qu'elle ait peur de Papa. Ouais, elle savait comment il réagirait : ou bien il ne lui parlerait plus, ou bien il la foutrait dehors. Je crois qu'elle avait plus peur de la seconde possibilité.

– Oui, Maman a toujours su, a dit Luna. Seulement, elle ne savait pas comment réagir, comment vivre avec. Enfin, elle m'a quand même donné un sac tissé pour mes quatorze ans.

Luna a rigolé.

Pas moi. Ce n'était pas drôle.

Elle a continué à blablater sur les interventions chirurgicales qu'elle envisageait : se faire raboter la pomme d'Adam et refaire le contour du visage.

Tout ce que Luna disait tourbillonnait dans ma tête, se mêlant à mes propres souvenirs. J'étais plus perdue que jamais, à propos de Maman. Était-ce un monstre, ou une martyre ? Ou juste une mère ? J'ai espéré que j'avais tiré une conclusion hâtive et fausse à son sujet. Dieu, ce que je l'espérais.

Je me suis reconnectée sur Luna, qui disait qu'elle mourait d'impatience de se faire pousser les cheveux.

– J'en ai tellement marre de porter des perruques.

– Et le lycée ? ai-je interrompu. Tu vas juste tout foutre en l'air comme ça ? Et l'université ? Toutes tes bourses d'études…

– Je ne peux pas penser à tout ça maintenant.

Elle a avalé le reste de son café. En reposant la tasse sur la table entre nous, elle a ajouté :

– Je crois que j'ai d'assez bons résultats pour avoir le bac en candidat libre. Et sinon, je passerai l'examen d'équivalence. Mais la fac…

Elle a secoué la tête.

– Ce n'est pas encore le moment. J'ai besoin de temps pour moi.

– Ouais, toi, ai-je grincé. Il ne s'agit que de toi. Toujours que de toi.

Son regard a croisé le mien, mais je n'ai pas pu le soutenir. Ma vision est devenue floue et s'est dispersée, vers le plafond, le sol, le comptoir, le menu, les panneaux, les téléphones, n'importe où sauf sur elle. Je ne pouvais pas accepter ça. Je ne voulais pas.

Luna a tendu la main par-dessus la table et m'a touché le bras.

– Ç'a été drôlement lourd pour toi, hein, Regan ?

– Non.

Un citron s'est logé dans ma gorge.

– Tu sais que je fais ça pour toi autant que pour moi.

– Qu'est-ce que tu veux dire ?

– Je crois que tu le sais.

Je ne le savais pas. Pas du tout. Mon pouls s'est accéléré. Mon cœur a explosé.

– Je retire tout. Tout ce que j'ai dit. Je n'en pensais pas un mot. Tu peux te servir de ma chambre quand tu veux. Tu peux t'habiller au lycée. Je m'en fiche. Je ne veux pas que tu partes. Je ne veux pas que tu t'en ailles.

– Je suis obligée.

– Mais non !

Je hurlais presque. Ma poitrine me faisait mal. Ma gorge me brûlait. Comment pouvait-elle ? Comment pouvait-elle faire ça, partir comme ça, hop ? Elle avait une vie ici. Elle m'avait moi. Elle avait…

– Et Aly ?

– Eh bien ?

– Tu vas partir sans lui dire ?

– Je lui ai envoyé un mail.

– Ah, tu lui as envoyé un mail, l'ai-je raillée. Elle va sûrement se sentir bien avec ça, se sentir importante. Ça ne lui pose pas de problème. Ça ne lui en posera pas. Elle a juste besoin de temps.

– C'est du temps que je n'ai pas, a dit Luna. Je ne peux pas attendre. Qui que ce soit.

Elle m'a pressé le bras.

Non ! Elle ne pouvait pas faire ça ! Je me suis écartée d'un bond.

– Comment peux-tu partir ? ai-je répété. Comment peux-tu t'en aller ?

Elle a penché la tête et a dit doucement :

– Comment pourrais-je rester ?

Nos regards se sont soutenus pendant une longue, lourde minute. Ensuite, en croisant les bras autour de sa poitrine, Luna a ajouté :

– On va finir par se détester.

– Je ne pourrais jamais te détester. Tu es mon frère.

– Je ne parle pas de toi. Je parle de Papa.

Papa. Ça revenait toujours à lui. Elle avait raison. Je ne pouvais plus me contenir ; j'ai éclaté en sanglots.

– Oh, Regan.

Luna s'est extirpée de sa banquette et a fait le tour de la table pour se glisser à côté de moi.

– S'il te plaît, ai-je sangloté, ne pars pas. Il va s'habituer à l'idée.

– Peut-être, a dit Luna calmement. J'espère. Mais j'ai besoin de faire ça maintenant.

Mes larmes ont redoublé. Elle a passé un bras autour de mes épaules et je me suis effondrée sur elle. Je l'ai laissée me serrer contre elle.

– C'est pas leur faute, d'accord ? m'a-t-elle dit.

Elle avait lu dans mes pensées ; je les haïssais tellement.

– C'est la faute de personne. Je ne veux pas que tu leur en veuilles. Je suis ce que la déesse a voulu que je sois. Je ne comprends juste pas pourquoi.

Mes larmes étaient intarissables.

Luna s'est courbée au-dessus de la table pour attraper sa mallette, sur l'autre banquette. Elle y a récupéré un paquet de mouchoirs en papier et en a sorti un. Elle me l'a tendu en le secouant.

– Ne me laisse pas ici, ai-je imploré. Emmène-moi avec toi.

Elle a passé sa main sur l'arrière de ma tête, de mes cheveux.

– Non.

J'ai ajouté dans un gémissement :

– Qu'est-ce que je vais faire sans toi ?

– Vivre, a-t-elle dit. Être heureuse.

– Je ne peux pas ! me suis-je écriée.

Je me suis effondrée sur ses genoux, gros tas de chair et d'os en train de pleurnicher.

– Je ne peux pas.

– S'il te plaît, Regan, a-t-elle murmuré, la voix rauque. Ne fais pas ça. Ne me fais pas chialer. Si je commence…

J'ai senti sa poitrine se soulever et retomber. Elle m'a frotté le dos, m'a serrée contre elle jusqu'à ce que j'arrive à lever suffisamment la tête pour me moucher. Les gens nous regardaient, mais je m'en fichais. J'en avais rien à foutre de ce que pensaient les autres.

Une annonce a retenti dans le hall.

– *L'embarquement pour le vol 337 d'America West à destination de Phoenix et Seattle/Tacoma va commencer dans quelques minutes. Les passagers munis de billets sont priés de se présenter aux postes de contrôle.*

Luna m'a poussée doucement pour se dégager et a sorti la carte d'embarquement de sa mallette. Mon estomac se tordait.

– C'est pas mon avion.

Elle a replongé le billet dans la poche avant. En me souriant, elle a dit :

– Parlons d'un truc réjouissant. Raconte-m'en plus à propos de ton nouveau petit copain canon.

J'ai essuyé les coins de mes yeux avec la paume.

– C'est pas mon petit copain.

– Pas encore.

Elle a agité les sourcils.

Une dame qui roulait un bidon d'oxygène est passée devant notre table et nous a regardées en fronçant les sourcils. Je lui ai fait la grimace.

– Vous êtes allés où, hier soir ? a demandé Luna.

– Quoi ? Ah. Dîner. Et puis au ciné.
– Qu'est-ce que vous avez vu ?
– Aucune idée.
– Mmm.
Je lui ai donné un coup de coude.
– C'était pas à cause de ça. On n'est pas restés longtemps.
– Mmm.
J'ai claqué la langue.
Il y a eu une autre annonce à propos des règles de sécurité, ne laissez pas vos bagages sans surveillance. Luna a demandé :
– Tu vas ressortir avec lui ?
Mon cerveau s'est reconnecté. Je m'étais tellement concentrée, hier soir pendant le dîner, pour ne pas me renverser de la sauce de spaghettis partout, que j'avais complètement oublié ce dont Chris avait parlé. Son invitation. Le mariage de sa mère.
– Ouais, ai-je répondu. Samedi prochain. Sa mère se marie et il veut que je l'accompagne au mariage, et ensuite à la réception.
– Ouh, ça va être marrant !
– Ouais, vachement.
Une pensée a déboulé dans ma tête.
– Ce serait le festival de l'horreur si c'était Maman qui avait organisé son mariage !
Luna s'est marrée.
J'ai louché. La panique montait dans ma poitrine.
– Qu'est-ce que je vais mettre ? Je ne suis jamais allée à un mariage. Comment on se comporte ? Qu'est-ce qu'on fait ?

– Il y a une boîte pour toi dans la voiture, a dit Luna. Ouvre-la quand tu seras rentrée à la maison. Jette tout ce que tu as et recommence à zéro. Mets un peu de couleur dans ta vie, Regan. Tu en as besoin. Quant à la façon de se comporter, c'est facile. Sois toi-même.

– Être moi-même. Super. Je ne sais même pas qui je suis.

– *L'embarquement pour le vol 875 d'United Airlines va commencer porte 4. Les passagers qui ne l'auraient pas encore fait sont priés de se rendre aux postes de contrôle…*

Luna s'est glissée hors de la banquette et s'est levée. Je me suis redressée en chancelant. Elle m'a pris la main, les deux mains, et m'a souri en me regardant dans les yeux.

– Moi, je sais qui tu es, a-t-elle dit. Tu es ma petite sœur Regan. Ma superbe petite sœur. J'ai toujours été tellement jalouse de toi.

– Ouais, c'est ça.

– C'est vrai. Tu es tellement belle.

J'ai grogné.

Elle semblait surprise par ma réaction.

– C'est vrai. Tu ne t'es jamais regardée ?

Elle a lâché mes mains et plaqué les poings contre ses hanches.

– Regan O'Neill ?

– Impossible… Tu squattes mon miroir en permanence. Il n'est jamais libre une seconde !

– Regarde-moi.

Elle m'a soulevé le menton avec son index.

– Tu es très belle. À l'intérieur comme à l'extérieur. Tu es gentille et généreuse, compatissante et attentive. Tu es la personne la plus attentive au monde. Tu m'as sauvée ; tu sais que c'est vrai. Si tu n'avais pas été là pour moi, Regan, toutes ces années...

Sa voix s'est brisée. Mes yeux se sont remplis de larmes. On a dû détourner le regard, toutes les deux.

Luna a baissé la tête. Elle s'adressait directement à moi, rien qu'à moi, quand elle a ajouté :

– Tu sais quoi ? Tu es la fille que j'ai toujours voulu être.

J'ai mordu ma lèvre tremblante.

– Il faut qu'on y aille.

Luna a filé chercher ses affaires, pendant que je ramassais les déchets sur la table. J'ai essayé de reprendre une contenance. On a suivi les panneaux jusqu'aux postes de contrôle et rejoint ensemble le bout de la file d'attente. L'homme et la femme devant nous ont sursauté quand ils ont vu Luna. Elle leur a souri en disant :

– J'espère que mon recourbe-cils ne va pas déclencher le détecteur de métaux.

Ils ont baissé les yeux. J'ai baffé Luna. Elle est sortie de la file et m'a tirée sur le côté.

– J'ai failli oublier...

Elle a plongé la main dans la poche avant de son pantalon, en a retiré ses clés et m'a attrapé le poignet pour les poser dans ma paume.

– Elle est à toi.

Ma mâchoire s'est décrochée.

– Quoi ?

– Je n'en aurai pas besoin. J'en achèterai probablement une nouvelle. Peut-être une Volkswagen. Une Coccinelle rétro, toute rouillée, que je pourrai retaper.

Elle a souri.

Est-ce qu'elle plaisantait ?

– Tu te souviens du code pour les serrures des portières ?

Oui, je m'en souvenais. C'était comme une chanson, maintenant.

– Au cas où tu l'oublierais, je l'ai rentré dans les économiseurs d'écran à la maison. Les chiffres défilent sur tous les moniteurs.

Elle me donnait sa Spyder ? Pas possible.

Elle a replié mes doigts raides sur les clés.

– Suivant, s'il vous plaît.

L'agent de sécurité a agité la main dans notre direction. Luna a plongé ses yeux dans les miens.

– Ne me dis pas au revoir, m'a-t-elle ordonné d'un ton menaçant. C'est pas un au-revoir. C'est un bonjour. Je l'envisage comme un nouveau commencement, parce que c'est de ça qu'il s'agit pour moi. Une renaissance. Je recommence ma vie à zéro. La prochaine fois qu'on se verra, tu ne me reconnaîtras même pas.

– C'est ça qui me fait peur, ai-je murmuré.

– Oh, Regan.

Elle a poussé un soupir exaspéré, comme si j'étais une gamine. Je me sentais comme une gamine, précisément. Petite. Perdue. Impuissante. Elle a posé sa mallette et ôté le sac en bandoulière de son épaule. Elle a étalé son manteau en travers des bagages et m'a agrippé les bras en disant :

– Tu n'es pas en train de me perdre. Je serai toujours là pour toi. Pigé ?

Elle m'a un peu secouée.

– Je t'enverrai un mail tous les jours, et tu as intérêt à me répondre. On pourrait discuter en direct sur un chat, disons à minuit ?

– Oublie. J'ai l'intention de dormir la nuit – pour changer. Mais je t'écrirai des mails. Je te le promets.

Luna et moi, on s'est regardées dans les yeux, puis, spontanément, on s'est tombé dans les bras. On s'est serrées l'une contre l'autre comme si nos vies en dépendaient.

– Je t'aime, a-t-elle dit.

– Moi aussi, je t'aime.

Elle s'est détachée et a ramassé ses affaires. Pendant un instant atroce, tandis que le vigile contrôlait ses papiers d'identité et sa carte d'embarquement, j'ai eu peur qu'elle se fasse détecter. Refouler.

Est-ce que cette crainte serait toujours avec moi ? Toujours avec elle ?

Le vigile l'a laissée passer. Luna a fait deux pas et s'est retournée. Ses yeux ont trouvé les miens et elle a souri. Une aura l'encadrait, un rayonnement. Tout son corps semblait éclairé en contre-jour quand elle m'a envoyé un baiser.

Je l'ai senti atterrir, un frôlement d'ailes de papillon contre ma joue. Il m'a consolée, éloignée. Tout d'un coup, le poids du monde s'est dissous et je me suis sentie grandir, me déployer. Luna devait se sentir tout aussi libre, ai-je soudain réalisé. Elle nous avait libérées toutes les deux.

Je l'ai suivie des yeux jusqu'à ce qu'elle passe derrière le détecteur de métaux et se dirige vers sa porte d'embarquement. Elle marchait la tête haute, fière.

Moi aussi j'étais fière. D'être sa sœur. Son amie.

Soudain, ça m'a frappée : je ne reverrais plus jamais mon frère. Liam. Un trou s'est ouvert dans mon cœur. Un vide, un gouffre.

Tout va bien, a soufflé ma voix intérieure. *Il va s'en sortir. Il est heureux.*

C'est ce que je voulais. Plus que tout au monde, je voulais que mon frère soit heureux.

Et je savais qu'une partie de lui ne me quitterait jamais. Sa force. Son courage. Sa nature profonde.

J'ai reculé d'un pas, puis encore un pas. J'ai fait demi-tour. J'ai marché, marché plus vite. Couru. Vers la porte. La sortie. L'entrée.

– Au revoir, Liam.

J'ai prononcé les mots tout haut pour que leur musique me remplisse la tête :

– Bonjour, Regan.

DANS LA MÊME COLLECTION

MACADAM

MILAN

Manhattan macadam
d'Ariel et Joaquin Dorfman

Traduit de l'anglais (États-Unis)
par Nathalie M.-C. Laverroux

New York.
Une ville monstrueuse, sans état d'âme. Une ville qui avale les gens sans aucune pitié. Chacun vit dans son coin, vaque à ses petites affaires... Et quand les mauvaises nouvelles arrivent, plus personne n'est là pour tendre la main. Sauf Heller, ce garçon anonyme qu'on ne remarque pas, mais qui rappelle à chacun ce qu'il y a d'humain en lui.

Extrait :
« Le monde entier va fondre », se dit Heller.
C'était le 4 juillet, et tout Manhattan transpirait. La sueur suintait des rues, des immeubles, des robinets. Toutes les radios parlaient d'un temps inhabituel. Les couples se réveillaient dans des draps humides. Les ouvriers du bâtiment travaillaient torse nu, et les agents de change desserraient leurs cravates avec un soupir d'envie. Les touristes se plaignaient, les vendeurs de glaces souriaient, et le mercure menaçait de faire exploser le thermomètre.
Heller Highland voyait tout ça, et ce qu'il ne pouvait pas voir, il le savait, tout simplement.

XXL

de Julia Bell

Traduit de l'anglais
par Emmanuelle Pingault

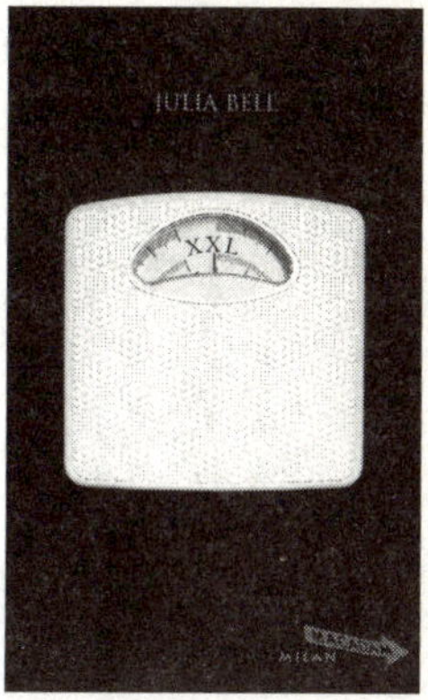

Le poids a toujours été un sujet épineux pour Carmen. Rien de surprenant : sa propre mère lui répète comme une litanie qu'être mince, c'est être belle ; c'est réussir dans la vie ; c'est obtenir tout ce que l'on veut… Alors c'est simple : Carmen sera mince. Quel qu'en soit le prix.

Extrait :

– Si j'étais aussi grosse qu'elle, je me tuerais, dit Maman en montrant du doigt une photo de Marilyn Monroe dans son magazine.

Je suis dans la cuisine, en train de faire griller du pain. Maman n'achète que du pain danois à faible teneur en sel, le genre qui contient plus d'air que de farine. Son nouveau régime l'autorise à en manger deux tranches au petit déjeuner.

– Tu me préviendrais, hein ? Si j'étais grosse comme ça ?

Je me tourne vers elle, je vois ses os à travers ses vêtements. Je mens :

– Évidemment.

Pacte de sang
de Wendelin Van Draanen

Traduit de l'anglais (États-Unis)
par Nathalie M.-C. Laverroux

Joey ne devrait pas être inquiet. Il sait qu'un véritable ami ne trahit jamais un secret. Même un secret terrible, qui les ronge peu à peu…

Extrait :

J'ai l'impression que Joey et moi, nous passions notre temps à sceller des pactes. Un nombre incroyable, qui nous a conduits à cet ultime serment. Joey me disait toujours :

– Rusty, j'te jure, si tu en parles à quelqu'un…

– Je ne dirai rien ! Juré !

Il tendait le poing et nous exécutions toujours le même rituel, qui consistait à cogner nos phalanges les unes contre les autres. Puis, après nous être entaillé un doigt avec un canif, nous mélangions nos sangs, et Joey poussait un soupir.

– Rusty, tu es un véritable ami.

Et notre pacte était scellé.

Pour la vie.

Achevé d'imprimer en France par France-Quercy, à Cahors.
Dépôt légal : 1er trimestre 2005
N° d'impression : 50287/